「あぅ……っ……、んんっ……！」
どうしても漏れてしまう喘ぎを聞きつけて、
サハーラが酷薄な笑みを浮かべる。
「たった一度で、ずいぶん敏感になったものだ。
そら、もうこんなに堅くなっているぞ。
もともとそちらの素質があったとみえる」

シフォン文庫

太陽の王と契約の花嫁

蜜に濡れる純潔の皇女

立夏さとみ

集英社

太陽の王と契約の花嫁
蜜に濡れる純潔の皇女

目次

イラスト／椎名咲月

太陽の王と契約の花嫁
蜜に濡れる純潔の皇女

1 褐色の族長

アデリア・バジーリオは、いつも夢見ていた。

十八歳の多感な乙女《おとめ》なら、誰でも一度は思い描く、夢。

銀の鎧《よろい》で身を包む金髪碧眼《へきがん》の騎士が、自分の部屋の窓を叩いて、迎えにやってくる。

だが、アデリアの場合、それはただの夢想ではなく、本心からの望みだった。

大きな三角帆《ラティーン》を持ち、両舷から何十もの櫂《かい》を突きだしたガレー船で漕《こ》ぎ渡っても、本土から半日はかかるティティス海の孤島――イーリス島に、文字どおり虜囚《りょしゅう》として置かれているのだから。

誰でもいい。

いつまでだって待っている。

救いの騎士が颯爽《さっそう》と現れてくれる日を。

警備船の網《あみ》をかいくぐり、イーリス島の岩礁《がんしょう》に帆船《はんせん》を横づけし、別荘《ヴィラ》を囲む高い壁を乗り越え、茨《いばら》の茂みを掻《か》き分けてやってくる、そのときをただひたすら待っている。

コンコン、と誰かが彼女の部屋の窓を叩く、その瞬間を。

「……アデリア……」

どこからか聞こえる声は、低い。

低く響いて、眠りの淵《ふち》からアデリアの意識を揺り起こす。

「アデリア……来たよ。約束どおり、迎えにきたよ」

薄目を開けて窓辺を見れば、宵闇《よいやみ》のなかにぼんやりと浮かぶ人影。

「覚えているか？　――約束した。五年たったら迎えにいくと」

そうだったろうか、とアデリアはおぼろな記憶を探る。

どのみち満月を背にしているから、男の顔はよくわからないが、声には聞き覚えがある。

「……そう、覚えている。この声だわ、ずっと待っていた」

アデリアはベッドから身を起こし、紺碧《こんぺき》の瞳を期待で輝かせる。

ようやく来てくれた。

四歳のときに実の父親の命によって、この別荘《ヴィラ》に幽閉されて十四年――十八歳の輝く乙女になったアデリアにとって、救いの騎士だけが唯一の希望だった。

「約束の日だ。ようやくおれの妻にすることができる」

うっとりとつぶやきながら近づいてきた男の手が、ウェーブを描いて背まで垂れ落ちるアデリアの金髪に、触れる。

やさしく髪を撫《な》でた男のがっしりとした指が、頬《ほお》へ、顎《あご》へ、白い喉《のど》をくすぐりながら這《は》いおりていく。そのさきに、薄い夜着《よぎ》の胸許に、ふっくらと揺れるふたつの房がある。

透けた衣から、まだ少女の名残《なごり》を匂《にお》わせる乳首が透けて見える。ここでの幽閉の生活がはじまって以来、男に触れられたことはない。手の甲へのキスでさえ許したことはないが。

――でも、この人ならいい。ずっと待っていた騎士だから。

そこまで思って、ふと奇妙な感覚に襲われる。

差しこむ月光のなかに、アデリアの白い肌を撫でる男の指が、やけにくっきりと見える。振りあおげば、影になっていたはずの顔も、褐色《かっしょく》の肌が闇にまぎれていただけだとわかる。そして、アデリアを見下ろす瞳も、闇よりさらに深い漆黒《しっこく》。青いターバンの隙間《すきま》からこぼれる髪もまた、黒い。

褐色の肌に、黒い瞳と髪――アデリアが知るかぎり、それは騎士ではない。ティティス海を荒らしまわる、もっとも恐ろしい荒くれ者。

「バ、バルバディ海賊っ……!?」

くっ、と男は笑って、すさまじい力でアデリアを引きよせる。

獣のように荒々しくアデリアの唇を奪い、無骨な手で薄衣の夜着を引き裂き、ふるんとこぼれ出た乳房を、爪が食いこむほどの勢いで揉《も》みしだきはじめる。

「光栄に思え。おまえはバルバディ海賊の妻になるのだ！」

「……い……、いやぁぁぁ――っ……!?」

自分の口からほとばしりでる悲鳴が、ひどく遠くで聞こえたような気がした。

「……アデリアさま、アデリアさまっ！　起きてください！」

ドンドン、と激しくドアを叩く音で、ロンダール帝国皇女アデリア・バジーリオは、胸苦しくなるような悪夢から目覚めた。

「……な、何？　いまのは……夢……？」

白馬の騎士だと思った男が、実は野蛮《やばん》な海賊だったなんて、冗談にしても笑えない。

まだ胸がひどく高鳴って、全身が汗ばんでいる。奇妙な現実感をともなった夢だった。自分の肌をなぞった男の指先の感触まで覚えていて、ゾッと身を震わせる。

「そんなお迎えならいらないわ。ここで朽《く》ち果てたほうが、ましよ……！」

アデリアは小さくつぶやきながら、ベッドを出る。寒いわけでもないのに粟立《あわだ》つ肌に、ローブを羽織《はお》り、扉を叩き続ける音のなか、大理石の床に足を踏みだした。

「こんな夜中に、何ごとなの？」

扉を開けるなり飛びこんできたのは、男子禁制の別荘《ヴィラ》に唯一出入りを許された男、赤い聖衣と帽子を被《かぶ》った、フィリッポ・デ・サンティス枢機卿《すうききょう》だった。

「フィリッポさま……？　え？　どうなさったのです……？」

この男、ロンダール正教会の聖職者でありながら、アデリアの豊かな胸許《むなもと》にちらちらと視線を送ってくる、不埒者《ふらちもの》でもある。

とはいえ、唯一、本国の報《しら》せを運んでくれる者だから、無下《むげ》にもできない。

アデリアにとって、故郷と自分をつなぐ儚《はかな》くか細い糸なのだ——当人は、どれほど脂《あぶら》ぎった小太りの中年男であろうと。

それにしても、こんな夜中に押しかけてくるとはどういうことか。侍女の案内もなく、いきなり飛びこんでくる礼儀のなさは、尋常《じんじょう》ではない。

その侍女たちはといえば、フィリッポ枢機卿の背後で、身を寄せあって震えている。

「何があったのです？　こんな時間にいったい……⁉」

「ア、アデリアさま、お気を落ち着けてお聞きください。陛下が……お父上さまが……！」

「お父さまが……？」

アデリアの父ピエルマルコ・バジーリオは、ティティス海世界の盟主として千二百年の歴史を誇る大国、ロンダール帝国の四十八代皇帝である。

西方の王族貴族のなかで、もっとも高処《たかみ》に座する存在。

ロンダール市民と元老院が認め、二十五年の治世を布《し》いてきた男。

「げ、元老院が……皇帝に反旗をひるがえしました！　わ、わたしの館にも兵が差しむけられ、ようやく命からがら、ここまで……」

「なっ――……!?」

予想もしていなかった凶報に、アデリアは紺碧《こんぺき》の瞳を瞠《みは》った。

ロンダール帝国皇帝は世襲ではない。元老院によって選出される、一代かぎりの最高責任者《インペラトーレ》なのだ。だが、皇帝の座についた者を退位させることは、元老院とてできはしない。

ゆえに、目障《めざわ》りな皇帝は、もっと手っとり早く確実な方法で、排除される。

暗殺である。

「で、でも……、だってそんな、それじゃあ、お父さまは……!?」

皇帝にとって、もっとも必要な資質は、当然ながら有能であること。

だが、有能すぎて、元老院に楯突く皇帝は無能よりまだ悪い。しょせん傀儡《かいらい》にすぎないのだから、差し出される公文書に黙って皇帝印を押しているくらいが、ちょうどいい。

そして、アデリアの父親は、ちょうどいい程度の皇帝だった。

元老院の勧めるがままに、ライバル国でもあるミランディア共和国元首《ドージェ》の姪《めい》を妻にめとり、三人の娘をもうけた。やがて、実家の権威を笠《かさ》にきた皇后が政治に口出しするようになると、たわいもない罪で国外追放を言いわたした。

そうやって、二十五年ものあいだ王座にあり続け、誇れるほどの業績があるわけではないが、これといった落ち度もない――実にあつかいやすい皇帝だったはずなのに。

「そんな……！　ど、どうして、お父さまが……？」

「元老院どもの考えなど、わたしにはわかりかねますが……。どうやら、昨今ロンダール周辺を荒らしまわる海賊対策で、元老院ともめていたようです」

「海賊……、バルバディ海賊の、こと……?」

「はい。最近では、漁村や港湾都市まで襲われているとか」

バルバディ海賊はティティス海の南端から、三角帆《ラティーン》が特徴的なダウ船でやってくる。広大な内海を一気に北上し、甘い蜜に群れる蟻《あり》のように、獲物に襲いかかるのだ。

「でも……でも、そんなこと、いまにはじまったわけじゃないのに――ああ、違う！ そんな場合じゃないわ。それで、お父さまは……、お父さまは……?」

「わ、わかりません。囚われたのか、それとも……」

震えながら首を横に振る、フィリッポ枢機卿の顔に苦渋《くじゅう》の色が広がる。

愚かなことを訊《き》いた。枢機卿のところにまで手が伸びたということは、計画的な反逆である。ならば、『それとも』の可能性のほうが、はるかに高い。

「アデリアさまも、一刻も早くお逃げください！ ここにもすぐに兵が押しかけてきましょう。わたしの船にお乗りください！」

驚愕《きょうがく》のあまり動くことさえできぬアデリアの手を、お早く、と急《せ》かせるフィリッポ枢機卿がとったときだった。階下から、夜にはふさわしからぬ、床を踏みならす足音が響いてきた。

「フィリッポ枢機卿はどこだ!?」

次いで聞こえた怒鳴り声に、呼ばれた名の主《ぬし》が、「ひっ！」と掠《かす》れた悲鳴をあげる。

このままではフィリッポ枢機卿の身が危ない——そう思ったことで、逆に、アデリアのほうはすっと頭が冷えた。

ともあれ、無駄に目につく赤い聖衣の男を自分の部屋に隠すと、大きくひとつ深呼吸をして、階段の踊り場に立つ。見下ろせば、手に手に松明《たいまつ》を持った一個小隊ほどの歩兵が、ホールを抜けてこちらに向かってくるのが目に入る。

「お待ちなさい！」

凛《りん》と響いたアデリアの声に、兵たちがいっせいに足を止める。

「いったい何ごとです？　こんな夜中に物々しい」

「アデリア皇女さま……でございますか？」

「そうです。百人隊長とお見受けしますが、このアデリア・バジーリオの館に、何ゆえ許しもなく押し入ってきたのです？」

響きのよい声音《こわね》は、皮肉を含むと、切れるほどの鋭さをともなって鼓膜に突き刺さる。

百人隊長だけでなく、背後にひかえる歩兵たちもまた、薄明かりのなかに浮かぶアデリアの姿に呆然《ぼうぜん》と見入っている。

「失礼は重々承知。ですが、フィリッポ枢機卿を引き渡していただきたい。港に船が係留されているので、ここにいるのはたしかなはず」

「フィリッポさまはわたしのお客人。どのような罪で捕らえるのです？」

アデリアは哀しみを怒りに変えて、問いかける。

皇女としての威厳で頭をあげ、静かに、優雅に、冷淡な物言いで問いながら、それゆえに裏にはすさまじい怒気が隠されていると、誰もが気づくほどに、その憤《いきどお》りは深い。

つんとすました鼻も、高慢な言葉を発する赤い唇も、もちろん海の青さをたたえた両の瞳も、まるで芸術家の手になる名画のように、完璧《かんぺき》な配置で白皙《はくせき》の面《おもて》を彩っている。

ウェーブを描きながら胸許に垂れ落ちている金髪の一房まで、海の女神ティティスの姿を写したと言われるその美を、アデリアが他人の目にさらすことはそう多くはない。

だが、噂《うわさ》だけならいやと言うほどに、ばらまかれている。

そして、実際のアデリアの美貌《びぼう》には、噂以上に、人を怯《ひる》ませるものがある。

ときには高温の炎のごとく、ときには真冬の湖のごとく、さまざまに表情を変える碧眼《へきがん》は、いまは見る者の心を凍てつかせるほどに、冷ややかだ。

整いすぎた美貌は、人間味を感じさせないがゆえに、彼女の凍気仕様の瞳を平然と見返せる者は、そう多くない。重装歩兵の百人隊長でさえ、うろうろと視線をさまよわせる。そのくせ、アデリアの薄衣の胸許に意識が引きよせられるのを、止められない。

「皇女アデリアさま……、われわれは力を行使するのを望んでおりません。どうか、枢機卿をお渡しください」

「お断りします。いつから元老院は、枢機卿を捕らえる権利を持ったのです？　聖職者に縄をかけるなら、まず教皇の手になる、枢機卿解任の書状を持っていらっしゃい」

ロンダール帝国において、政治と宗教は完全に分離している。

教皇庁の使徒である枢機卿を、理由もなく捕らえる権利は軍隊にはない。

「たとえ、父が囚われようが、暗殺されようが、新たな皇帝を立てるには、市民議会の承認が必要のはず。——ですが、市民はいまごろ夢のなか。新皇帝が即位するまでは、わたしは皇女アデリア・バジーリオです」

そして、とアデリアはゆるりと手を挙げる。

そもそも彼女が、この島に幽閉されることになった原因の、左手を。

「百人隊長ならば、噂くらい耳にしているでしょう」

ぎくり、と隊長の顔が引きつったのが、仄明《ほのあ》かりのなかでもわかった。

「試してみましょうか。わたしの左手の魔力を？」

それこそが、アデリアがこの別荘《ヴィラ》に幽閉された、理由。

ほとんどの国で、ほとんどの民族が、大地を光で満たす太陽を崇《あが》める。

その反対に、闇に覆いつくされる夜を恐れる。東から昇る朝陽に向かうとき、身体《からだ》の右側は南を向き、左側は北を向いて影になる。

たったそれだけの理由で、人は左手を忌《い》む。

バジーリオ家の三人の娘、ミランダ、カテリーナ、アデリア——そのなかで唯一金髪碧眼を持つ、もっとも愛らしい末の娘が左利《き》きだと知ったとき、皇帝ピエルマルコはひとつの逸話《いつわ》を捏造《ねつぞう》した。


アデリアは、ティティス海を守る、女神の化身であると。

不可能のない神だからこそ、両手利きなのだと。

右手で神の御業《みわざ》を示し、そして、左手で魔を滅ぼす。

その力は帝国を守る盾となり、南方や東方から押しよせる蛮族《ばんぞく》を防ぐだろう。

そうして皇帝は、イーリス島に古代ギリオスの神殿にも似たこの別荘《ヴィラ》を建て、アデリアを住まわせたのだ。


すべてが左利きを忌む民をあざむくための——つまりは己の保身のための方便でしかない。

だが、その父親も、元老院たちの手にかかって果てた。

なのに、いまのアデリアには、天罰だと冷ややかに言い捨ててやる暇も、親子の情で悲嘆にくれている暇もない。

新皇帝が即位すれば、彼女はその場で皇女ではなくなる。

自分はそれでもいい。どのみち生涯を幽閉の身で終えるはずだったのだから。

だが、そんなアデリアを哀れに思って、仕えてくれていた侍女《じじょ》たちやフィリッポ枢機卿を、見捨てるわけにはいかない。

「ごらんなさい、わが左手を。そしていまは夜。すべてが影のなかにある。左手の魔の力がもっとも強く働くとき」

アデリアは呪文のように言いながら、持って生まれた利き腕で、階下の男たちを指さす。

その中心、恐れを知らないはずのロンダールの百人隊長が、じりっと後じさる。

皇女とはいえ、たかが女の脅《おど》しに気圧《けお》されて。

魔性のごとき美に、魅《み》せられて。

「このアデリア・バジーリオの怒りは、女神ティティスの怒りと知れ！　教皇のご沙汰《さた》もなく、この館に踏みこんだ罪、決して軽くはありませぬ！」

「……はは っ……」

大の男たちが、アデリアの威厳に、その左手の魔力に恐れをなして、頭《こうべ》を垂れる。

「帰りの船路は、せいぜい気をおつけなさい。夜の闇に……その影に潜む魔に、呑《の》みこまれないように」

ひっ、と誰かが喉《のど》を鳴らした。それを合図に、兵士たちはわれさきにと館を飛びだしていく。まるで背後に迫る者を恐れるかのように、脱兎《だっと》のごとく。

そうして最後のひとりまで消えたのを確認したとたん、がくりと全身の力が抜けて、アデリアは手摺《てす》りにすがる。

「アデリアさま、お見事でございます。ロンダール軍、重装歩兵隊を震えあがらせるとは！」

部屋から顔を出したフィリッポ枢機卿が、震えながら手を叩く。

だが、呑気《のんき》に褒《ほ》め言葉を聞いている余裕はない。

怒るのも、哀しむのも、嘆くのも、あとでいい。百人隊長程度だから追い返せたが、危機が去ったわけではない。

現教皇はさほど名門の出ではない。元老院に強く迫られれば、フィリッポ枢機卿追捕《ついぶ》の命を出すはず。そしてまた、アデリアも追われる身になるのだ。

「フィリッポさま、あなたの船はどこに？　すぐにも出られますか？」

「は、はい……！」

青ざめつつも、フィリッポ枢機卿は大きくうなずいたのだ。

❖　❖　❖

——ふたつの大陸を抉《えぐ》るように広がる、巨大な内海、ティティス海。

古《いにしえ》の昔より、西方文明は、女神の名を持つティティス海を中心に生まれ、はぐくまれてきた。

まだそれが内海だと知られる、はるか以前、初めてこの海に独木舟《まるきぶね》で乗りだしたのは、古代ギリオス人だった。

豊かな想像力を持ち、芸術と哲学を愛した彼らは、また天文にも通じ、星の動きを観察することで方位を知り、海に船の進む道を探す術《すべ》を見つけたのだ。

海流の影響を受けない内海で、櫓《ろ》を漕《こ》いで操る船が発展し、百人もの漕ぎ手を要する大型のガレー船が出現し、ティティス海沿岸諸国を交易路でつないでいった。

だが、偉大なる古代ギリオスも、東方の騎馬民族に敗れ去り、いまはわずかな小都市と遺跡を残すのみ。

やがて、ギリオス文化の継承者と自負するロンダールが、共和制を経て属州をとりこみながら帝国へと肥大《ひだい》していくなかで、ティティス海世界は西方でもっとも高度で華麗な文化を花開かせることとなったのだ。

ロンダール帝国こそ、千二百年の歴史を有するティティス海世界の盟主。

だが、そう呼ばれていたのも、すでに過去のことだ。

ミランディアやゴードリアなど交易を国策とする海運共和国や、強大な王に率《ひき》いられた専制君主国家の台頭によって、ロンダール帝国はじょじょに版図《はんと》を狭めつつあった。

属州からの租税に頼って享楽を貪《むさぼ》っていた帝国に、黄昏《たそがれ》の陰が忍びよっていた。

それを認めようとしない元老院は、不祥事《ふしょうじ》がおこれば皇帝をすげ替えるという姑息《こそく》な方法で、一時しのぎをしているにすぎない。

「……お父さま……」

船舷《せんげん》に立ち、ロンダール帝国のある北の星座を仰《あお》ぎながら、アデリアはつぶやいた。

最後に父親に会ったのは、四歳になるかならないかのころ。

食事のときだったろうか、アデリアが左手を使ったのを見て驚愕《きょうがく》した顔だったのを、ぼんやりとだが覚えている。

「残念でございます。ピエルマルコさまが、このようなご最期を迎えられるとは……」

背後からの声に振り返り、フィリッポ枢機卿《すうききょう》の悄然《しょうぜん》とした姿を目にする。

あまり好きになれない男だった。聖職者のくせに妙にアデリアの胸許《むなもと》にばかり送ってくる視線や、食道楽なのが一目でわかる体型や、何やら下心を隠したようなお節介《せっかい》な性格が、鬱陶《うっとう》しく感じられたのだが。

それでもいまは、心底から皇帝の死を嘆いているのがわかる。

「嘆かわしい……元老院ともあろう者たちが……！」

アデリアが幽閉されると決まったときにも、その身の不幸を哀れんで、皇帝との橋渡しを買って出てくれた。月に一度は、アデリアの手紙を皇帝に運んでくれた。ほんのたまにくる返事を、どれほど楽しみにしていたか。

追放されて故国へ戻った母親が再婚したことや、ふたりの姉たちがそれぞれに西方の強国へ嫁《とつ》ぐことが決まったことも、風の噂で知るよりもさきに伝えてくれたのは、彼だった。

有力貴族たちがこぞって目を逸《そ》らせるなか、ただひとり皇女アデリアを気づかってくれた男なのだ。

その結果、皇帝一派と断じられて、追われる身になってしまった。そしてまた、長く仕えてきた侍女たちも、アデリアをひとりにはできないと、逃避行の道連れとなった。

「だいじょうぶでしょうか？　船には女は禁物でしょう？」

「ご安心めされ。この『ラ・ローザ号』は、もとは聖地巡礼のための客船を買いとったもの。女神ティティスの化身と呼ばれるアデリアさまご一行をお乗せするのに、これ以上にふさわしい船はありません」

「ならばいいのですが……。それで、行くさきはどこに？」

「このままミランディアに向かいます。わたしの親戚《しんせき》もおりますし、何よりヴィオレッタさまが――アデリアさまのお母上さまがおいでです」

「お母さま、ですか……？」

再婚したいま、ヴィオレッタ・ディ・マッテオとなった母親の面影《おもかげ》を思い出すことは、アデリアにはできない。金髪碧眼のすばらしい美貌の持ち主だったと、話には聞いている。

「お母さまは……わたしを、覚えておいでてでしょうか？」

「もちろんですとも。アデリアさまはヴィオレッタさまに、よう似ておられる。ヴィオレッタさまも、さぞやお喜びになるでしょう」

だが、アデリアは、そこまで楽天的には喜べなかった。

母親ならばこそ、誰よりも早くアデリアが左利きだと気づいたはず。

そのときに右利きに矯正《きょうせい》してくれれば、アデリアの身の上も変わっていたものを。なのに、左利きの娘の将来を慮《おもんぱか》りもせずに、放っておいた母親に、どれほどの期待が持てるだろう。とはいえ、他に頼れる者もない。

——ミランディア共和国まで、風に恵まれれば二日ほどの距離だ。

追っ手をまきながら無事に行きつけるだろうか、ミランディア元首が亡命を認めてくれるだろうか、母親は快《こころよ》く迎えてくれるだろうか——気がかりなことばかりで、父親の死を悲しんでいる余裕もないのが、いまは救いかもしれない。

せめて女神ティティスの加護がありますように、と祈りながら、まだ見ぬ母親の故郷を求めて、北東の方角を仰いだときだった。

ふと、耳が聞き慣れた波しぶきの音を拾った。微かな音だ。

だが、ティティス海で育ったアデリアが、それを聞き間違えるはずはない。

「櫂《かい》の音が、聞こえる……」

「は？　いいえ、この船の櫂は補助的なものですから、漕ぎ手たちも休んでおります」

帆檣《ほばしら》を仰ぎ見れば、そこに巨大な二枚の三角帆《ラティーン》が見える。

ラ・ローザ号は、むしろ東方のダウ船に近い。小回りがきいて、最小限の人数で操れる。

「いいえ、違うわ。あちらの方角から近づいてくる……」

ザッザッ、と無数の櫂が拍子を合わせて波を叩く音。

「あれは、ガレー船だわ。かなり大型の……」

「まさか、追っ手が……!?」

ティティス海は内海であるがゆえに、海流がない。風もひどく気まぐれだ。ゆえに、ロンダール海軍の主力船は、櫂を漕いで進むガレー船だ。

去ったはずの重装歩兵隊が、どこかに身を隠していて、ラ・ローザ号の出港を確かめて追ってきたのだろうか、とアデリアは闇のなかへと視線をさまよわせる。

月はすでにかなり西に傾いて、海面から湧きあがる靄《もや》のなかへと沈もうとしている。

おかげで視界はひどく悪い。風が弱まっているのを気にかけながら、近づいてくる音の方角を聞き分けて、そちらへと顔を巡らせる。

唐突に靄を割って、中空に帆檣《ほばしら》のようなものが現れた。

先端に揺らめいているのは旗だろうか？　と目を凝《こ》らしたとき、フィリッポ枢機卿がじりっと後じさりながら、今夜二度目となる情けない悲鳴をあげた。

「ア、アデリアさま……、あ、あの旗はっ……!?」

青地に交差する湾刀《シャムシール》の模様――それの意味を知らない者など、ティティス海にはいない。

「バルバディ海賊……!?」

アデリアの叫びを聞きつけたかのように、五十本もあるだろう櫂を足のように規則的にうねらせて進む巨大なガレー船は、その異様を現したのだ。

アデリアはいま、ティティス海でもっとも恐ろしいと噂される海賊船の甲板にいる。

背後にいるフィリッポ枢機卿は、恐怖のために腰を抜かして、両脇から支えられてようやく立っている。

❖ ❖ ❖

いくら小回りのきく小型帆船《はんせん》でも、微風のなかでは逃げようもなく、ラ・ローザ号は、あっという間に乗りこんできた無頼漢たちに制圧されてしまった。

侍女も船員たちも船室に閉じこめられ、船主であるフィリッポ枢機卿と、見るからに高貴な姫とわかるアデリアだけが、艀《はしけ》でガレー船に移されてきたのだ。

本物の海賊を見たことなど一度もないが、話だけならいくらでも聞いている。

ロンダール軍の追っ手と、バルバディ海賊と、捕まるならばどちらがましだろう。

究極の二者択一を迫られたら、誰もが前者を選ぶはず。

昨今、ロンダール沿岸を荒らしまわって、略奪のかぎりをつくし、女子供をさらい、漁村にも船にも火をかけて、すべての証拠を燃やしてしまう凶暴な海賊の噂は、むろんアデリアも知っている。それが、父である皇帝の失脚の原因にもなったのだから。

彼らが女をどんなふうにあつかうか——ときには鎖でつなぎ、ときには淫靡《いんび》な性具を使い、ときには何人もの男の慰《なぐさ》み者にされ、快楽の虜《とりこ》にされたあげく娼館《しょうかん》へと売られていくのだと、想像しただけでも恐怖にゾッと肌が総毛立つような話を、侍女たちから聞かされてきた。

（この者たちが、その凶悪な海賊……？）

ひとくちにバルバディ海賊といっても、住んでいる地域も民族もさまざまだ。

この船の水夫たちは、シャルワールというゆったりした穿《は》きものに、革製のジレを羽織《はお》っている。頭に巻いたターバンからこぼれる黒髪と、褐色《かっしょく》の肌が特徴的だ。

「姫《アミーラ》だ、姫《アミーラ》だ！」

わめき散らしている言葉は、アレル山脈の東側で使われているジャリール語に近いが、東方の民なら被《かぶ》りものは頭巾《クフィーヤ》のはずだから、たぶんティティス海の南方の部族だろう。

南方はまだまだ未踏の地が多い。十カ国以上の言葉に通じているアデリアでさえ、あまりにひどい訛《なま》りに、聞き分けるのが困難なほどだ。

フィリッポ枢機卿も片言なら話せるようで、歯の根も合わないほどに震えながらも、船主としての意地で、必死に声を振《しぼ》り絞る。

「バ、バルバディ海賊め！　われらをどうするつもりだ!?」

それに応えるかのように、薄汚い姿の水夫たちを割って、進みでてきた者がいた。

「船長！」

そう呼ばれた男を見た瞬間、アデリアの胸が驚愕《きょうがく》にどくんと大きく脈打った。

一端を優雅に垂らした青いターバン、清潔な白い内衣《ミンタン》に、金縁の刺繍《ししゅう》の上着《カフタン》を羽織《はお》った男は、船長と呼ばれるだけあって、海賊とは思えない優雅な身なりをしていた。

歳は二十代後半くらいだろうか。この巨大なガレー船の船長にしては、若い。

「その呼び方はやめてもらおう。『蛮語の民《バルバディ》』などと自称する民族が、どこにいる。おれたちはティティス海南方の大陸に住まう、太陽《シャムス》を信仰する民。海賊でなくても南方の民は、ほとんどが湾刀《シャムシール》の旗を掲げている。ロンダール帝国の教養人も、意外と物知らずのようだ。われらはこれでも交易商人だ」

低く響く声は穏やかだ。語調にも他の者たちのような訛《なま》りがない。

アデリアが学んだとおりのジャリール語——それだけで、きちんとした教養を身につけた、高貴な家の出だとわかる。

だが、アデリアの胸の高鳴りの理由は、男の身なりではない。

(見覚えがある……、この男は……!)

高慢な笑みが似合いそうな、肉厚の唇に、高い鼻梁《びりょう》。

褐色の肌に彫りこまれた眦《まなじり》の鋭い双眸《そうぼう》は、意志の煌《きら》めきを宿している。

ターバンから流れ落ちる黒髪は、油で撫《な》でつけられて、なめらかに夜風にそよぐ。

アデリアの悪夢に出てきた男だ。

この顔は、この声は、間違いなく。

「そちらはフィリッポ枢機卿、そして皇女アデリア・バジーリオとお見受けする。おれはこの船の船長で、族長《シャイフ》でもある。サハーラ・アッ＝シャムス……お見知りおきを」

声は姿より記憶に残るのだろうか、心に深く染みいるような響きに肌が粟立《あわだ》つ。

「太陽《シャムス》の民のなかの、アッ＝シャムスの一族、ですか……？」

南方の民族には姓がない。名前のあとにつくのは、部族名か、家名か、字《あざな》。

「そうだ。シャムス人のなかでも、もっとも古くから続く家系だ。誉《ほま》れあるアッ＝シャムスを名乗ることを許された、数少ない一族のひとつ」

誉れある家名に、名前が砂漠《サハーラ》となれば、親がどんなつもりで名づけたのか、わかろうというものだ。

太陽のもと、砂漠に生きるにふさわしい男になれ、と。

そんな剛勇な名前をもつ族長《シャイフ》が、真摯《しんし》な黒い双眸《そうぼう》で、アデリアを見つめる。

「さて、まずは帝国でのことだが……元老院どもの暴挙は、すでにわれらの耳にも入っている。惜しい方を亡くした。まずは、お悔やみ申しあげる」

「ああ、では……、やはり父は暗殺されたのですね……」

そうだと思ってはいたが、弔辞《ちょうじ》とともに聞かされれば、胸はギリリと痛む。

「だが、ここで巡り会えたのは、お父上のお導きであろう」

「……父を、ご存じなのですか？」

「むろん。何度も書簡を交わしてきた。われらはお父上と協定を結ぶ約束になっていた。そのためにこうしておれが出向いたのだが――一日遅かった。残念だ、本当に」

「協定……？　お父さまが南方の部族と、どんな協定を……？」

「それは……」

言葉を切って、サハーラは周囲を見回し、好奇心丸出しの船員たちに苦笑する。

「詳しい話はなかで――ああ、フィリッポ枢機卿はご遠慮《えんりよ》願いたい。私的な話になるので」

差しだされた手を、アデリアは恐怖にも近い疑惑の眼差しで、見つめる。

すっかり信じきるには、胡散臭《うさんくさ》すぎる。とはいえ、ここでことを荒立てて、手のひらを返されたら、ラ・ローザ号に残っている侍女《じじよ》たちの身も危ない。

従うしかないわ、とアデリアは震える自分の右手を、男にあずけた。

その瞬間、どこか面白がるように、男が口角をあげる。

何か奇妙な仕草をしただろうか、とアデリアは不安に揺れながらも、導かれるままに船室へと向かう。

「ま、待たれよ！　わたしも参るぞっ！」

ひとりとり残される立場のフィリッポ枢機卿が、背後で声をあげる。

それをちらと一瞥《いちべつ》して、サハーラは鬱陶《うっとう》しげに吐きだした。

「状況がおわかりでないな。時間が惜しいのだ。よけいな口出しはやめてもらおう」

「新皇帝が立つまでは、アデリアさまは皇女——男とふたりきりにできようか！」

「なるほど。だが、その心配は無用。おれはただの男ではないのでな」

「何……？」

「こうして皇女アデリア・バジーリオの手を握る権利を持つ、唯一の男——皇帝ピエルマルコどのに認められた、許婚《いいなずけ》なのだから」

一瞬、サハーラが言ったことの意味が呑《の》みこめず、アデリアは目をしばたたかせた。

やはり完全には言葉が通じていないのだろうか、『許婚』と聞こえたような、と思うあいだにもサハーラは身を屈め、うやうやしく捧げたアデリアの手の甲に口づけた。

（な、何、これは……？　あの夢の続き……？）

アデリアはずっと待っていた。

虜囚《りょしゅう》の日々のなかでも、期待を胸に秘めていた。

いつか誰かが風のように現れて、約束のキスをくれる日を待っていた。

それは、白銀の鎧《よろい》をまとった、金髪の騎士のはずだった。決して、褐色の肌に黒髪をなびかせた、砂漠の部族の族長《シャイフ》ではない。

だが、まるで夢の続きのように、サハーラは上目遣いに告げたのだ。

「おれは、あなたを迎えにきたのだ。わが花嫁を」

それはアデリアにとって、この夜の悲劇を一瞬でも失念させるにじゅうぶんな驚愕《きょうがく》だった。

「う、うそです……！　父が……皇帝が、そんな約束を交わすなんて……！」

サハーラに連れられて入った船室で、毛足の長い絨毯《じゅうたん》に無造作《むぞうさ》に散らばった書簡を見ながら、アデリアは震える声を絞《しぼ》りだす。

「し、信じられない、こんなこと……」

だが、どれほど違うと言い張ろうと、見たものすべてがアデリアを裏切る。

蠟封《ろうふう》の印影は、たしかにロンダール皇帝印。手紙を開けば、そこに見覚えのある文字が並んでいる。数少ない返事の手紙を、アデリアは宝物のように何度も読みかえしたのだから、父の筆跡を見間違えるはずがない。

「――ということで、商談に入ろうか。ロンダールの皇女よ」

絨毯のうえにへたりこんだまま、アデリアが書簡のあらかたに目を通すのを待って、サハーラが口を開いた。

「いきなりの報《しら》せで、おれも驚いた。――だが、見ればわかるとおり、これはロンダール皇帝ピエルマルコ・バジーリオとの正式な協定だ」

「でも、わたしは……もう、皇女ではありません」

「いや、まだだ。元老院が新皇帝を任命するのは、早くても明日。そのあと、法にのっとって市民議会の承認を得るには、さらに数日かかる。それまではあなたは皇女であり、亡き皇帝の意志も生きている」

何を言っているのだろうこの男は、とアデリアは、呆然《ぼうぜん》と聞いている。

アデリアには帰る場所もない。国を追われ、流浪《るろう》の身に墜《お》ちていくだけなのに。

「あなたの父上は、ロンダール沿岸を襲う海賊対策に苦慮《くりょ》しておられた。そして、その討伐《とうばつ》をわれらに依頼したのだ。その代わり、おれの望むものを与えようと」

「あなたの、望み……?」

「アデリア・バジーリオを、妻に迎えること」

言って、サハーラが差しだした結婚許可証は、正式なものに見える。

「ここに、あなたのサインをいただきたい」

「父が……、皇帝ピエルマルコが、海賊退治の見返りに、わたしを嫁《か》すると……?」

だが、どれほどそれが正式な証書であろうと、アデリアには信じることができない。

「ロンダール海軍は、何を……何をしているのです?」

あまたの属州を従え、帝国を名乗るティティス海の盟主——その海軍はいったい何をしているのか、とアデリアは必死に訴える。

「海賊船は神出鬼没だ。三角帆《ラティーン》の二枚ほどで風を捕まえ、あっという間に海面を滑っていく。

軍船がやってきたころには、すでに姿を消している」

つまり、南方の海賊を根絶やしにするには、彼らの本拠地を叩くしかないわけだが、そのあいだには、巨大なティティス海が横たわっている。

だが、いまのロンダール海軍には、ティティス海を南下して、海賊を討伐するだけの力がないのだと、アデリアはようよう気がついた。

「ロンダール海軍は……傭兵《ようへい》ばかり……」

唖然《あぜん》とつぶやくアデリアに、サハーラは、そのとおり、とうなずいた。

「いくらご立派な船だろうと、乗っているのは傭兵ばかり。連中は金で動く。海賊退治に命など懸《か》けるはずがない。――なのに、元老院のジジイどもは、そのことにさえ気づかない。だが、あなたの父上は、もう少し賢かった。海賊を敵に回すのではなく、味方にすることを考えた。そして、おれが送った手紙に目を留めたのだ」

執拗《しつよう》に皇女との結婚を求めるサハーラの手紙の草稿もまた、周囲に散らばっている。

「海賊対策に苦慮《くりよ》している矢先に、バルバディ海賊の本拠地である南方の族長《シャイフ》から、興味のある申し出がきた。――ならば、これを利用できないか、と考えた」

サハーラの言葉をどこか遠くで聞きながら、アデリアは父の手紙に視線を落とす。

皇女アデリア・バジーリオを、シャムス人の族長《シャイフ》サハーラ・アッ＝シャムスへと降嫁《こうか》させると記された、それ。

（本当に賢いわ……。ついでに、もうひとつの面倒ごとも消えるのだから……）

結婚という堂々の名目で、頭痛の種だった左利きの娘を遠ざけることができる。

遠い南方の地に嫁がせてしまえば、二度と戻ってくることはない。

（蛮族《ばんぞく》退治に利用するしか、わたしの役目はない、ということなのね……）

もはや嘆く気力すらない。

ただ、耳を滑っていくサハーラの言葉を、聞いているしかできない。

「こちらも、バルバディ海賊の所行には頭を痛めていた。シャムス人すべてが、海賊あつかいされるのは心外。それが、本当に同胞の仕業《しわざ》であるなら、よけいにわれらの手で罰しなければと思っていた。――つまり、双方の利害が一致したというわけだ」

「そう……」

うなずいて、アデリアは深いため息を落とす。

古代ギリオスの英知を継いだ帝国が、バルバディに頼って、その威信を地に落とす。

「父には……もうそれしか残されていなかったのですね」

そうやって、苦渋《くじゅう》の決断をしていた皇帝を、市民の非難をかわすために、短絡的に暗殺という手段で葬《ほうむ》った者たちが、元老院議員などと威張っている。

もはや、本心から帝国を憂《うれ》える者など、どこにもいないのだ。

哀しみすら湧かないほど感情の欠落したアデリアの耳に、サハーラの要求が聞こえてくる。

「で、どうなさる？　あなたが了解するなら、たとえ皇帝ピエルマルコ亡きあとでも、おれは協定を順守する。いまならまだ、これは正式な契約として通用する」

「元老院が、とぼけたら……どうなります？」

「むろん、連中は無視するだろう。だが、考えてもみるがいい。いまのティティス海世界を動かしているのは商人だ。ロンダール帝国が絶対に必要とする小麦や香料を運んでいる交易商人は、契約を無視することをもっとも嫌う」

「そう言って……脅《おど》しをかけるのですか？」

「脅しではない。それが事実だ。交易商人の情報網《もう》を侮《あなど》るものではない。どんな早馬より速く、おれたちは情報を伝えることができる」

言ってサハーラは、剛胆《ごうたん》に笑った。やはり尊大な笑みが似合う男だ。

たしかに、この男の言いぶんにも一理ある。サハーラがその気になれば、ロンダール元老院の裏切りは、あっという間にティティス海世界全体を駆けめぐる。

その結果、もしも小麦を運ぶ隊商《キャラバン》が故意に足を止めれば、もともと自国での生産量が少ないロンダール帝国は、一月《ひとつき》で備蓄を食い尽くす。

そして、ロンダール市民は飢えに慣れていない。千年以上ものあいだ、属州が不作に嘆いているときでさえ、飽食《ほうしょく》と享楽《きょうらく》の日々をすごしてきたのだ。

わずかな飢えが市民の怒りを呼ぶ。いっそ、みなが決起して、元老院議員を襲うようなことにでもなれば、平和ボケの為政者《いせいしゃ》たちも少しは目を覚ますかもしれない。

（そうね……。そのほうがいいのかもしれない……）

アデリアは、ずっとイーリス島のベランダから、北の空を見続けてきた。

帰ることの許されない故郷をただ思うしかできなかったが、一歩離れた場所にいたぶんだけ、彼女の目には、末期的症状に喘《あえ》ぐ名ばかりの帝国の哀れな姿が見えていた。

「で、返事は？」

うっそりと故郷を思い描いていたアデリアの視界に、褐色の男が割りこんでくる。

「ずいぶんと、お急ぎなのね」

「当然だ。いまこの場で決めてもらう。皇帝ピエルマルコの公文書の効力が通用するのはここ数日だ。新たな皇帝が選ばれてしまえば、これは単なる紙くずだ！」

「では……それまで待ちましょう。わたしが皇女でなくなる日を」

「断るのか？　父上の最後の望みを」

「これ以上の悪あがきは、無様にすぎましょう」

たとえ、ここでシャムス人と手を結ぼうが、焼け石に水。

千二百の歴史を誇るロンダール帝国も、すでに黄昏《たそがれ》のなか——あとは沈むのを待つだけならば、せめて最後は潔《いさぎよ》く、とアデリアは頭《こうべ》をあげる。

だが、それはどうやら、サハーラが望む態度ではなかったようだ。

「ならば、奴隷《どれい》として売るまでだ。あなたひとりではすまない。フィリッポ枢機卿《すうききょう》も侍女《じじょ》たちもすべて、ラースの奴隷市で売りとばしてやる」

大陸を西方と東方に分かつアレル山脈——その向こうには、大神の加護から見放された民族が住む。ジャリル砂漠を根城にするジャリール人である。

ラースというのは、彼らが外港として使っている港湾都市の名だ。

「なっ……!?　侍女たちを奴隷に……?」

とっさに放った驚愕《きょうがく》の声ごと、奪うような強引さでアデリアの口が塞がれた。

くちゅ、と耳を突くような淫靡《いんび》な音がして、唇に濡れた感触が広がっていく。

（え……?　な、何……これっ……!?）

ようやく、それがサハーラの熱い唇だと、アデリアは気がついた。

どこか苛々《いらいら》したふうに乱暴に唇を吸われて、驚きのあまり半開きになったところに、いきなり歯列《しれつ》を飛びこえてぬるりとしたものが入りこんでくる。

それがサハーラの強靭《きょうじん》な舌だとわかって、アデリアは抵抗することも忘れて、硬直した。

（うそ……これは……、こんなの、うそよっ……!?）

騎士との口づけは、アデリアのあこがれだった。

いつか自分を救ってくれた人に、この唇は甘く吸われるのだと、夢見ていた。

だが、実際はどうだ。いくら父親が決めた許婚《いいなずけ》だろうと、まだ出会ったばかりの男に、それも色よい返事をしているわけでもないのに、唇を貪《むさぼ》られる。

息継ぎもままならず、痛いほどに強く吸われ、そのあいだも怒りを含んだような舌が、感じやすい口蓋《こうがい》を嘗《な》めまわす。

かと思うと、歯列をくすぐっては、もじもじと腰が焦れるような淫靡《いんび》な感触を送ってくる。

これは、花嫁への口づけなのか？

それとも、奴隷に売られた女が受ける仕打ちなのか？

後者のように思えて、アデリアは胸を不安に戦慄《おのの》かせる。

甘さも、やさしさも、尊敬も、献身も、騎士が敬愛する姫に寄せる好意的な感情など、ひとつとして見いだせない。

強引で、暴慢で、男の力の誇示に満ち満ちた、女を傷つけるための口づけだ。

ようよう自分のおかれている状況に気づいて、遅まきながら両手でサハーラの胸を押し戻そうとするが、それは情けないほどになんの抵抗にもならない。

褐色の太い腕は、しかとアデリアを包みこみ、逃げる隙《すき》など微塵《みじん》も与えてくれない。

（ああ……、な、なんて男っ……！）

初めての口づけを、こんなに乱暴に奪うなんて、ひどすぎる。

なのに、気持ちはどうあれ、身体《からだ》は一方的に押しつけられた快感に驚きながらも、じょじょにそれを受けいれているのだ。

じゅるっ、と唾液《だえき》を吸われる音が響くたびに。

より深い角度を探して、食《は》みあわせをかえるたびに。

口腔《こうこう》内の新たな粘膜が擦られる感触は、決して不快ではない。

食物を味わうための器官は、実はこんなものまで味わってしまえるのだ。

「……ん……、くふぅっ……」

息苦しさのあまり漏れているはずの声が、甘ったるく鼻から抜けていくのが、まるでもっと強い刺激を欲しているかのように鼓膜を震わせるのが、たまらなくいやだ。

なのに、ようやく口づけから解放された瞬間、アデリアは夢中で去っていく舌を追いかけるような仕草をしていた。

ふたりの唇をつないだ唾液の糸が、ぷつんと切れる音すら聞こえるような気がするほど、全身の神経が過敏になっている。

「ふ……、いい味だ」

まるで極上《ごくじょう》のワインでも味わうように、ぺろりと唇を嘗めとった男の、ただ逞《たくま》しいだけではない芳醇《ほうじゅん》な色香に満ちた表情に、一瞬、視線が捉われる。

男の唇を濡らす唾液《だえき》は、口角から流れ落ち、顎《あご》を伝って喉元《のどもと》まで淫靡な流れを作っている。

何かを期待するように、こくりとアデリアもまた、喉を鳴らした。

（これが、口づけ……？　こんなにも生々しくて……濃密な……）

それが、初めての相手にするには深すぎる口づけだということも、アデリアは知らない。

「いまのは手付けだ。少々乱暴だったのは、ジャリール人の流儀を真似《まね》たからだ。それでも、連中の奴隷になりたいなら、せいぜい高値で売ってやる」

サハーラは手の甲で唾液を拭きとりながら、傲然《ごうぜん》と皮肉るのだ。

「ラースに集まる買い手は、もっと容赦《ようしゃ》がないぞ。あそこは、本当の意味での盗賊の集積地だからな」

このガレー船に出会ったとき、これほどの最悪はないだろうと思った。

だが、さらに最悪な、二者択一があったのだ。

「さあ、好きなほうを選べ。シャムスの族長《シャイフ》の妻か、ジャリール盗賊の奴隷となるか」

南方の族長《シャイフ》と、東方の盗賊と、どちらが恐ろしいかといえば、おどろおどろしい話の数々を聞かされているだけに、ジャリール人のほうが身に迫って恐ろしい。

「おまえの決断に十数人の侍女の命運がかかっている。だが、高貴な皇女ともなると、使用人がどうなろうと知ったことではないか？」

あきらかな侮蔑《ぶべつ》を込めて、さっきまでの『あなた』呼ばわりを『おまえ』に変えて、サハーラは揶揄《やゆ》する。

しょせん皇帝の一族など、その程度のものだと。

瞬間、アデリアの身のうちで何かが弾けて、欠落していた感情がよみがえってきた。

それは、悲嘆でも、失望でもなく、憤《いきどお》りにもっとも近い感情だ。

茫洋《ぼうよう》とさまよっていた瞳にも、意志の輝きが戻っている。

自分のことだけなら、どうなってもかまわないと投げ捨てられもするが、フィリッポ枢機卿や侍女たちまでもとなれば、話は別だ。十四年のあいだ、幽閉されたアデリアに仕えてくれた者たち――一時の捨て鉢《ばち》な気持ちで、犠牲にするわけにはいかない。

「……では、わたしからも条件があります」

ぐっ、とアデリアはドレスをつかむ拳に力を込める。

「条件？」

「あなたの望みがわたしなら、他の者たちをすべて解放してください。みなの無事が約束されるなら、あなたの妻になりましょう」

震えながらも、必死にねめつけるアデリアの視線を受けて、サハーラは満足げに笑う。

「よかろう。どのみちこちらの船に連れてきたのは、フィリッポ枢機卿だけだ。彼をあちらに帰せばいいだけのこと」

「それで、船員たちは納得しますか？　戦利品を逃しても……」

「あなたが結婚を承知してくれれば、それでじゅうぶん。みな、あなたを迎えにきたのだから。最初から何も奪うつもりはない――というか、この船をなんだと思っている？」

そういえば、とアデリアは改めて船室を見回した。

船の内部にはかぎりがあるから、よけいな調度品は排除されるものだが、ここにはたっぷりと空間がとられている。

床には毛足の長い絨毯《じゅうたん》が敷かれ、精緻な彫刻も見事な、黒檀《こくたん》の机や椅子《いす》やチェストが、貴族の館の設《しつら》えを思わせる優雅さで置かれている。

色気のない衣装箱やハンモックのたぐいは、どこにもない。

船長専用にしても、ずいぶんと贅沢《ぜいたく》な造りだ。

「この船は……何かの儀式用ですか？」

靄《もや》のなかで、はっきりとは見えなかったが、思い返せば外装も美しかった。

「だから、これは花嫁を迎えるための船。名はそちらの国の言葉をつけた。『フローラ号』と。おれからあなたに贈る船——花婿が花嫁に支払う婚資金《マフル》と思ってもらおう」

「わたしの……船……？」

フローラは花の女神の名だ。

見かけによらずロマンを解するのかもしれない、とアデリアは思ったのだが。

「おれたちシャムス商人にとって、結婚は契約だ。妻の生活を保障できない男は結婚するな、と言われるくらいで。この船を見ただけで、おれの価値がわかるだろう。男からの申込み《イージャーブ》を、女が受諾《カブール》すれば、それで決まりだ」

前言撤回——結婚を契約と言いきるとは、ずいぶん合理的な民族だ。

だとすれば、交渉相手としては悪くはない。商人は何より契約書を大事にするものだ。少なくとも、アデリアが自分の身を犠牲にすれば、他の者たちは助かるのだ。

「――では、ペンを貸してください」

もう迷うことなく、アデリアは言われるままに書類にサインをした。

皇女として、長年仕えてくれた者たちを救うという、最後の仕事を果たすために。

そして、羽ペンを置いて、ホッと息をつく。

「これでいいですね？　すぐにラ・ローザ号を解放してください」

よかろう、とサハーラは二つ返事で、部下を呼び、フィリッポ枢機卿をあちらの船に帰して、逃がすように、と伝える。

船室に閉じこめられているアデリアは、別れすら言えなかったが、船窓からラ・ローザ号が遠ざかっていくのを見て、ようやく胸を撫《な》でおろした。

（これでいいわ。わたしにできることは、もう何もない……）

なんとしても追っ手をまいて、自由な国にたどりついてくれ、と願うしかできない。

闇のなかに、ラ・ローザ号の三角帆《ラティーン》がすっかり溶けこんでしまっても、アデリアはしばしその場を動くことができなかった。

ロンダール帝国のすべてが、去っていく。四歳のときに、ほとんど失っていたも同然の故郷だが、それでも、これで本当にもうアデリアにはなんの義務もない。

左利《き》きの魔性の皇女として、畏怖《いふ》されるだけの人生が、ついに終わったのだ。

「さて、アデリア・バジーリオよ」

背後からの声、肩にかかる手――それはすべて新たな人生の幕開けを告げる。

「こちらは約束を果たした。相応の対価をいただこうか」

アデリアは振り返り、そして小首を傾《かし》げた。

「でも……わたしを妻にして、あなたになんの得があるのです？」

「むろん、下心なしに、シャムス商人が結婚相手を決めたりはしない。女神ティティスの化身たるあなたは、おれにとってなくてはならない手駒《てごま》だ」

「手駒……？」

どのみち皇女である以上、政略結婚は当然だし、最初から契約だと明言されているのだから、そのことに不満を持つつもりもないが、見捨てられた皇女になんの価値があるのだろう。

「それに、あなたとの約束でもある」

「え？」

「おれはあなたに会ったことがある。そのときの約束だ」

「何を……言っているの……？」

そんなことはありえない。

アデリアが男と面会するのは、イーリス島に商船や軍船が立ち寄ったときくらいだ。

美貌《びぼう》の皇女目当てに、わざわざ船を仕立ててやってくる金持ちもいるが、そのなかに褐色《かつしょく》の肌の民族がいようはずがない。

彼女がサハーラに出会ったことがあるとすれば、イーリス島を出たときだが、それこそ数えるほどしかない。

（古代ギリオスの神々の島をめぐる巡礼の旅に。でも、ほんの数回……）

そこまで考えて、アデリアは小さな引っかかりを感じて、細い眉を寄せた。

どんな出会いだろうと覚えておいても無駄なだけ――ずっとそう思って、意識のしたに押しこめておいた、遠い日の記憶。

「そ、そんな……、まさか……!?」

急激な鼓動の高鳴りを感じながら、アデリアはゆるゆると両眼を見開いていく。

記憶の底からおぼろげに浮かんでくる、男の影。

（あのときの男は……どんな姿だった……？）

名前は知らない。訊かなかった。その必要も感じなかった。別れれば二度と会わない。

頭に巻いたターバンの端で口許《くちもと》まで覆っていたから、表情はよく見えなかった。

思い出せるのは、闇を映したような漆黒《しっこく》の双眸《そうぼう》だけ。

それと声だ。低く響いて鼓膜を揺らす、自信満々な声。

――五年だ。あと五年したら、おまえをおれの花嫁にしてやる。

戯《たわむ》れのような言葉。

謎かけのような求婚。

忘れたつもりでいたのに、それは記憶の奥に刻みこまれて、おりにふれては彼女の夢を訪れた。あこがれの騎士を差しおいて現れる、褐色の肌の男の姿となって。

「会ったことがあるわ……、ひとりだけ……」

アデリアは、唖然《あぜん》とつぶやいた。

砂漠からの熱波は、容赦《ようしゃ》なく肌を灼《や》く。

頭がどろりと溶けそうになるほど、ぎらつく太陽。

「褐色の肌の……男……！」

アデリアの驚愕《きょうがく》を前に、サハーラは満足げに笑んだ。

「思い出したか、左利きの皇女よ。おれとの出会いを。あのときの約束を」

そうして、ようやくアデリアの遠い記憶は、悪夢にまで現れる男の姿を描きだした。

アデリアは、まだ十歳。あまり恵まれているとは思えない十八年のなかで、最悪というならあれこそ人生の最悪のできごとだと、昨日までは思っていた。

2 悲劇の花嫁

彼女は、ぷんぷんと怒っていた。

一歩、歩くごとに、靴先《くつさき》が砂にめりこんでいくのが、癇《かん》に障《さわ》る。

「……だからいやだったのよ、巡礼の旅なんて」

そんなことは、人生に飽き飽きした老人のやることだ。まだ十歳で三回もやっているのは、アデリアくらいのものだ。

「はあ……。喉《のど》が、渇《かわ》いた……」

踏みだすたびに寄せくる波が足を洗うのに、ティティス海はどこまでも青々と広がっているのに、だがその潮水は一滴たりとも彼女の喉を潤してくれない。

「もうー、誰が命じたのよ、こんな旅を？」

たぶん彼女の父親、皇帝ピエルマルコだろう。他にいようはずがない。

文明の母なる古代ギリオスの遺跡は、ティティス海のあちこちの孤島に、神々の像を祭ったまま眠っている。そのすべての神殿で祈りを捧げれば、罪は許される——誰が言いだしたのか、そう信じられている。

だから今回は、遺跡の残る最南端の島へ向かうという。そこまで行けば、もはや帝国領内ではない。だが、少々の危険を冒しても、罪からの解放を願わなければと。

「罪って何よ？　たかが左利《き》きってだけじゃない！　それをいつまでもぐちぐちと……」

左利きなのはアデリアの罪ではない。

世界的に見て、左利きを忌《い》む風習が多いのも、アデリアの責任ではない。

なぜか人間には、右利きが多い。

そして、自分とは違う者を忌み嫌う。それは異端だと。

四歳のときに左利きと知られてから、アデリアはずっと、魔性の娘だと言われてきた。

だからといって、巡礼で救われるとは思えない。それほど簡単なことなら、左利きとわかった時点で、そうしていればよかったのだ。

どこで何を祈ろうと無意味だと、アデリアこそが知っている。

（──大神なんかいないのよ。たとえいたって、人を助けてなんてくれない）

だから、最初から気が乗らなかった。それでも旅の半分は無事にすぎた。

大きな三角帆《ラティーン》を広げて、帆船《はんせん》が南に向かいはじめたとき、北風が強まった。

この時期にしては珍しいが、そもそもティティス海を吹く風は気まぐれだ。南に向かうのだから順風はありがたい。

だが、それが十日も吹き荒れることになるとは、誰も思っていなかった。

船長や水夫たちの努力も虚《むな》しく、船は目的の島を通りすぎて、さらに南へと流されていく。

食料も水も尽きかけていたところに、ようやく陸が見えてきた。

安堵《あんど》したのもつかの間、強風は雷雨をともなった嵐へと変わり、木の葉のように揺られること三日三晩、やっと揺れがおさまった朝、船は砂しか見えない浜に座礁《ざしょう》していたのだ。

おまけに、船員たちの姿が消えていた。

つまりは、さっさと逃げ出さないと命にかかわるような危険な場所だということで、なのに、侍女《じじょ》たちは、こんなときこそ女神ティティスにおすがりしましょう、と跪《ひざまず》いて祈りはじめてしまった。

(本当にもう、バカじゃない。助けを呼びにいくのが先決でしょう)

だが、いったんはじまると祈りは長い。

待ってたら陽が暮れるわ、とアデリアはこっそり船を抜けだしてきたのだ。

砂浜をまっすぐに行けば、いずれ漁村か港につくはず、と思っていたのだが。

「甘かったわね……」

革袋の水はとうに尽きた。アデリアは目を細めて、ちらと空を仰《あお》ぐ。

何がいちばん腹が立つかといえば、照りつける太陽の位置が自分が知っているそれより高すぎることだ。どうやらティティス海の南端に流れついたようだ。

船員たちが逃げるはずだ。つまりここは、ティティス海でもっとも凶暴と恐れられている、バルバディ海賊の土地なのだ。

「でも、南方のことなんて、わからないほうが多いんだから……なかには友好的な民族もいるかもしれないじゃない」

そう自分に言い聞かせる。

気丈に思っていなければ、泣きだしそうだ。

だが、こんな砂漠で泣けば泣くだけ、水分がなくなる。

右側に延々と砂丘が続いているが、一度だけ登ってみてあきらめた。その向こうに見はるかすかぎりに続く、不毛の砂漠の光景に目眩《めまい》さえ感じたから。

見続けていれば、きっと心が折れる。

保《も》っても十日ほどの命が、一気に数日に縮まる気がするほどに、渇《かわ》きの恐怖は大きい。

だから、ひたすら怒りながら歩く。

哀しみや、慰めや、自分を脆《もろ》くする感情を切り捨てて、前へと。

自分をこんな境遇に陥《おとし》いれた者たちに――父である皇帝に、追放された母に、逃げ出した船員たちに、バカのひとつ覚えのように祈ってばかりいる侍女たちに、何よりも、頭上に輝く忌々《いまいま》しい太陽に向かって怒りをぶつけながら、ただ前を見すえて歩き続ける。

ふと、寄せる波の音のあいまに、砂を蹴《け》る蹄《ひづめ》の響きが聞こえた。

陽炎《かげろう》が揺れる眩《まぶ》しいばかりの砂浜の向こうから、小さな影が近づいてくる。

幻覚かと思って、ぱしぱしと瞬いても、その影は消えない。

近づくにつれて、騎乗した男だとわかる。

色の褪《あ》せたような青いマントに、やはり青のターバンを頭に巻き、長く垂れた布の端を反対側の耳に回して、口から鼻までを覆っている。

唯一、覗《のぞ》いている双眸《そうぼう》は、まっ昼間にもかかわらず、そこだけ夜の闇の色だ。

どこか笑いを含んでいるような黒い瞳が、物珍しげに、その場から浮きまくった金髪碧眼《へきがん》の少女を見下ろしている。

彼女の前で、騎馬はゆるりと脚を止め、男がわずかに身を乗りだして問いかけてくる。

「どこから《ミン》来た、《アン》小娘《アンティ》？《？》」

男の口から出た言葉に、アデリアはホッと胸を撫《な》でおろした。

――ジャリール語だわ。これならわかる。

ジャリール人はティティス海の東岸に住む民族だが、四百年ほど昔に、王のなかの王《シャー・ハン・シャー》と呼ばれる首長《シェイク》が大軍を率《ひき》いて南方征伐《せいばつ》を行い、巨大な帝国を造ったのだという。

もっとも、それも一代で滅したとのことだが、以来、南方の宗教も言語も風俗もジャリールふうになったのだと聞いた。

アデリアはしばし迷って、黙したまま、指でいま来た方角を示す。

「いく《カム》つだ？《ウムルキ？》」

この質問に指で示すのは面倒だったから、答えを返す。

「……十歳《アシャラ》……」

「どこ《イラー》へ行《アイナ》くんだ？《タズバビーナ？》」

そんなの見ればわかるでしょう、と慣れぬジャリール語と手振りの会話に、それまで溜まりに溜まっていた怒りが、沸点へと達した。

「見てわからないの、前へ行くのよ！　助けを探してるんだから、邪魔しないで！」

思わず出たのは、故国のロンダール語だった。

「気の強い小娘だ」

返ってきたのもまた西方の言葉で、アデリアは目を丸くする。

「……西方の言葉、しゃべるんじゃない。だったら最初からそうしてよ」

「そうしてほしいのなら、こちらの言葉がわからないふりでもしていろ。その姿の小娘が首を傾《かし》げれば、ちゃんとそっちの言葉を使ってやった。——それにしても、見事な金髪碧眼《へきがん》だな。どこの国だ。ロンダールかミランディアか……」

ふと考えこんだようすの男に、アデリアは身元が知られるのを恐れて、自分から告げる。

「イーリス島よ！　わたしが住んでるのは」

「ふうん……。ずいぶん南に流されたもんだ。西方では、こんな小娘を船に乗せるのか？」

「巡礼の旅だったの。でも、船が座礁《ざしょう》して……。この近くに街か港はない？」

「ギリオス神殿の巡礼の旅か？　そのわりに、大神とやらの加護はなかったようだな。乗れ。その足じゃ、街にたどりつく前に干《ひ》涸《か》らびるぞ」

騎乗したまま皮肉る男を、アデリアはムッとねめあげる。

皇女としての矜持《きょうじ》は強いから、胡散臭《うさんくさ》そうな男相手に、物怖《ものお》じせずに視線を合わせるだけの根性はある。単に意地っ張りともいうが。

睨《にら》まれた男のほうは、何やら楽しげに眼を細める。

「いやなら勝手にしろ。干乾しになるのが趣味なら、放っておくが、どうする？」

目の前にぬっと出てきた褐色の手を見て、アデリアはしばし逡巡《しゅんじゅん》した。

「わ、わたしを捕らえても、身の代金なんかとれないわよ。ビンボーな島民だから。それとも奴隷《どれい》として売るの？」

「そういうつもりなら、さっさとさらっていく。こんな一言よけいな小娘の話に、わざわざ耳を貸したりしない」

「小娘って、小娘って、もうー」

「はいはい、お嬢ちゃん。さあ、乗れ」

他に頼りになりそうな者もいないし、このまま干物になるのもいやだからと、アデリアは自分の手をあずける。引かれるままに男の前に騎乗して、ホッと一息ついたとたん、背後から低いつぶやきが聞こえた。

「左利きか」

瞬間、どくん、と大きく心臓が跳ねた。

疲れで思考力が鈍っていたのだろう、とっさに左手を出してしまった。

西方でも左利きは忌み嫌われる存在だが、砂漠の民は、戒律で食事にさえ左手を使わないと聞いていた。

「ち、違うわ。両手利きよ！」

慌てて否定したから、少々声が乱れた。だが、男は気にするふうもない。

「そうか。――それより、肌を出していると火ぶくれになるぞ。薄汚れているが、ないよりましだ。おれの上着《カフタン》を被《かぶ》っていろ」

カフタンというのは王様《スルタン》が着る豪華なローブ状の衣装かと思っていたが、どうやらこの薄汚れたぼろも含めて、上に羽織《はお》るものを総じていうようだ。

頭から布にすっぽりくるまれたとたん、直射日光が当たらないぶん涼しくなった。

(意外と親切な男だわ。ちょっと汗臭いけど……がまんできないほどじゃないし)

などと、内心で失礼なことを思いながら、疲れた身体《からだ》を背後の男にあずける。

横柄《おうへい》な態度の迷子を相手にしても、男は苛《いら》つきもせず飄々《ひょうひょう》と馬を進める。

「アフダル港の市《スーク》まで送ってやろう。あそこなら、ミランディアの交易商がいるはずだ」

「ミランディアの？　こんな南方まで、あの国は交易路を広げているの？」

「商人は貪欲《どんよく》だ。危険を恐れて、ティティス海で商売はできないな。——だが、その口ぶりではロンダール帝国の娘だな。名は？」

「……アデリア・バジーリオ」

身の代金目的に人質にするでもなく、奴隷として売るでもないのなら、せめて名前くらい教えてもかまわないと、ようようアデリアは名乗った。

「アデリアか、いい名だ。バジーリオは……皇帝と同じ姓だな。何か関係があるのか？」

「バ、バジーリオなんて、石を投げたらあたるってくらい、普通にある姓よ」

「まあ、そうだが。しかし、その首に光っているのは、家紋ではないのか？」

はっ、とアデリアは自分の胸にかかっていた首飾り《メダリオーネ》に手をやる。

そこに刻まれている紋章《ステンマ》は、国章でも皇帝印でもない。バジーリオ家の家紋だ。

だが、それを見分けられるとなれば、この男はただ者ではない。

——あれこれ探られたら、どうしよう……。

アデリアの不安を知ってか知らずか、男はそれ以上は突っこんでくることもなく、あたりさわりのない世間話をぽつぽつしながら、馬を進めていく。

黒髪に黒い瞳、褐色の肌は、このあたりの民族の特徴だとか。

西方でバルバディと呼んでいるのは、シャムスの民というのだとか。

それまで本で読むしかできなかったことを、見て、聞いて、アデリアがすっかり夢中になったころに、男が、ほら、と顎《あご》をしゃくって前を示した。

緑が見えた。椰子《やし》の木陰に見え隠れする、幾つもの天幕。そこを抜けたとたん、日乾し煉瓦《れんが》の黄土色の壁が、どこまでも連なる街が現れた。

「あれが……街？　砂漠と同じ色ね」

周縁には、地面にへばりつくような民家がひしめき、街中に向かうほどに、角塔がそびえはじめ、建物の規模も大きくなっていく。

中央に見える、そこだけ鮮やかな青いドーム型の屋根は、宮殿か神殿なのだろう。

目を凝《こ》らせば、湾内に錨泊《びょうはく》している、ミランディア共和国の旗を掲げたガレー船が見える。

必死に張りつめていた気がゆるんで、全身から力が抜ける。

「……よかったぁ……」

「ここまで来れば、港はすぐだ。もうひとりでも行けるだろう。おれはここで引き返す」

「えーと、本当に感謝するわ。お礼をしないと。わたし……ずいぶん失礼なこと言ったし」

馬から降ろしてもらったアデリアが、彼女にしては殊勝《しゅしょう》な物言いをして、頭を下げる。

その言葉の裏に、西方の商人に出会うまでそばにいてほしい、との思いを隠していたのだが、男はアデリアの気持ちなど意にも介さず、轡《くつわ》を返す。

「かまわん。礼などいらん」

「あ、でも、この服……」

「それはくれてやる。いくらなんでも、その髪は目立ちすぎる。すっぽり頭も身体も隠しておけよ。こちらの女は、全身を覆っているものだ」

薄汚い上着《カフタン》と忠告を残して去っていく男に、アデリアは必死で声をかける。

「ねえ、あなたの名前は？　何も知らないと、お礼のしようがないわ」

「そんなに礼がしたいなら、せめて五年待て」

背中で言う男が、右手の五本の指を、ひらひらと振ってみせる。

「五年……？」

「そうだ、五年だ。あと五年したら、おまえをおれの花嫁にしてやる。貸し借りはそれでなしってことにしよう」

冗談混じりに言うと、男は現れたときと同じようにじょじょに小さな影になって、砂丘の向こうへと消えていってしまった。

「五年……。でも、もう会うことなんかないのに……」

アデリアのつぶやきを、砂漠から吹きよせてくる風が、どこかにさらっていく。

別れてしまえば、再会の機会などあるわけがない。

こんな南方の果ての、名前すら知らない異国の男と巡りあうことは、二度とない。

それを少し……、ほんの少しだけ、残念だと感じていたアデリアだった。

❖ ❖ ❖

――あれから八年。

もうアデリアは、幽閉の身にあらがって、無茶ばかりしている少女ではない。

「あなたは……、あのときの……?」

アデリアは紺碧《こんぺき》の瞳を大きく瞠《みは》って、精緻《せいち》な彫刻のほどこされた黒檀《こくたん》の椅子《いす》に悠然《ゆうぜん》と腰掛けた男――サハーラ・アッ＝シャムスを見あげる。

「アデリア・バジーリオ……左利きの皇女。三年遅れたが、あのときの約束を果たせる」

そう、八年前のあのとき、いまと同じようにやはり男は馬上から飄逸《ひょういつ》として、アデリアを見下ろしていた。

あのときもいまも、出会いはいつもアデリアにとって、それまでの人生で最悪の日だ。

ティティス海の南端まで漂流し、砂漠をさまよったあげく、干乾しになる寸前で助けられたのに、恩人である男の顔すら覚えていない。

考えてみれば、ほとんどは馬上で男はアデリアの後ろにいたのだし、顔を合わせたときにも、ターバンで顔を隠していた。

覚える以前に、まともに顔を見ていないのだ。

記憶にあるのは、鋭い双眸《そうぼう》と、低い声と、そして、奇妙で一方的な約束だけ。

――おまえをおれの花嫁にしてやる。貸し借りはそれでなしってことにしよう。

それは、決してかなわない約束だ。

魔性の左手を持つ皇女を、誰が妻にするだろう。

だが、あの男はバジーリオ家の紋章を見知っていたし、名前を教えてしまったから、その気になればアデリアの身元を調べることもできる。

そして、自分が助けた少女がロンダール皇帝の末娘――莫大《ばくだい》な身の代金に化ける姫と知ったとき、彼はどんな態度に出るだろう。ころりと手のひらを返して、礼金を要求してくるのがせきのやまだろう、と思ったこともあった。

だが、半年たち、一年たち……いつになっても、そんな話は耳に入ってこなかった。

そのうち、男の記憶すら曖昧《あいまい》になってしまった。なにせ、異常な状況であった。喉《のど》の渇《かわ》きが見せた幻覚だったのかも、と思うようになった。

ときどき忘れたころに、白馬の騎士を待ち焦がれているアデリアの夢に、ひょっこりと現れては驚かせてくれるあたり、親切なんだか意地悪なんだかと、どこか空想の世界の住人のように感じていた。

こうして目の前にしても、やはり夢の続きを見ているような気がするのは、今夜のすさまじい事件の締めくくりとしては、あまりに想像の埒外《らちがい》すぎるからかもしれない。

呆然《ぼうぜん》としたまま、身につけた皇女としての礼儀で、アデリアは口を開く。

「あのときは……ろくにお礼も言わず、失礼しました」

「べつに。礼を言えるような状況ではなかっただろう。奴隷市で売りとばされるんじゃないか、と怯《おび》えていた小娘が、気絶しなかっただけでじゅうぶん立派だったぞ」

たっぷり揶揄《やゆ》を含んだ『小娘』発言に、あのときの苛立《いらだ》ちがよみがえってきて、アデリアはカッと頬《ほお》を赤らめた。

「お、怯えてなどいません。あのときも、いまも……！」

「ふ……。あいかわらず気が強い。たかが十歳の小娘が、座礁《ざしょう》した船から助けを求めて砂丘を歩いて、あげく、おれを睨《にら》みあげた」

「だから……まだ子供だったのです」

「いや、その気丈さがいい。おれたちシャムスの男には夢がある。知っているか？」

伸びてきた手がアデリアの顎《あご》を捕らえる。再び口づけられるのかと思うほど、間近に迫ってきた肉厚の唇は、でも、触れる寸前で止まった。

「一度でいい。西方の高貴な姫を——白い肌に金髪碧眼《へきがん》の貴族の姫を抱いてみたい。おれたちを蛮族《ばんぞく》呼ばわりしながら、抵抗する姫を、力尽くで手籠《てご》めにしてみたい」

「なっ——……⁉」

「取引は成立だ。では、皇女アデリア・バジーリオよ。おれの夢をかなえてもらおう」

熱い吐息の触れかかる距離で、男の独占欲を丸出しにした瞳でアデリアを射すくめながら、サハーラは告げた。

傲慢《ごうまん》さが似合いそうな唇の印象どおりに、逞《たくま》しくも男の色香に溢《あふ》れた笑みを刻んで。

❖　❖　❖

船室のあちこちに西方ではあまり見たことのない形の吊りランプが、いくつもさがっていて、白く濁《にご》った玻璃《はり》のなかで揺れる蠟燭《ろうそく》が、周囲の壁に奇妙な絵模様を浮かびあがらせている。

つん、と鼻をつく刺激臭は何かの香だろうか。

机のうえに置かれた銀製の香炉から、一筋湧きあがる煙は、天井にとどく前に薄闇のなかに霧散して、刺激的でありながらどこか甘ったるい匂《にお》いだけを残していく。

「あれは、なんの香り……？」

茫洋《ぼうよう》と問うと、どこか呪文めいた答えが返ってくる。

「乳香《ルバーン》、竜涎香《アンバル》、麝香《ミスク》、丁子《カランフル》――他にもいろいろと秘伝の調合をしてある。少しばかり催淫《さいいん》作用もあるが、害はない」

他にいろいろと何が調合してあるのか、少しばかりの催淫作用というのも気にならなくはないが、むしろそういったものに頼ったほうがアデリアには楽なのかもしれない。

感情は鈍る一方なのに、感覚は鋭くなるばかりで、頰に落ちるサハーラの吐息にすら震えが走る。こんなに妙な気分になるのは、すべてあの妖しげな薫香《くんこう》のせいなのだと責任転嫁して、花嫁としての義務を果たそうとする。

そのために、アデリアはいま、横たわっている。

この船室には、設《しつら》えに見合った天蓋《てんがい》つきの寝台が置かれている。四方の柱や天上に描かれた紋様が見慣れないのは、そこだけがシャムス職人の手になるからなのだろう。

交易商人たちが、何カ月もかけて東方から運んでくる絹を惜しげもなく使った寝具は、心地よくアデリアの身体を受けとめてくれている。

だが、それとは反対に、胸苦しいばかりのものが、アデリアの身体を押さえこんでいる。

上着《カフタン》を脱ぎ捨て、ゆったりとした内衣《ミンタン》の前を開けて、逞《たくま》しい胸板をさらしているサハーラの褐色《かっしょく》の身体だ。

「香もまた、花嫁を気持ちよくさせる準備だ。おれにまかせておけ。これでも、やさしい男だ。新妻は可愛がってやらねばな。——おれは二十七。年上のぶんだけ経験も豊富だ。安心して身体をゆだねるがいい」

ちゅっ、と音を立てて、耳朶《じだ》に口づける男の唇は、熱い。

衣のうえからであろうと、節の太い指は見かけとは裏腹に器用に動いて、アデリアの感じやすい部分を探っては、むずむずとくすぐったいような刺激を散らしていく。

これが男の手、これが男の唇、一生味わうことはないと思っていた、夫の愛撫《あいぶ》。

（この男が、わたしの夫……、本当に……？）

十歳のアデリアを助けてくれた男。

そして、もういない父が認めた、世にも許された夫。

とはいえ、いざ女の花を散らされるとなれば、恐ろしくないわけがない。

アデリアに仕える侍女《じじょ》は独り身が原則とはいえ、未亡人もいれば、婚期を逃しただけの者もいて、決して禁欲を誓っているわけではない。

享楽的《きょうらく》な本国での暮らしを知るだけに、豊かな自然が広がるイーリス島の——つまりは刺激のない田舎《いなか》での日々のなか、かえって欲望ばかりがつのっていく。

禁忌《きんき》のはずの淫らな書物を紐解《ひもと》いたり、年上の女たちが披露《ひろう》する赤裸々《せきらら》な経験談に耳をそばだてたり、知識を仕入れるのには貪欲《どんよく》だ。

それを、ここだけの話ですよ、とアデリアに耳打ちしてくるものだから、妙な性技ばかり覚え知ってしまった。そこに生来の想像力も手伝って、アデリアが思い描く男女の閨事《ねやごと》は、ひどく恐ろしげなものになっていた。

透きとおるように白い首筋に、緩《ゆる》く歯を立てて甘噛《あまが》みされた瞬間、そのまま血を吸われるのではないかと、とんでもない想像に身体が緊張する。

「……んっ……！」

ぴりぴりと肌が戦慄《わなな》くのは、恐怖からなのだろうかと、アデリアは声をあげまいと必死に唇を噛む。そんな反応が、よけいに男を悦《よろこ》ばせるとも知らずに。

「いいぞ、その態度は。高貴な女は気丈でなければな。だが、唇は噛むな。傷になる」

やさしさからではなく、せっかくの美貌《びぼう》に傷をつけたくないという理由で、サハーラは再び濃厚な口づけを贈ってくる。突発的な喘《あえ》ぎは男の唇に呑《の》みこまれて消えても、敏感な口腔《こうこう》内をねぶられれば、否応《いやおう》なしに息はあがっていく。

妙な声が漏れそうになるたびに、喉を鳴らして必死にこらえるアデリアだが、これを気丈というなら、サハーラは勘違いしている。

皇女という立場だったから、魔性の左利《き》きの娘だったから、強気にふるまっていただけ。ひそひそと陰口を叩く者たちに、自分には特別な力があるのだ、と開き直ってみせなければ、笑い者にされるだけだから。

攻撃こそが最大の防御、と必死に強がっていただけ。

怯える心を叱咤《しった》して、白眼視《はくがんし》する者はひと睨《にら》みで黙らせ、侮辱《ぶじょく》には倍返しで応え、そして、夜にこっそりと寝床に入って泣く。

泣きながら、かなうことのない空想の世界に思いをめぐらせ、慰めにする。

——きっといつか、あの窓を叩いて、救いの騎士が現れる。

囚われの日々のなか、空想の世界で遊ぶことだけが、アデリアの楽しみだった。

紺碧に広がるティティス海を渡り、天を支える蒼空を越え、心はいつも自由に羽ばたいて、望む世界、望む場所を夢見せてくれる。

そこでアデリアは、ときに勇敢《ゆうかん》な騎士の助けを待つ幽閉された皇女であり、ときに恋する男を想う純情な娘であり、ときに金のために身体を売る娼婦《しょうふ》でもあった。

なのに、唯一の楽しみだったその夢にまでのうのうと出現して、アデリアを驚かした男が、いま彼女を犯そうとしている。

だからよけいに、夢と現実の境が曖昧《あいまい》になってくる。

(これは本当のこと？　本当にわたしは……砂漠の族長《シャイフ》の妻になるの？)

呆然《ぼうぜん》としている間に外套《がいとう》が脱がされ、あとは身を守るには心許《こころもと》ない夜着だけが残る。

着替えてくる余裕がなかったとはいえ、これが正式な結婚ならば、せめて銀糸の刺繍《ししゅう》で彩られたまっ白な花嫁衣装が着たかった。

姉たちが嫁《とつ》いだときには、国を挙げて祝ったと聞いている。

眩《まばゆ》いばかりのドレスに靴に宝飾品。持参金は荷馬車に十台。家具も調度品も名工《マエストローラ》たちが腕を振るい、祝賀の祭は一カ月ものあいだ続き、街は歓声と歌と踊りに湧きあがった。

花嫁行列が進む街道にはバラの花弁《はなびら》が敷かれ、近隣の村々から集まった民衆にも、祝いの硬貨が惜しげもなくばらまかれた。

すべてフィリッポ枢機卿《すうききょう》からの伝聞でしかないが、それでも皇女にふさわしい婚礼だったことは想像に難くない。

（でも……わたしには、花嫁衣装さえないのね……）

それが少しだけ、哀しく感じられる。

とはいえ、どのみち魔性の手を持つ皇女など、政略結婚にすら利用できはしない。

本来なら男に触れられることもなく、口づけすら知らず、イーリス島で朽《く》ち果てるだけの身なのだから、いっそ盛大に女の花を咲かせて散るのも、一興かもしれない。

そんなことを、夢うつつのなかで、ぼんやりと思う。

意識が散漫になるにしたがって、身体は与えられる快感を貪欲《どんよく》に追いはじめる。

やがて、深く合わさった唇の隙間《すきま》から、舌が絡まりあう音が、ぴしゃぴしゃと響いてきて、アデリアを羞恥《しゅうち》に喘がせる。

息苦しさに空気を求めて上下に揺れる胸に、じわりとサハーラの指先が伸びてくる。

乳房の周囲を撫《な》でながら、じょじょにうえへと這《は》いのぼっていくそれが、くすぐったさにも似た悪寒を散らしていく。

最初は指先だけだった感触は、やがて手のひら全体となり、透ける夜着ごとアデリアの乳房をすっぽりと包みこんで、揉《も》みしだきはじめる。海の男のがっしりした指なのに、弾力のある乳房をこねくりまわす動きは、存外器用だ。

やわらかく撫でながらも、ときに悪戯《いたずら》っぽく先端の小さな粒を弾いたりする。

「……ん……、ふ、うっ……！」

どれほど深く塞がれていようと、唇の端からは、否応《いやおう》なしに喘ぎが漏れていく。

年齢のわりに豊かに育った乳房は、揉まれるたびにふるんと揺れて、さきをうながすように再び形よく戻る。それをアデリアは、まるで他人事《ひとごと》のように見ている。

昨日までの自分とあまりに想像外の立場に置かれて、まだ思考が追いついてこない。全身が痺《しび》れているようで、皮膚《ひふ》感覚もひどく鈍い。どんよりとした体内で、心臓の鼓動だけが明確に存在を主張して、ドクドクと激しく脈打っている。

「なるほど、これが処女の身体か。――ココヤシの果肉のような、やわらかな胸。さすが女神ティティスの化身だ。男に揉まれなくてもここまで豊かになるとは」

口づけをほどいた男が間近で楽しげに言って、いきなり指が食いこむほどの力強さで、乳房をわしづかみにした。

「……ッ……、や、ああっ――……!?」

衝撃で、初めて悲鳴じみた声が出た。

精一杯の矜持《きょうじ》でこらえても、突発的な反応はどうすることもできない。喉《のど》が痙攣《けいれん》するような無様な声で、混濁《こんだく》しかかっていたアデリアの意識が明確になる。

瞳に映る天蓋《てんがい》の飾りは、見知ったものではない。

精緻《せいち》に描かれた花鳥紋様は、うねり、絡みあい、どこか男女の交合を想像させる。

これは夢だと、どれほど自分をごまかしても、目覚めはこない。

いま、アデリアが味わっているものこそ、まさに現実なのだから。

形が変わるほどに強く乳房を揉みしだかれて、一気に体温があがっていく。サハーラの熱が伝わってくるのか、それとも、アデリア自身が火照《ほて》っているのか。

ねっとりと唾液《だえき》に濡れた男の舌が、小さな尖りを弄《いじ》っては転がすたびに、ぴりぴりと肌を刺すような痺《しび》れが駆けぬけていく。

「んっ……、な、何、これっ……？」

サハーラは、両手でふたつの乳房を押しつけて、近づいた先端を交互に口に含んでは、ねぶっている。くすぐるように嘗《な》めては、甘嚙みし、乳輪の皮膚《ひふ》ごとぱっくり咥《くわ》えて、さらに強く吸いあげる。そのたびに、全身の産毛《うぶげ》を撫でられているような疼《うず》きが、寄せては引く波頭のように、アデリアの肌を這いまわる。

「ん、やぁっ……、ち、違う……こんなの、違うっ……！」

たったあれだけの小さな粒が、全身を粟立《あわだ》たせるほどの快感の種を隠し持っていたとは、どうしても信じられず、アデリアは首を振る。

だが、金髪が枕を叩くごとに、感覚は鋭敏になり、愉悦《ゆえつ》も深まっていく。

（——ああ、あんなになって……！）

それが自分の胸だとは信じられない。

たしかに、ふたつの膨らみはドレスの胸許《むなもと》からこぼれそうなほどに豊かだったが、それでも男の手のなかで汗ばみ張りきった肌は、自分でも驚くほどに輝いている。

いつもは小さな窪《くぼ》みが見える先端も、いまは丸く凝《しこ》って、淫らな形に立ちあがっている。そこが堅くなることは知っていた。冬の朝、何気なく触れたとたん、痛みにも似た感覚が走ったこともあった。それが快感なのだということも、おぼろげな知識で知ってはいた。

でも、まさか、これほどに敏感だとは思ってもいなかった。

じゅるっ、と濡れた音が響くたびに身体《からだ》が震え、ふたつの房が、ゆさゆさと揺れる。

細やかでありながら容赦《ようしゃ》のない技巧に翻弄《ほんろう》されて、アデリアは知らずに胸を突き出して、もっとねだるような仕草をしていた。

「さっきも言ったが、男の夢は高貴な女の白い肌を抱くことだ。それが自分の腕のなかで墜《お》ちていくさまを見るのが、楽しい。――そして、こんなに楽しいのは久々だ」

サハーラの揶揄《やゆ》が許せず、アデリアは眉根を寄せながらも、気丈に男を睨みあげる。

だが、そんな意地も、一瞬で瓦解《がかい》してしまう。

ふっくらと形を変えていく先端を甘嚙みされるたびに、身のうちに奇妙な熱がわだかまって、どうにもじっとしていられなくなる。

弄られているのは乳房なのに、疼《うず》くようなそれはなぜか下腹部の奥のほうにじんわりと溜まっていく。

むずがゆいようなその感覚に、知らずに腰が揺れしまう。

内腿に奇妙な緊張感が走って、股《また》ぐらにも無駄な力がこもっていく。

「ん……、やあっ……」

アデリアの微妙な反応の変化に気づいたサハーラの手が、下肢《かし》へと滑っていく。

その怪しげな動きに気づいて、あっ？　とアデリアは目を瞠《みは》る。

布越しに揉み立てられる胸の感触はむろんのこと、ゆるゆると捲《まく》りあげられていく夜着の裾《すそ》から現れる、下肢の心許なさは半端ではない。

春とはいえ、広大な内海の夜は肌寒いくらいだ。身体が火照《ほて》っているぶんだけ、直に触れる夜気はひんやりと肌を粟立たせ、さらなるぬくもりが欲しくなる。

そこに、サハーラの手のひらが触れてくる。アデリアより高い体温でゆるりと滑っていっては、鬱陶《うっとう》しいほどの熱でアデリアの内腿をまさぐっている。

それが、ある一カ所を目指して進んでいくのがわかる。

アデリアだとて、閨事に関する知識くらいはある。

それはもう耳年増《みみどしま》の侍女《じじょ》たちが、刺激的な話を仕入れてくるたびに、これは絶対に秘密でございますよ、と前置きして聞かせてくれたのだから。

女の秘所が——花にたとえられる部分が、どんなときに開くのか、どうしてそれが必要なのか、じゅうぶんすぎるほど知っている。

まだ身を縮こまらせた花芽《はなめ》も、そして、慎《つつし》み深く閉じたままの花弁《かべん》も、その奥で開花するときを待っている蕾《つぼみ》のごとき花芯《かしん》も、まだアデリアのうちで密やかな眠りのなかにあるはずだったものが、乳首への刺激で目覚めようとしている。

そしていま、触れるか触れないかの距離で花弁をなぞって、小さな花芽に向かっていく指先が、何をしようとしているのかも、漠然《ばくぜん》とながら想像はつく。

だが、しょせんそれは想像にすぎないのだと、さわりと敏感な粒をひと撫でされただけで、アデリアにはわかってしまった。

その危ういほど刺激的な感覚に、ほんの刹那《せつな》、アデリアは皇女としての自分を忘れた。

フィリッポ枢機卿が別荘《ヴィラ》に逃げこんできたときからこっちの、怒濤《どとう》のようなできごとの数々を、一瞬であろうと忘れたのだ。

全身の意識を、ただ一点に持っていかれそうなほどに敏感な、そこはまさに秘所だった。

だが、サハーラはそこに触れられる女の心情もじゅうぶんに理解しているらしく、決して慌てず、陰唇を撫でては、くすぐるように蠢《うごめ》かせ、偶然を装って小さな粒に触れてくる。

そのたびごとに、おっと失礼、と言いたげに引いては、また戻ってきて、今度はもっと長いあいだそこに居続けるのだ。

「あっ、ああ……?」

そしてアデリアが、花芽を弄られる感覚が単なる刺激ではなく、快感なのだと覚え知ったときを狙って、ささやきかけてくる。

「知っているか？　女はここで感じるのだと。どうだ、この小さくて可愛い花芽をもっと弄ってほしくはないか？」

ねろりと耳殻《じかく》を食《は》みながら低く響く極上《ごくじょう》の声音《こわね》が、不貞《ふてい》を誘いかける淫魔《いんま》のように、妖しくアデリアの鼓膜を震わせる。

「おれは夫だ。他の誰もここに触れる権利はない。おれだけがこうしてやれるのだぞ」

どうして悪徳のささやきは、これほど魅力的に聞こえるのだろう。

アデリアには返事すらできない。沈黙を了承と受けとって、サハーラはまだやわらかい小さな粒を器用に摘《つま》んだ。

それを指先で揉まれるだけで、乳首を摘まれたときよりさらに刺激的に湧きあがる疼きが、じんと肌を戦慄《わなな》かせる。どこかにかすかな痛みを含んだ掻痒《そうよう》感に近いそれは、でも、不快といいきれるものではない。

（ち、違う……、これは、むしろ……？）

それが快感なのだとアデリアは気づき、そのことに身体が悦びを見出《みいだ》している事実にこそ、むしろ怯《おび》えた。皇女としての矜持《きょうじ》も、魔性の左手を持つ娘の自信も、何もかもを根こそぎひっくり返して、アデリアをただの女にしてしまうもの。

「……ッ……、や、うんっ……！」

褐色《かっしょく》の胸のしたで、初めて男の愛撫《あいぶ》を知った娘が怯えていることを知りながらも、サハーラは弄るのをやめようとはしない。それどころか、強引な力でもってアデリアの両脚を割りひらき、彼女の片足を担ぐようにして、濡れはじめた秘部を露わにする。

（ああっ……！　ど、どうして、こんなこと……？）

たとえ夫であろうと、男の目に女の秘所をさらけだすのが、恥ずかしくないわけがない。

「ほうー、淡い茂りも金髪か。それに、どこもかしこもまだきれいな桃色だな。小さな粒は、本当にまだ固い花の芽のようだ」

なのにサハーラは、聞くのさえ恥ずかしい言葉を、平然と口の端に乗せる。

いつも望まれる男ゆえの驕慢《きょうまん》さを漆黒《しっこく》の双眸《そうぼう》に宿して、軽蔑《けいべつ》の笑みを口角に刻んで、剝《む》きだしにされたアデリアの花芯や蜜口《みつくち》を、楽しげに覗《のぞ》きこんでくる。

不躾《ぶしつけ》な視線が、この体勢では、どうやってもアデリア自身は目にすることのできない場所を、興味津々《しんしん》に凝視している。

（——ああ、あんなところを……！）

直截《ちょくさい》な接触よりも、さらに痛いほどの視線を感じる。

それがアデリアのどこに注がれているかまで、わかる気がする。

見られているだけなのに羞恥《しゅうち》に肌が汗ばみ、胸がひどく乱れて高鳴ってくる。

喉《のど》がひりついて、唇が渇《かわ》く。空気に含まれた潮の香のせいだろうか、と知らずに唇を嘗《な》める所作《しょさ》はひどく淫靡《いんび》で、男心を煽《あお》ることなど、まだアデリアは知らない。

じょじょに身を堅くしていく花芽を、指の腹で押し潰すようにしながら、こねまわされるたびに、痺れるような疼きが肌をさざめかせながら駆けぬけて、アデリアは白い喉をのけ反らせて喘《あえ》ぐ。

「あっ？　ふうう……んっ……！」

たまらず唇を噛《か》みしめた瞬間、無理に閉じようとした両脚のあいだ、太腿《ふともも》の付け根あたりに奇妙な緊張感が走り、じゅるっと何かが身のうちから滲《にじ》みでたような気がした。

それは、どこか経験のある感覚だ。月のものがくるたびに、下腹部の鈍痛といっしょにやってくる不快な感触に似ている。それでいて、ひどく違うような気がする。

下腹部にわだかまっているのは、ぐじぐじとした不快感ではない。むしろ、何か肌触りのいい羽毛で内側から撫でられてでもいるような、搔痒《そうよう》感に近い。

サハーラが胸を弄りはじめたあたりから――それとももっと前、いきなり深い口づけをされたときだろうか。

身のうちに、ぽっと何かが生まれた。いや、目覚めたのだ。

それはずっとそこにあって、ただひたすら惰眠《だみん》を貪《むさぼ》っていただけ。

いつか誰かが扉を叩いて、楽しいことをしよう、と誘ってくれるときを、ただ待ちながら微《まど》睡《ろ》んでいただけ。

それをいま、強引に目覚めさせていくのは、サハーラの指だ。

太陽に灼《や》かれた褐色の肌が物語るとおりの熱を持ったそれが、アデリアの敏感な部分に、燃えるような官能をもたらしていく。

「あ、やっ！　う……ふうっ……！」

萎縮《いしゅく》していた花芽を赤く熟すまでじゅうぶんに堪能《たんのう》し、アデリアをさんざんに喘がせた男が、くっと意味深に笑む。次は何が？　と不安におののくアデリアの、うっすらと潤んできた場所をたどって、もっとも危うい場所へと指を滑らせていく。

「……ッ……、あうっ……!?」

瞬間、ひくりと身体を震わせたのは、明らかな怯えだった。

そこはいけない。どうしてもそこだけは……。

「は、ああっ……!?　だ、だめぇ……！」

懇願《こんがん》とは裏腹に、声音《こわね》には媚《こ》びたような甘さが含まれている。

それを楽しげに聞く男の手が、まだ慎《つつ》ましく閉ざされたままの花芯に、そっと触れてくる。

指先一本、蜜口《みつくち》をゆるやかにくすぐられただけなのに、アデリアはすさまじい驚愕《きょうがく》に、ひくっと背をしならせる。

のけ反った喉に、悲鳴は絡んで消える。

大きく瞠《みは》った両眼を閉じることができない。

（な、なんなの、これは……？）

自分のなかで、何かが身を捩っている。

サハーラの指が淫靡《いんび》な音を立てながら、執拗《しつよう》な愛撫でゆるゆると開いていく陰唇《いんしん》のあたりに、知らずに力がこもっていく。無理やり開かれようとすればするほどに、股間《こかん》や内腿《うちもも》が緊張して、そこを弄る指ごと締めつけていく。

何より屈辱なのは、それが嫌悪からの反応ではないことだ。身体は決していやがってはいない。ただ湧きあがる官能をこらえようとして、無駄に力が入っているだけ。

「ふっ……。いい反応だ。初めてらしい物慣れなさが、おれの好みだ」

アデリアの戸惑いも、興奮も、失望も、期待も、すっかり知りつくした経験豊富な男が、むやみに力の入ってしまう下肢をなだめるように、いまはプッチリと身を堅くしたアデリアの陰《いん》核《かく》に唇を寄せる。

「ああっ……、な、何をっ……!?」

ちろり、と舌先で撫でられた瞬間、アデリアは驚愕《きようがく》に声を荒げた。

手淫《しゆいん》までは想像ができた。だが、まさか口であんなところを嘗めるなんて、と自分の両脚のあいだで蠢《うごめ》く黒髪に啞然《あぜん》と見入るアデリアは、しょせん深窓《しんそう》の姫なのだ。

「はぁっ……、や、やめっ、それ……あ、くっ……！」

「なぜ？　いい味だぞ。まだ誰も触れてないだけあって、新鮮だし、可愛《かわい》い」

敏感な場所に触れたままの唇が、とんでもない言葉を紡《つむ》ぐと、それさえも刺激になってアデリアは濡れた嬌声《きょうせい》を放った。

「ふ、あっ…？　やっ……やあっ――……！」

ぴしゃぴしゃ、と秘部を嘗《な》める淫靡な音。粘膜に直接与えられる強烈な感触。

想像したことさえもない恥ずかしい行為の数々をこれ以上は耐えられないと、爪のさきほどになり果てていた理性のかけらが、瓦解《がかい》していく。

（ああ、うそぉ……、あ、あんなところを……？）

アデリアの心根など頓着《とんちゃく》もしないサハーラは、唇で食《は》んだり、舌先で転がしたり、ただ気持ちよいだけの刺激を送りこんでくる。

「ふう、っ……、あうぅ……！」

そのくすぐったいような感覚に、自然と身体の強張《こわば》りが緩《ゆる》んでいく。

覆いかぶさってくる男を押しのけようにも、両手には少しも力が入らず、かえってサハーラの逞《たくま》しい胸を撫でているような状況になってしまう。

大きく割り開かれた剝《む》きだしの両脚が、ガクガクと小刻みに震えはじめている。

（な、何……これは？　自分の身体なのに、ちっとも思いどおりにならない……？）

こんなに奇妙な状況は、生まれて初めてのことで、羞恥《しゅうち》よりも驚愕にアデリアは目をしばたたかせる。

初めて触れる男の手。初めての口づけ。初めての愛撫——男女の閨事《ねやごと》については、侍女《じじょ》たちの噂話《うわさばなし》しか知らなかったアデリアには、何もかもが鮮烈すぎる。

どれほど想像力豊かとはいえ、間近にいる男といえば、小太りの枢機卿《すうききょう》と呑気《のんき》な島民くらいのもの。逞《たくま》しさの権化《ごんげ》のような男の執拗《しつよう》な愛撫を受けるには、あまりに物知らずで、意地だけでなんとか瞳を開いているものの、思考は空転するばかりだ。

許容範囲を超えた快感を、もはや受けとめきれずに、いやいや、と無為に首を振っては金髪を乱すだけ。

だが、サハーラのほうは、そんな女の反応など知りつくしているようで、緩めることはあっても蠢《うごめ》く指を止めることはしない。

親指の腹で濡れそぼった花芽《はなめ》をくりくりと転がしながら、節の太い指でまだ可憐《かれん》な陰唇《いんしん》を割って、敏感な蜜口を嘗めはじめる。

ついさっきまで慎み深く閉じられていたそこは、巧みな舌の愛撫に翻弄《ほんろう》されて、しどけなくほころんでいく。

ついに、驚くほどの力を持った舌先の侵入を許してしまったとたん、快感の神経を剝きだしにされて爪弾《つまび》かれているかのような刺激に、アデリアは長く尾を引く嬌声《きょうせい》をあげていた。

「……ッ……んんっ……！　や、やめっ、ふ、あぁぁ——……！」

媚《こ》びたような甘さを含んだ喘ぎが、ひっきりなしに響いては、船室に散っていく。

「やめていいのか？　もうこんなに濡らしているのに」

いったいどの指だろう？　ひどく危うい場所に食いこんできて、くちゅっと耳を覆いたくなるような音を響かせたそれは、引くことはなく、そのままじわりと進んでくる。

「……ヒッ……!?」

喉を鳴らしたとたん、すかさず落ちてきた唇に掠《かす》れた悲鳴ごと呑《の》みこまれて、再び器用すぎる舌技で口腔《こうこう》内を蹂躙《じゆうりん》される。

感じやすい口蓋《こうがい》のうえのほうや、舌の裏までたっぷりと唾液《だえき》を絡めながらくすぐられると、すでに知ってしまった快感だけに、下肢《かし》で蠢くものの不安を忘れようとするかのように、身体は夢中で口づけの甘さに溺《おぼ》れていく。

そのあいだにも、サハーラの指は濡れそぼった柔襞《やわひだ》を掻《か》き分け、ただの一度も外部からの侵入を受けいれたことのない、まだ固い蕾《つぼみ》を指先一本でさするように開いていく。

何も怖がることはないのだと、ここは気持ちがいいだけの場所だと、第一関節まで入りこんだ指が小刻みに揺れて、その感触を教えてくる。

丹念に、執拗《しつよう》に、時間をかけて楽しみながら——そうするだけの余裕があるのだと見せつけてくる男の剛胆《ごうたん》さに、負けそうになる自分が悔しくて、アデリアはきつく目を閉じる。

眦《まなじり》から流れていくのは、悔し涙ではない。ただ生理的な反応でしかないと、自分に言い聞かせようとするけれど、口腔内で響く音が、陰部を弄る音と乱打するころには、どうしようもなく息が乱れて、じっとしていることができなくなる。

何かが目覚めようとしている。

アデリアの身体の奥深いところで。

あまりに深すぎて、とうてい手がとどかない。

触れることができないから、掻痒感《そうよう》は増すばかりだ。

これでは足りないと。もっと深くまで、直截《ちょくさい》な刺激が欲しいと。

ちろちろと輝きはじめた熾火《おきび》が――自分の内側に眠っていた女の本性が、さらに苛烈《かれつ》な焔《ほむら》になりたいと求めているような、うずうずと焦れる感覚を、もう我慢できない。

ただ奇妙に疼《うず》き、勝手にうねる下肢《かし》を、一刻も早くどうにかしてほしいと、アデリアは潤んだ目をしばたたく。

それを察したサハーラが、自らの前を開く。

内衣《ミンタン》の前をすっかり開けて、昂ぶった雄芯《おしん》をとりだした。

「見ろ、これが男だ」

揺れるランプの仄明《ほのあ》かりのなかで、紺碧《こんぺき》の瞳はそれの形を妙にくっきりと捉えた。

アデリアは、目をつむることができない。

男に触れることさえ初めてなのだから、男のその部分を見るのも当然初めてだ。

どれほど知識を詰めこんでも、経験の前には無意味なのだと思い知らされた瞬間だった。

キスも、愛撫も、何もかもが想像外だったが、いちばん想像を絶するのは、男というものの肉体そのものなのだと、いまわかった。

なんて不気味なものなのか——それが、触っているわけでもないのに、勝手に硬度を増してじわりと頭をもたげていく。弓なりにそった幹にくっきりと浮かんだ血管が、ドクドクと脈打つ音まで聞こえてきそうな気がして、怖気《おぞけ》に肌が粟立《あわだ》った。

(う、うそ……あんなものを……!)

そうしているあいだにも、サハーラの指でぱっくりと開かれた花弁のあいだに、男の証《あかし》の熱を感じて、アデリアはいまさらながらあらがいはじめたのだ。

どのみち、この男のものになるしか、生きる道はないと承知している。

無駄な抵抗でしかないとわかっているが、身体が勝手に逃げを打つのは止められない。

「どうして男と女の身体が、ここだけこんなに違っているかわかるか?」

サハーラが謎かけのように、問いかけてくる。

それを解いている余裕などないと、首を振れば、くっと楽しげな笑いが落ちてくる。

そんな些細《ささい》な刺激にさえ身悶《みもだ》える自分は、どうかしてしまったのではないか、とアデリアは乱れるばかりの息を吐く。

「女の割れ目に、男の肉棒を突っこむためだ。ここを重ねていちばんぴったりする形に、男と女の身体はできているんだ。おれはさほど信心深くないが、これだけは神の絶妙な配剤だと思っている。さて、味わってみるか？」

陰唇に押しつけられた一物の、圧倒的な熱量と、硬度と、脈動と、欲望と、それらいろいろなものをすべてひっくるめてそこにあるサハーラという男の証が、アデリアの女の部分を無理やり感じさせる。

同時に、肌が総毛立つような嫌悪感が走って、アデリアはぶるっと身を震わせた。

見たくない。それはとても恐ろしいものだ。

――いやっ、それは嫌いっ……！

身のうちで、十歳のアデリアが、あがいている。

――それはいや、それはだめ！　それは怖いものなの！

迷路のような日乾《ひぼ》し煉瓦《れんが》の街のなかを、逃げまわった遠い日の記憶。

――ひどい、ひどい、こんなところに置いていって……！

十歳のときの恐怖がよみがえって、アデリアの喉がひくっと痙攣《けいれん》する。

胸が痛いほどに軋んで、息すらろくに継げなくなる。

「はっ、はあっ……」

アデリアの唇から漏れる吐息が、どうやら快感からの喘《あえ》ぎではないことに、サハーラも気づいたらしく、腰をとどめて怪訝《けげん》そうに眉をひそめる。

「……アデリア……？」

覗《のぞ》きこんでくる漆黒《しっこく》の瞳に、自分の姿が映っている。

いまにも泣きだしそうな少女の顔で、どこかへ逃げようとしている。

――もうやだっ……！　ここは怖い……、あんな怖いものがいる……！

泣きながら、叫びながら、出口を求めてさまよった十歳のとき。

でも、去っていった男は戻ってきてはくれなかった。とても怖かったのに、そばにいてほしかったのに。けれど、あのころのアデリアには、それほどの価値がなかったから、放りだされてしまう、いつだって。

母にも、父にも……そして、あの男にも。

ひとりっきりの場所に。本当は怖くてしょうがないのに。

右も左もわからぬ土地で、迷子のままで――そして、いまもなお、同じように。

「どうした、アデリア――…!?」

出会ってからこちら、初めてだろうサハーラの動揺《どうよう》を露わにした声が、なんだか遠くのほうで聞こえるような、と混乱のうちでぼんやりと思いながら、アデリアは人生で最悪の夜に別れを告げるために意識を手放したのだ。

3　銀色の天使

瞼《まぶた》の向こうから眩《まぶ》しい光を感じて、目を覚ましたアデリアは、ここはどこ？　と朦朧《もうろう》としながら、見慣れぬ設《しつら》えの部屋を見回した。

「……あらぁ……？」

「なあ……、ここは、あの船のなか……」

昨夜の怒濤《どとう》のできごとを思い出すまでに、しばしの間があった。

それが夢ではなかったことを実感するのに、さらに時間がかかった。

なんとなれば、昨夜の出来事がすべて現実ならば、今朝の自分の身体《からだ》には破瓜《はか》の痛みが残っているはずで——なのに、どこにも不快な痛みはない。

それどころか、ほどよい波の揺れのなかで心地よい眠りを満喫《まんきつ》したおかげで、澱《おり》のように溜まっていた疲れも消えていた。

そこへ、どんと扉を蹴《け》って現れたのは、サハーラだ。

片手に真鍮《しんちゅう》のカップを、片手にはパンのようなものが載った大きな皿を持っている。

「ようやくお目覚めか？　朝飯だ。おれたちは、この時間の食事を昼食というが」

昼近くなっているのをサハーラが当てこするが、寝坊したのはアデリアだから、黙って聞いているしかない。そのうえ、昨夜とは打って変わったような不機嫌さ丸出しの態度の理由にも、心当たりがあって、アデリアはおずおずと問う。

「わたし……、もしかして、途中で気絶してしまったのかしら……？」

「もしかしなくても、そうだ。挿入寸前で爆睡されたのは、初めてだぞ」

すみません、と口のなかでアデリアは小さく謝罪する。

（やっぱり、あれを押しつけられたところまでしか、記憶がないはずだわ……）

たとえ契約であろうと、妻は妻。そのうえ、サハーラには二度も助けられたのに、肝心《かんじん》のところで気を失うとは、さすがに合わせる顔がない。

それでも、女の操《みさお》が守れたことに安堵《あんど》してしまうのは、身勝手だろうか。

（これで、覚悟を決めるだけの時間ができたわ……）

シャムスの族長の妻となって一生を砂漠に沈めるか、それとも、紺碧《こんぺき》のティティス海に身を投げて、慈悲《じひ》深き女神の腕に抱かれるか——心が知らずに後者に引かれていくのは、もうしょうがない。

そんなアデリアの胸のうちなど知らず、サハーラは憤懣《ふんまん》を露わにする。

「不首尾ではあったが、契約はなった。少しは妻らしく、今度こそ夫を受けいれるように心がけてくれ。それから、こちらでは家政は妻の役目だ。たとえ皇女であろうと、夫に食事を運ばせる妻など、放りだされても文句は言えないぞ」

　切って捨てるように言われても、まったくそのとおりだから、これにはアデリアも殊勝《しゅしょう》にうなずくしかない。そこに、茶色い液体の入った真鍮のカップが突き出される。

「これは……チャイですね？」

「そう、こちらでは、香辛料を入れる。それから、これがパンだ」

　サハーラは仏頂面《ぶっちょうづら》のまま、毛布のうえに大きな皿を置く。丸く平べったいパンに野菜のペーストのようなものが添えてある。

「ホブスという。豆を煮潰したものや、発酵乳《ラバン》をつけて食べる」

「まだあたたかい……。いちいちパンを焼くの？」

「ホブスは発酵《はっこう》に時間をかけない。生地をこねて、釜《かま》で焼くだけだ。晩餐《ばんさん》はもっとちゃんとしている。塩漬けや砂糖漬けの果物もあるし、家畜も積んでいる」

「シャムス人って、贅沢《ぜいたく》なのね」

「だから、これはあなたの船だと言っただろう。堅パンと塩漬け肉など出せるか。船での食事に関していえば、西方はすさまじく遅れている。――ともかく、さっさと食べてしまってくれ。着替えは、そこのクロゼットに入っている。ドレスの着つけを手伝える者はいないぞ。ひとりでなんとかしてくれ」

矢継《やつ》ぎ早《ばや》に説明だけすると、サハーラは朝のキスもせずに船室をあとにしてしまった。

べつにキスが欲しいわけでないが、忙《せわ》しないというか、義務的な態度だ。

「なんだか……ずいぶん怒らせてしまったみたい」

呆然《ぼうぜん》と呟きつつアデリアは、受けとったカップを口に運ぶ。

ふうわりと口のなかに爽《さわ》やかな味が広がって、あたたかい液体が喉《のど》を潤していく。

東方伝来のチャイは、西方でも薬膳《やくぜん》の効果があると珍重《ちんちょう》されている。加えられた香辛料の刺激的な香りが、心地よい目覚めを誘う。

「美味《おい》しい……」

食べものを美味しいと感じるのは、身体が生きたいと思っている証拠だろうか。

生きろ、と誰かが言っているのだろうか、もう空《から》っぽのはずなのに。

❖　❖　❖

「なんて美しい船……！」

ドレスと格闘することしばし、なんとか支度《したく》を調《ととの》えて甲板に出たアデリアは、夜目にはわからなかったフローラ号の偉観に、目を瞠《みは》った。

建造されたばかりなのだろう、真新しい二層甲板のあちこちに、精緻《せいち》な装飾や彫像がほどこされている。ガレー船特有の、体当たりで敵船を攻撃する青銅の衝角《ラム》もとりつけられているが、これもまた美しく鋳造《ちゅうぞう》されているところを見ると、戦闘用ではないのだろう。

船首像は女神ティティスだろうか、優雅な眼差《まなざ》しで、青く広がる海を見守っている。中央の帆檣《ほばしら》に張られた三角帆《ラティーン》に描かれているのは、バジーリオ家の家紋だ。

（お父さまも、この家紋の名誉だけでも守りたかったでしょうに……）

心残りがあるとすれば、そのことだ。

皇帝である父の死は、すなわち、バジーリオ家の失態。

ロンダール貴族であったバジーリオ一門の、名誉も栄華も、すべてが地に落ちたのだ。

もう二度と目にすることもないと思っていた家紋を、複雑な思いでアデリアが見上げていたとき、情緒も解さぬ勢いで駆けよってきた男がいた。

「ア、アデリアさまっ！」

なんと、昨夜、ラ・ローザ号で逃げたはずの、フィリッポ枢機卿《すうききょう》だ。

むろん皇女に抱きつくことなど許されないし、それ以上に、嫉妬《しっと》丸出しのサハーラが見過ごすはずがないから、寸前で首根っこを押さえられてしまったが。

「どうしたのです、フィリッポさま？　なぜ、ここに？」

よもやサハーラが約束を破って、ラ・ローザ号を捕らえたのではと、アデリアは枢機卿を押さえる男を睨《にら》みつける。

「なんでおれを睨む？　このおっさんは勝手に残ったんだ。船倉に隠れていた」

「え？」

驚くアデリアに、フィリッポ枢機卿は告げたのだ。

「他の者たちはともかく、わたしはどこまでもアデリアさまのお供をいたします。たとえ蛮族《ばんぞく》どもの地であろうと、アデリアさまをお守りいたします！」

昨夜は、船員たちに囲まれて情けない悲鳴をあげていた男。いまだってサハーラに赤い聖衣の襟《えり》をつかまれたまま、ぶるぶると震えているのに、どうして残ったりしたのか。

「お気持ちは嬉しいのですが……でも、もう帰れませんよ」

「わ、わかっております。——けれど、どうして皇女さまを残して逃げたりできましょう」

「まあ……意外と男気があったのですね」

見直したというか、呆《あき》れたというか、足手まといすぎるというか、せっかくの気持ちは邪魔でしかないのだが、ここで海に放りだすわけにもいかない。

だが、サハーラはすっかりその気のようだ。

「そういうわけだから、アデリア、あなたの許可をいただきたい。これは海に放りこんでもいいな？　この男に食わせる食料がもったいない」

「ひぃぃぃ——……！　ア、アデリアさまぁ……！」

無様な悲鳴をあげる枢機卿を、サハーラは遠慮《えんりょ》もなく船舷《せんげん》へと引きずっていく。

「お待ちください！　その方は聖職者ですから、女神ティティスの怒りに触れましょう」

アデリアの訴えに、チッと舌打ちひとつで足を止めたサハーラは、無駄に食料を食い潰しそうな男を、甲板へ投げ捨てた。どうやらサハーラの不機嫌の理由は、初夜の不首尾だけでなく、フィリッポ枢機卿にもあったようだ。

あわあわと這《は》いずって、フィリッポ枢機卿はアデリアの裳裾《もすそ》にすがってくる。

(これでは……、ティティス海に身を投げて、終わりにすることもできないわ)

きれいな身体のままで死ぬ道は残されていたのに、こんな邪魔が入るとは——これも女神ティティスの思《おぼ》し召しなのかと、アデリアがため息をついたときだった。

ドォォーン！　と響いた轟音《ごうおん》に続いて、フローラ号の前方に立った水柱が、穏やかなティティス海の水面を掻《か》き乱した。

「ヒッ……!?」

立ちあがりかけていたフィリッポ枢機卿は、情けなく叫ぶなり腰を抜かした。

「船長、右舷前方、ダウ船が見えるっ！」

檣楼《しょうろう》から落ちてきた見張りの声に反応して、アデリアは音がしたほうをうかがう。

どこから現れたのか、巨大な二枚の三角帆《ラティーン》を持った船が、すさまじい速度で近づいてくる。

「あのサムバックは……!?　くそっ、あの野郎っ！」

憤然と言い捨てるなり、サハーラは船首へと駆けていく。

水夫たちも、帆檣《ほばしら》によじ登ったり、遠眼鏡を覗《のぞ》いたりして、轟音《ごうおん》の正体であろうダウ船を見ながら、口々に何やらわめきあっている。

アデリアはフィリッポ枢機卿を見下ろして、問いかける。

「いまのは、大砲の音でしょうか……?」

「そ、そのようです。――カノン砲ですか。しかし、船に大砲を積んでいるとは……」

「あれは、攻城戦用の武器ですよね? さほど命中率がいいわけでもないのに、揺れる船から撃ったら、どこに飛んでいくかわかったものではないのでは?」

「はあ、さようですな。ロンダール海軍にも大砲を積んだ船はありますが、あくまで脅しのためです。港湾都市を攻撃するにしても、建物に大穴を開ける程度しかできませんから。むしろ投石機のほうが役に立つくらいで」

――大砲は、三千年の歴史を持つ東方の大国、央華《おうか》で発明された。

石弾を発射する投石機は二千年も前から使われてきたが、火薬を使うことで飛距離が一気に伸び、火砲という武器が造られたのが百年ほど前のこと。

それがジャリル砂漠を経て、西方へと伝わったのは、さほど昔のことではない。

西方で改良を加えられた青銅製のカノン砲は、それまでの大砲より弾道が低く飛距離も長く、攻城兵器として有効ではあった。しかるに、火薬は諸刃《もろは》の剣でもある。

鋳造《ちゅうぞう》技術の未熟さも手伝って、砲身が暴発する事故があとを絶たない。そんな代物《しろもの》を、浸水防止のためにタールで塗り固められている船上で使うのは、あまりに無謀《むぼう》。

「でも、あの音には驚いたわ……。わたし、大砲の音を聞いたのは初めてです」

「わたしは何度かありますが、それにしても船から撃つとは——仲間割れでしょうか？」

ようよう立ちあがった枢機卿が、まだどこかびくびくしながら問う。

「さあ？　でも、こちらの船は、攻撃するようすはないですよ」

大砲を撃ってきたダウ船が急速に近づいてくるのに、水夫たちが苦笑を浮かべているところを見ると、敵というわけではないようだ。

「なんて、すばらしい操舵《そうだ》……！」

大きな二枚の三角帆《ラティーン》を翼のように広げて、海面を滑ってくる速さが並みではない。

ティティス海で数々の帆船《はんせん》を見てきたアデリアだが、これほどの操舵にお目にかかったのは初めてだ。気まぐれな風をわずかな帆の角度によって見事に捉えて、まっすぐにこちらに向かってくる。どこまでも、まっすぐに……。

ちょっと待て、船は簡単に止まれない、曲がるにも距離が必要だ。

だが、すでに舵《かじ》を切っても間にあわないあたりを過ぎている。

「あの速さでは、ぶつかるわ……！」

アデリアが叫んだのと、またまた悲鳴をあげながらフィリッポ枢機卿が頭を押さえ、その場に伏したのがほぼ同時だった。

船をぶつけて白兵戦に雪崩《なだ》れこむのかと思ったのだが、帆を返したダウ船は、一気に速度を落とすなり、方向を九十度変えて、そのままフローラ号と併走しはじめた。

船側には『マラクーン号』とある。

神の使徒……大天使を意味するジャリールの古代語だ。

「すごい……！」

ダウ船の操船術のすばらしさに、アデリアは目を瞠《みは》る。

船長は誰なのだろう？　と思っていると、サハーラの怒鳴り声が聞こえてきた。

「ジブリエールっ！　貴様、何しやがる。ぶつかるところだったぞっ！」

アデリアに対するときとはかなり違う、船乗り流のざっくばらんな……つまりは乱暴で下品な口調で、マラクーン号に向かって吐き捨てている。

おかげで、相手の名前がわかった。

「ジブリエール……天使の名前だわ」

ロンダール語ならガブリエール。神に仕える四大天使のひとりの名前である。

ならば、船の名が大天使《マラクーン》なのもうなずける。

サハーラの呼び声に応えて、その名にふさわしいまっ白な衣装の男が、甲板に現れた。

「心外だなぁ。おれがぶつけるようなヘマをするとでも思うのか？」

「おまえはなんだってしかねない。――っていうか、さっきのドォーンはなんだ？　一瞬、敵船かと思って、攻撃命令を出しそうになったぞ」

「おや。サハーラ・アッ＝シャムスの婚礼祝いの祝砲なのに、喜んでくれないのか」

「誰が喜ぶか！　間違って当たったりしたら、どうするんだ？」

「だから、おれの腕を信用しろと。それに、太陽は日暮れに没するが、翌朝には再び目覚める。太陽《シャムス》の族長《シャイフ》ならば、麗《うるわ》しき女神ティティスの腕のなかで、何度でもよみがえろうぞ」

ジブリエールというこの男、マラクーン号の船長なのだろうが、シャムス人にしてはずいぶん気どった物言いをする。そのうえ姿もかなり怪しい。

ゆったりと裾《すそ》を引く上着《カフタン》は、指先まで隠している。緩《ゆる》く巻かれたターバンの端で、口許《くちもと》を覆《おお》い、ご丁寧《ていねい》に仮面までつけているから、顔は判別できない。

ティティス海の船乗りは、温暖な気候に誘われて、むしろ肌を露出するものなのに、これほど念入りに顔を隠すからには、何か理由があるのだろうか。

「仮面をとれ、ジブリエール。皇女アデリアの前で失礼だぞ！」

「これはご無礼を。だが、こんなところからのご挨拶はさらに礼儀を欠く。近くにおれの隠れ家がある。新婚のおふたかたをご招待しよう。あとについてくるがいい」

ジブリエールは気どった仕草で礼をとると、水夫たちに帆檣《ほばしら》を回させ、舵《かじ》をとる。

ほんのわずかの操舵で、三角帆《ラティーン》はいっぱいに風をはらみ、マラクーン号は一気にフローラ号を追い抜いていく。

「追え！　絶対に見失うな！」

サハーラの指示に、水夫たちが慌てて持ち場に散っていく。両舷に突き出た櫂《かい》の動きが一気に忙しくなり、フローラ号の巨体は、小回りのきくダウ船に遅れまいと速度を増していく。

「ずいぶん急ぐのですね？」

アデリアの問いかけに、船首に立ってマラクーン号を睨《にら》みつけているサハーラが、振り返りもせずに背中で答える。

「あれの隠れ家を知っている者は、誰もいない。場所さえわかれば、ひとつ寄港地が増える。必死にもなろうさ」

「仲間でも秘密はあるのね。彼……ジブリエールというの？」

「そうだ。ジブリエール・アル＝ファルド。すさまじく賢く、天使の名前を持ちながら、悪魔のように頭が切れる。そのうえ恐れを知らない。死神さえもよけていく男だ」

何やら物騒な褒《ほ》め言葉を並べたあと、サハーラは言った。

「あれが、シャムスの民のなかで、もっとも強い男だ」

「強い男……？　族長《シャイフ》のあなたより？」

「おれなど問題じゃない。おれは少々剣技が得意で、兵法に通じているくらいだが。ジブリエールは違う。あれの強さは本物だ。海賊たちは畏怖《いふ》を込めてあれを呼ぶ、『夜の大天使《レイラ・マラクーン》』と」

「……夜の大天使《レイラ・マラクーン》、美しい呼び名」

だが、なぜかその名が美しければ美しいほどに、仮面で顔を隠した男に対して、奇妙な違和感を覚える。気どった物言い、わざとらしい仕草、他の船乗りたちとはどこか違う。

「ジブリエールに対面する前に、言っておくことがある」

ふうっ、と息を吐いて、サハーラは隣に立つアデリアに顔を向けた。

「見てわかったと思うが、あれの船はすさまじく速い。シャムス人にもたしかに海賊はいる。ジブリエールがその筆頭だ。膨大《ぼうだい》な知識と天才的な勘で天候を読み、航路を決め、ティティス海をまっすぐに北上して、一気に沿岸の商船や漁港を襲う」

語調にも表情にも、奇妙な緊張感を漂わせて、サハーラは告げたのだ。

アデリアの全身を、怒りでまっ赤に灼《や》くようなことを。

「あなたの父上の悩みの種だった、バルバディ海賊――ロンダール沿岸を荒らしまわっている凶暴な連中は、たぶんジブリエールとその配下だ」

❖　❖　❖

近くにあるとジブリエールは言ったのに、それから数日、フローラ号はマラクーン号を追う羽目になった。そのあいだ、ほとんど意地になったサハーラは、完遂《かんすい》していない初夜も先送りにして、甲板に居座り続けたのだ。

──そして、追いかけっこを続けて、五日目。

視界のとどくかぎり、空と海とが重なった水平線しかないティティス海のどまんなかに、目的の島が忽然《こつぜん》と姿を現した。

奇岩の孤島のそばにフローラ号を錨泊《びょうはく》させ、アデリアはサハーラや護衛とともに艀《はしけ》に乗り、ジブリェールの待つ隠れ家へと向かう。

島の岩盤がそのまま角塔に変じたかのように黒々とそそり立つ館は、遠目では島と一体になっていて、すぐには建物だとわからない。

洞窟《どうくつ》を模した扉から館のなかへと入って、アデリアは、あっ？　と声をあげた。

ほう、とサハーラもまた、周囲を見回してつぶやく。

「上手《うま》いこと、造ったものだな」

南方特有の極彩色《ごくさいしき》の紋様や、調度品で飾られた屋内は、無骨な岩肌しか見えない外観からは想像もつかない美しさだ。

壁や床にびっしりと描かれた鳥獣装飾の数々は、緻密に絡みあい、わずかなぶれもなく反復しながら壁を這《は》いあがって、ドーム型の天井に向かって収束していく。

シャムス風の造りのなかに、豪奢《ごうしゃ》な西方の家具が違和感なく収まっていて、ジブリェールの審美眼のたしかさを伝えてくるようだ。

絶海の孤島のなかにこれほどのものを、と感嘆を禁じえないアデリアだが。

何より彼女を驚かせたのは、仮面を外して出迎えてくれたジブリエールの素顔だった。

「あなたは……本当に南方の方……？」

わかりきっていることを、わざわざ訊いてしまうほど、その姿は意外すぎた。

「そうですが。さほどに珍しいですか、この姿は？」

「見えないわ、シャムスの民には……」

「そう。おれは、どうやら生まれが違うようなので。──記憶に残っていないほど幼いころ、先代の族長《シャイフ》が、浜辺で呆然《ぼうぜん》としているおれを連れ帰ってくれたのです」

淡々と出自を語るジブリエールの、透けるように白い肌。

髪は銀髪、瞳は銀灰色《ぎんかい》──ティティス海世界でさえ珍しい容貌《ようぼう》だった。

「お生まれは、北のほうかしら。ノルドと呼ばれるあたり？」

「さあ。実の両親は、ついに見つからなかったので。──どんなところですか？」

アデリアさえ、そこまで遠方の国のこととなると、よくは知らない。

ただ、太陽が地平線を這《は》うように進み、頼りない光を放っている凍った地で、古《いにしえ》の昔からそこに住まう者たちは、海賊を生業《なりわい》にしていたと聞いている。毛皮に身を包み、丸木船を操って、外洋へと漕《こ》ぎだした猛々《たけだけ》しい民族だったらしいと。

ジブリエールの肌の白さは、南のぎらつく太陽に灼《や》かれてきたサハーラの褐色《かっしょく》の肌とは対照的に、何世代にも渡って微かな陽光のなかにいた民族の特徴だ。

「冬の夜は寒く長く、夏は夜になっても仄明《ほのあか》るいのだそうよ。白夜というの、ご存じかしら？　夜の大天使《レイラ・マラクーン》……まさに白夜の大地にふさわしいお姿だわ」

「それは、お褒めの言葉でしょうか？」

「ええ、もちろん。あなたが大天使《マラクーン》と呼ばれる理由がわかるわ。本当に美しい方」

「美しい、とはあなたに捧げる形容です。太陽の光で編んだような髪、海の青さを閉じこめたような碧眼《へきがん》。アデリア・バジーリオ、あなたこそまさに女神ティティスの化身だ。サハーラが固執していた理由が、ようやくわかった」

「そう？　でも、父はわたしを『魔性の娘』と呼んだわ。こちらではなんていうのかしら？」

いきなりとんでもない問いかけをするアデリアを、サハーラがギョッと流し見る。

だが、ジブリエールは考えるふうをしたものの、驚くでもなく答えを返す。

「そうですね……。悪魔ならシャイターンですが、それだと男性形だから、魔界の乙女《ジンニーヤ》とかでしょうか？　そちらでいう、魔女《ストレーガ》のことです」

「では、天使と魔女がそろったのですね」

アデリアもまた、ジブリエールに向かって微笑む。

どちらも西方の美の結晶のような、金髪と銀髪のふたりのあいだに、目に見えぬ火花が散っているようで、サハーラはひとり冷や汗を垂らすのだった。

（――そう、この男が）

と、アデリアは胸のうちで思う。

(この男が、ロンダール沿岸を荒らしまわり、父を死に追いやった海賊の首領……！)

肌を灼くように、めらりと見知らぬ感情が燃えあがる。

もうじゅうぶん、自分の不運を呪ってきたと思っていた。皇帝である父を、身勝手な母を、元老院の者たちを、恨んで、憎んで、失意の果てにすべてをあきらめたはずだった。

サハーラに契約を持ちかけられたとき、侍女《じじょ》たちやフィリッポ枢機卿《すうききょう》が無事に逃げられたら、命を捨てる覚悟さえした。

心地よい死への誘惑は、この数日間、常にアデリアの心の片隅にあって、波頭が船側を洗うたびに、おいで、と呼ぶ声すら聞こえた気がした。

だが、いまアデリアの胸に湧きあがるのは、憎しみを糧《かて》にしながらも、熱く燃える感情だ。

(わたしは、生きるわ……！)

どこから芽生《めば》えた決意なのだろう。その強さに、自分でも驚くほどだ。

(どんな辱《はずかし》めを受けても、生きて、生きて、そしてこの男に相応の罰を与える……！)

天使の美貌《びぼう》で微笑みながら、悪魔のごとき非道を平然と繰り返すジブリエールを、どうしても許しておけない。

バルバディ海賊の餌食《えじき》となったロンダール帝国の民のために、そしてまた、踏みにじられたバジーリオ家の名誉のためにも、一矢《いっし》を報いずにはいられない。

そのためにはなんでもする、と決意を込めて、アデリアは右手を差しだした。

「よろしく、夜の大天使《レイラ・マラクーン》のジブリエール」

それを、ジブリエールはうやうやしく受けとり、芝居がかった仕草で口づける。

「こちらこそ、アデリア・バジーリオ。シャムスの王《カリフ》にふさわしい光り輝く王妃《マリカ》よ。ジブリエールの館にお迎えできて光栄です」

そうやってアデリアを持ちあげたあと、ジブリエールは失礼にもつけ加えたのだ。

「だが、そのドレスはいただけない。おふた方の祝いの宴《うたげ》にお招きするのだ。ふさわしい装いをしていただこう。着替えていただけますか？」

❖ ❖ ❖

「驚いた……。心底から驚いた……！」

着替えをすませて戻ってきたアデリアを見るなり、サハーラは言葉どおりに両目を見開いて、唖然《あぜん》と告げた。

「よくよく考えたら、おれは、着飾ったあなたを見たことがなかったんだな。いつもなんだかよれよれで……。それでも、じゅうぶん美しいとは思っていたが、きちんと着飾るとこれほどなのか……！」

夫としては失礼極まりない物言いだが、実際、極上《ごくじょう》の衣装に身を包んでサハーラの前に立ったのは、これが初めてだった。

そしてまた、驚いたのは、アデリアも同様だった。

着替えのために案内された部屋で、侍女が用意してくれたドレスを見た瞬間、ジブリエールの趣味のよさを思い知って、腹立たしい気分になったほどに。

それは、まっ白な絹タフタの地に、銀糸で細やかな小花の刺繍《ししゅう》がほどこされた、花嫁衣装だったのだ。

ほっそりとした胴体をさらにコルセットで締めあげ、リンネルのシュミーズ、四層のパニエ、ローブと着付けられていくにしたがって、否応《いやおう》なしに胸は躍っていった。

仕上げにサッシュベルトを結べば、上半身は身体《からだ》にぴったりとした優美なシルエットを描き、たっぷりフレアーの入ったドレスの裾《すそ》は長く床を引いていく。

大きく開いた襟《えり》ぐりと袖口《そでぐち》には、白貂《しろてん》の毛皮で、贅沢《ぜいたく》な縁取りがほどこされている。

装飾品の数々も、大粒の真珠《しんじゅ》と透明度の高い宝石を中心に、金を使って精緻《せいち》な意匠《いしょう》に仕上げられ、胸許《むなもと》に飾れば流れ落ちる金髪と合わさって、白い肌によく映える。

それらがどんなに高価なものか、皇女として育ったアデリアにはわかる。

アデリアにとって、もっともささやかで、もっとも縁がないと思っていた望み。

それをかなえてくれたのが仇《かたき》であるジブリエールだということが、釈然とせず、素直に喜んでいいものかと戸惑ってしまう。

だが、そんなわずかな憂《うれ》い顔さえ、アデリアの美しさに深みを与えこそすれ、足を引っ張りはしない。それこそが、女神ティティスの化身と呼ばれるゆえんなのだ。

「おれは、本当に得がたいものを手に入れた……！」

本来のアデリアの美を間近にして、サハーラは心底からの感嘆を口にした。

その語調の強さに、何か覚悟のようなものを感じて、アデリアはサハーラを見やる。

(この人がわたしを選んだ理由は、ただ白い肌の女が抱きたいからではないわ……)

実際、そんな馬鹿げた理由ではないとは思っていたが、いまの反応でわかってしまった。

サハーラにはどうしてもアデリアが必要なのだ——そもそも、父である皇帝に手紙を送り続けたのも、八年前の約束以外の目的があったからにほかならない。

(でも、なんのために……？　いまはもう、皇女の地位さえ危ういのに……)

不思議な気持ちで契約の夫を見つめているとき、同じようにサハーラをうかがったジブリェールと、視線がかちあった。

銀灰《ぎんかい》の目を細めて、艶然《えんぜん》と笑むジブリェールもまた、サハーラが胸のうちに秘したものに気づいているようだ。

形だけは和気藹々《わきあいあい》と宴に向かうあいだも、サハーラの漆黒《しっこく》の瞳に、ただ剛胆《ごうたん》なだけではない、強い決意の光が漲《みなぎ》っているのを、アデリアは不思議な気持ちで見続けていた。

海の孤島での宴の円卓は、ティティス海世界の美酒美肴《びこう》に溢《あふ》れていた。

香辛料をたっぷり使った、シャムス料理の数々。羊は丸焼きで銀皿に載り、南方の色鮮やかな果物で飾られている。西方では食事に欠かせない葡萄酒《ぶどうしゅ》も、銀杯になみなみと注がれていて、これにはアデリアも驚いた。

そこに、朗らかな声がかかる。

「いらっしゃいませー、みなさま。サハーラ・アッ＝シャムスと、アデリア・バジーリオさま、歓迎の宴にようこそっ！」

金刺繡の民族衣装《ガラベーヤ》を羽織《はお》り、下穿きには透けるシャルワールを身につけ、褐色の肌を惜しげもなくさらした侍女が、宴席につこうとしていた三人を迎えたのだ。

使用人にしては、妙に甘ったれた声だと思っていたとき、サハーラは啞然《あぜん》と叫んだ。

「おまえ……ターラ⁉　何してるんだ、こんなところでっ⁉」

ターラと呼ばれた女性は――いや、まだあどけなさを残した面立《おもだ》ちの、十五、六歳くらいの少女は、どうやらサハーラとも知りあいのようだ。

「こんなところって何よー。自分だって来てるくせに」

「おれは、ジブリエールに招待されたんだ」

「あら、いいわねー。わたしなんか密航よ。胸を布でぎゅうぎゅうに巻いて、男のなりして。成長途中の胸になんてことさせるのよ、って臭《くさ》くて汚い船倉で、山ほど後悔しちゃったわ」

「後悔するくらいなら、なんで密航なんか？　親には、ちゃんと言ってきたんだろうな？」

「やだわ、サハーラ、もう新婚ボケ。黙ってきたに決まってるじゃない。家出したんだもの。誰かに言ったら、止められちゃう」

言ってターラは、どすんと音を立てて、ジブリエールの隣に腰掛ける。

「家出……って、ちょ、ちょっと待て、おまえっ……！」

焦りまくるサハーラだが、ターラのほうは呑気《のんき》なものだ。何がはじまったのかと目を丸くしているアデリアに向かって、手を振ってくる。

「ターラ・アッ＝シャムスです。サハーラのいとこで、ジブリエールの養い親の娘です。シャムスでいちばん強いふたりの男を見習っていたら、こんな性格になってしまいました。呆《あき》れないでくださいね」

「呆れてはいませんが、密航とは……」

「ああー、やっぱり女らしくないですよね」

「いいえ。すごくうらやましいです！」

アデリアは、ぱんと手を叩き、紺碧《こんぺき》の瞳を輝かせる。

「実は、わたしも二度ほど脱走を企《たくら》みましたの。でも、別荘《ヴィラ》から出た段階で捕まってしまって、船まで行きつけたことすらないので……。そうだわ、男装という手があったのですね」

「あら、じゃあ、今度シャムスの男物の衣装、お貸ししましょうか？」

そこに、ちょっと待て！　とサハーラが割って入る。

「おれの花嫁に妙な入れ知恵をするんじゃない！　男装だの、密航だの、男勝りなことばかりやってるから、行き遅れるんだぞ、おまえは！」

「いいわよ、行き遅れたって。サハーラかジブに、もらってもらうから」

ターラの言葉が終わらないうちに、サハーラが大きく頭を横に振りまわした。

「おれはごめんだ！　理想の妻を迎えたばかりなのに」

それにはジブリエールも、しみじみとうなずく。

「右に同じ。船倉で見つけたときに、海に放りこんで、鮫《さめ》の餌《えさ》にでもしてやるんだった」

「あーっ、ひっどぉぉぉーい、ふたりとも！」

叫ぶなりターラは、ぐいと身を乗りだして、円卓越しにアデリアの手をつかんだ。

「アデリアさま。こんな男どもの相手なんかしてやることないわ！　いまからでも遅くないわ、サハーラなんか振っちゃいなさいよ！」

「え、ええっ……⁉」

「いい方法があるわ。家事なんかできないってふりして、すましてればいいの。族長《シャイフ》の妻が家を切り盛りできないなんて、周りが承知しないから。あっという間に追い出されるわ」

だが、アデリアは、ふりなどしなくても本当に家事ができない。

ドレスひとつ、ひとりで着ることもできないのだ。

先々のことが本気で心配になってきて、いまさらながらアデリアは青ざめる
（では……、姑《しゅうとめ》や小姑《こじゅうと》にいびり出されて、奴隷市まっしぐらかしら、わたし……）

論点ずれまくりな悩みを破るように、ターラの声が聞こえてきた。

「アッ＝シャムスの一族はうるさいわよ。いっそジブに乗り替えちゃえば。あの人は孤高を気どってるから、部族といっしょに行動しないし。――それに、白い肌の者同士だからかしら、お似合いだったわよ」

サハーラがいる前での発言なのだから、むろん冗談なのだろうが――露骨に別れを勧められるのが奇妙な気がした。

ちら、と隣に座したサハーラを見れば、何やら仏頂面《ぶっちょうづら》で、そっぽを向いている。

（もしかしたら、ターラさんはサハーラさまが好きなのでは……？）

行き遅れたらもらってもらうと言ったのも、本音なのかもしれない。

「でも、わたしはもう、サハーラさまの妻ですから」

気がつくとアデリアは、自分でも不思議になるほど、強い口調で言い返していた。

慌てて口許《くちもと》を押さえるアデリアを、ターラは上目遣いに見ながら、くすっと笑った。

「けど、ジブがその気になったら、奪えないものなんかひとつもないわ。——ジブはシャムスでいちばん強い男だもん」

など、妙に意味深な物言いをしながら。

「ターラ、よけいな茶々は入れるんじゃない。サハーラの祝いの宴席だぞ」

ジブリエールがたしなめたのと、サハーラの横顔に緊張が走ったのが、ほぼ同時だった。

唐突な驚愕《きょうがく》を、隠しきれなかったことを誤魔化《ごまか》すように、サハーラは玻璃《はり》のグラスを手にとって、葡萄酒をぐいぐいとあおる。

アデリアは呆れて、サハーラに問う。

「お酒は、教義で禁止されているのではないのですか?」

「それは東方だな。南方では古来から飲酒の風習があった。アッ＝シャムスの一族には、祖先を敬《うやま》うための乾杯の習慣が残っているのだ。——それに、交易商は長旅をする。水はすぐに腐るが、酒なら保《も》ちがいい」

そこへ、ターラが懲《こ》りもせずに口を挟んでくる。

「なぁーんて、もっともらしいこと言ってるけど、サハーラは単に飲んべえなだけだから」

それにしても、草ひとつ生えていない絶海の孤島に、これほどの食材を新鮮なままで運んでくるとは、ジブリエールのダウ船の脚の速さは、そうとうなものだ。

「あなたの船、サムバック……というのですか?」

ずっと確認したかったことを、アデリアはジブリエールにぶつける。

「そう。西方では、ダウ船と十把《じっぱ》一絡《ひとから》げに呼びますが、こちらでは小型の快速船をサムバックというのです」

「ティティス海を突っ切って、北上すると聞きましたが……それは本当ですか？」

「さて。ティティス海を渡るのに、あなたならどの航路を選びます？」

「それは、選ぶ余地がないのでは」

ティティス海文明は、東方の影響を色濃く受けて発展してきた。主要な港湾都市は東の沿岸に偏《かたよ》っているため、寄港地の少ない西回りの航路を使うのは問題外だ。

「東海岸沿いの航路しかないわ。――でも、あなたは違うのでしょうね」

「おれは、遠回りが好きではないので」

悠然《ゆうぜん》と笑んだジブリエールは、目の前の銀皿をティティス海に見たてて、器用に右手でちぎったホブスの船を、まっすぐに滑らせる。

「ご存じと思うが、内海には潮流がない。外洋からの影響を受けるのは海峡付近だけ。ならば、沿岸から離れて、風に乗って一直線に進む――それがいちばんの早道ではないかな？」

「でも……そんなことが本当にできるの？」

物問いたげに流し見られて、サハーラは肩をすくめる。

「おれに訊くな。やったことはない。――というより、ティティス海の船乗りの誰もが、そんなことはできないと思っている。この無謀《むぼう》な男以外はな」

サハーラは顎《あご》をしゃくって、目の前にいる男を示す。

「ありがとう。きみに褒められると実に嬉しい」

「褒めてるわけじゃない。それだけの技術を、おまえはろくなことに使わない」

「ん？　何かいけないことをしたか？」

「ジブリエール……！」

サハーラが遮《さえぎ》ろうとしても、ジブリェールは意にも介さず、自分の行為を肯定する。

「人類の歴史は、すなわち戦いの歴史。――それをもっとも明確に示したのは、ロンダールだ。サハーラ、おまえとて、祖先の恨みを忘れたわけではあるまい」

「それは……」

言い淀《よど》んだサハーラをよそに、銀灰の瞳は、無感情にアデリアを捉えている。

「ロンダール帝国が手本としたのは、古代ギリオス。芸術を愛し、思索を尊び、ギリオス人はティティス海に、豊かな文化を開花させた。――だが、ロンダールは、その優雅を受け継がなかった。技術だけを学び、進歩の名のもとに他国の文化を野蛮《やばん》と決めつけ、侵略の歴史を築き、帝国支配を続けた。まさに、『力こそが正義』と見せつけたのだ」

ジブリエールの言は、ある意味、正しい。

最初に力による支配を明確に示したのは、ほかでもないロンダール帝国なのだ。

抵抗するものを叩き潰し、恭順《きょうじゅん》するものは迎えいれ、そうやって属国を増やしていくことで、強大な帝国を築きあげていった。

その陰で、どれだけの国が、どれだけの文明が、滅んでいったことか。

「おれの船……マラクーン号は、東方のダウ船を改良したものだ。フローラ号は見てわかるとおり、西方のガレー船だ。――われらシャムス人は、未だにまともな造船技術すら持たない。なぜかわかるか？」

答えはわかっているが、それを口にすることができず、アデリアは曖昧《あいまい》に首を振る。

「千年前、ロンダール軍の南方遠征で、われらの祖先の都がことごとく灰燼《かいじん》に帰したからだ。そのときに、シャムスの航海術もまた失われた。はるか昔は海洋民族だったらしい、と長老どもは語るが、その技術は何ひとつとして残っていない」

そこまで言って、ゆるりとジブリエールは倚子《いす》にもたれかかる。

「おれを恨むか、ロンダールの皇女よ？」

問う声は、静かだ。

銀灰の双眸《そうぼう》は、冷ややかだ。

なのに、その奥には、息を殺して獲物を狙うコブラの獰猛《どうもう》さが、潜んでいるようだ。

「おれは、奪われたものを、奪い返しているだけだ。シャムス人にとって、報復は当然の権利。一族の汚名を晴らすのは、誇りにこそなれ、責められるべきことではない」

悔しさに唇を噛《か》みながらも、何も言い返せずにいるアデリアの代わりに、たまらずサハーラが口を挟む。

「それはおまえの理屈だ。おまえの略奪行為のおかげで、シャムス人すべてがバルバディ海賊だと思われているのだぞ。おれの船も、呑気《のんき》に湾刀《シャムシール》の旗を掲げることすらできん」

「知らんな。西方の者どもの無知まで、おれの責任にせんでもらおう」

「いいや、おまえの責任だ！　すべてを見とおせる慧眼《けいがん》があるくせに、シャムス人の利益を損なうようなまねをする。こんなすばらしい補給地すら、仲間に開放しようとはしない」

「おれは古代ギリオス人の残した海図だけを頼りに、命懸けでティティス海を巡った。それをなんの努力もしない者に、ただで教えてやれと？」

「教えてやればいい！」

サハーラがひときわ声を荒らげる。

「祖先への復讐《ふくしゅう》を盾にとって、略奪行為に走るなら、いまを生きている仲間のことも考えろ！　それでこその条理だ！」

ジブリエールの持論と、サハーラの正義が、祝宴の場を険悪の色に染めていく。

ターラは慣れたものらしく、ご馳走《ちそう》をいっぱいに頰《ほお》ばって、口を挟めないというふりをしながら、楽しげにふたりの言いあいを追っている。

「ジブリエール……たとえ名はアッ＝シャムスではなくても、おまえはおれにとって、ターラと同じいとこだ。そして幼馴染みだ。ともに育って、ともに夢を語った……」

「そうだな。だが、残念ながら、おまえ以外の連中は、おれを仲間とは思っていなかったが」

「おまえがシャムス人と違うのは、姿ではなく、その考え方だ！」

言い放つなりサハーラは、円卓を叩きつける勢いで、立ちあがる。

結婚祝いの宴なのに、サハーラはせっかく用意された食事にも手をつけていない。

葡萄酒の杯ばかりをあおっていたのは、どうやらヤケ酒だったようだ。

ぷい、と踵《きびす》を返すサハーラの背に、ジブリエールがからかいの声をかける。

「部屋を用意した。アデリアさまと泊まっていくがいい。皇女ともあろうお方との結婚を、船ですませるのは、いかがなものかと思うぞ」

「よけいなお世話だっ！」

吐き捨てたサハーラの姿を見送りながら、ジブリエールは肩をすくめる。

「おや、嫌われてしまったかな」

「ないない。サハーラがジブを嫌うなんて。ただ、ちょっと臍《へそ》を曲げてるだけ」

ターラのお気楽な声に、アデリアはようやくため息とともにうなずいた。

「そうですね。他人を嫌う方ではありませんね」

ほうー？　とジブリエールが、好奇の声をあげる。

「まだ会ったばかりなのに、サハーラのことを知りつくしたようなことを？」

「会ったばかり……ではないのです」

言って、アデリアも夫に従うべく、立ちあがる。

「身勝手な幼馴染みのことも、怒鳴りとばさずにいられないほど心配している——そういう人の怒りは、ありがたく受けるべきではなくて?」

「残念ながら、おれは右と言われれば左と言いたがる、ひねくれ者なので」

「そう。では、そこだけは気が合いそうだわ。実はわたしもそうなのよ」

「おや、皇女アデリアが?」

「ひねくれ者の行動は、その逆を考えればいいから、わかりやすいわ」

なるほど、と感心したように銀灰《ぎんはい》の目を細めて、ジブリエールは笑んだ。

「サハーラが選んだだけはある」

大天使《マラクーン》の名にふさわしい、すばらしい美貌《びぼう》で。

4 再びの初夜

アデリアが用意された客間の扉を開けたとき、サハーラは岩場に突き出したベランダから、夕暮れの色に染まっていく海を眺めていた。

「美しいだろう、ジブリエールは。誰より美しく、誰より賢く、誰より強く、誰より冷酷《れいこく》な生きものだ」

振り返らずに、背中でそう言う。

「とはいえ、シャムス人のなかでは、浮きすぎる姿だが」

「そうね。きっと西方にいても、さぞや人目を引くわ。――逆の意味でだけど」

たしかに美しい男ではある。いまに残る古代ギリオスの神々の像と比べても遜色《そんしょく》ない端整な顔など、そうはあるものではない。

「それに、すばらしく知的ね。他人を不快にさせる物言いを、心得てるわ」

「問題はそれだ。あの皮肉さえなければ、女にも好かれる、申し分のない男なのだが。ターラなど、最初からジブリエールしか目に入っていない」

「そう……かしら?」

アデリアの目には、むしろジブリエールに懐くことで、サハーラの気を惹《ひ》こうとしているように見えた。アデリアに対する態度も、気安げではあるのだが、冗談交じりにでもサハーラとの別れを勧めるあたりに、引っかかりを感じた。

だが、サハーラにとっては、ターラの気持ちよりジブリエールの態度のほうが、ずっと根の深い問題のようだ。

「あれで、部族全体のことを考えてくれれば、族長《シャイフ》にだってなれる男なのに」

いっしょに遊んで育った幼馴染《おさなじ》みとして、そしてまた同じシャムスの民として、本心からそう思っているのだろう。

だが、サハーラはどこから見ても、南方の男でしかない。

どれほど心をかよわせた友人であっても、ジブリエールの気持ちは理解できまい。

「でも、あの容姿で、族長《シャイフ》になるのは無理だと思うわ」

アデリアの言葉に、ようやくサハーラは振り返り、怪訝《けげん》そうに問う。

「あなたも、姿の違いを気にするのか?」

「わたしだから気にするのよ。異質であるだけで、どれだけ不当にあつかわれるか、十四年間の軟禁生活で思い知った、わたしだから」

サハーラはいまさら気づいたように、ああ、と視線をアデリアの左手に落とす。

「だが、あなたは、そのことで他人を恨んだりしない。侍女《じじょ》やフィリッポ枢機卿《すうききょう》のために、その身を差しだしたではないか」

「あのときは……他に選択肢《し》がなかっただけ」

「どんな理由であろうと、いざとなれば他人を見捨てはしなかった。——だが、ジブリエールは仲間から外れるように、より異端へと向かう」

そう言ってサハーラは、やりきれないような吐息をついた。

「養い子であろうと、叔父《おじ》が目をかけた男だ。もしもターラと結婚するようなことになれば、本当の意味での息子になる。勇猛《ゆうもう》で才智があるだけでなく、家柄もじゅうぶんなはずなのに、長老たちは、ジブリエールではなく……おれを選んだ」

「シャムスの部族では、族長《シャイフ》は世襲ではないのね？」

「そうだな。おれはアッ＝シャムスの名を受け継ぐ者だから、最初から候補に入ってはいたが何人かの候補のなかから、もっともふさわしい者を、長老たちが相談して選ぶのだ」

優れた力と知恵を持つ者——何より、命懸けて一族のために戦う者を。

我欲のためにしか動かないジブリエールは、どれほど優れた男であろうと、最後の条件に合わないのだ、とサハーラは言う。

とはいえ、ジブリエールが族長《シャイフ》に選ばれなかった理由に、あの姿が無関係なはずがない。

こうして太陽の匂《にお》いを感じる男を間近に見ていれば、なおさらわかる。

サハーラとジブリエールを比べて、民がどちらについていくかなど、一目瞭然だ。黒髪と褐色《かっしょく》の肌を誇りとする民族のなかにあって、白い肌と銀髪の姿が、厭《いと》われないわけがない。アデリアが左利《き》きゆえに右利きの世界から弾かれたように、どこの世界にでもなんらかの異端は存在する。

そして、普通に毎日を生きている者たちに、ある種の優越感を与える。

まるで必要悪でもあるかのように、異端者は世界の片隅に存在させられるのだ。

(そう。たぶん、わたしのほうが、ジブリエールを理解できる……)

だが、ジブリエールと同病相憐《あわ》れむ気など、アデリアにはさらさらない。

どれほどジブリエールの言いぶんに理があろうと、アデリアにとっては、やはり父の仇《かたき》なのだから。

「でも、わたしはジブリエールは好きになれそうもないわ。あの目つきが……だめ」

アデリアはジブリエールの銀灰の瞳を思い出し、身をすくめる。

「目つきが？　まあ、瞳の色が薄いぶんだけ、冷ややかな感じはするが」

「色もだけど……なんとなく、蛇っぽいと思わなくて？」

「蛇？」

「ええ、蛇よ。——ああ、だめ……、わたし、蛇が大嫌いなの！」

「蛇嫌いか？　これは意外な弱点を聞いた。まあ、女で蛇好きも珍しいとは思うが、あなたがそんなものを苦手とするとは」

「あれだけは、だめなの。なかでもコブラが……！　おかげで、長くてぬるぬるしたものは、総じて苦手になってしまって……。そう、子供のころに、とても恐ろしい目にあって……」

アデリアは思い出すのもいやだとばかりに、口ごもる。

「長くて、ぬるぬるした、もの……？」

「ええ、そう……」

らしくもなく曖昧《あいまい》にうなずきながら、アデリアはサハーラを流し見る。

その視線が、斜め下に向かっている。何気にそれを追ったサハーラが見たのは、自分の股間《こかん》だった。完遂《かんすい》できなかった初夜のことを思い出して、はっと顔をあげる。

「――まさか、その総じて苦手なもののなかに、あれも入っているのか……？」

あれと明言はさけたものの、サハーラの問いの意味を察して、アデリアはうなずいた。

「その……、まさか、です」

アデリアの頬《ほお》が、夕映えの色だけではない羞恥《しゅうち》の赤に、盛大に染まった。

「い、いや、ちょっと待て！　たしかにあれは、長い、太い、ぬめぬめしている、の三拍子そろった蛇っぽいものだが、それが失神の原因だとでも……？」

慌てるサハーラをよそに、アデリアは恥じらいながらもうなずく。

「じょ、冗談じゃない！　そんなくだらない理由で、おれは初夜を完遂できなかったのか？」

「ど、どこがくだらないのです？　わたしにとっては重大事です！」

「ああ。ならば荒療治《あらりょうじ》が必要か？　すばらしく気持ちのいい方法で、解決してさしあげよう。ものは試し。ごらんにいれましょうか、おれの自慢の蛇もどきを？」

「……なっ……!?」

おもむろに前を開けようとするサハーラを見て、アデリアはカッと唇を開く。

「あ、あなたの物言いは辛辣《しんらつ》すぎて、好きではないわ、わたし！」

「それはこちらもご同様だ。気の強さも魅力であるが、女にはもう少しかわいげが必要ではないか。誰もがおれのような物好きではないのだし」

サハーラがなんの気なしに言ったそれが、アデリアの逆鱗《げきりん》に触れた。

「それなら、もっと可愛《かわい》い方を妻になさればいいわ。どうせ引く手あまたなのでしょう？」

かわいげなんてものを身につける機会が、いったいどこにあったというのか。

侍女たちは、結婚話が舞いこんでくるのを待ちわびて、閨事《ねやごと》の知識ばかりを仕入れている。

身近にいる男は、食料の無駄になるとサハーラでさえうんざりした、小太りの枢機卿。

たまに挨拶《あいさつ》にくる男たちも、似たり寄ったりである。アデリアの美貌《びぼう》を噂《うわさ》に聞いて、わざわざ航路を変更してまで立ち寄ってくる、好色ジジイどもに愛想など振りまいたら、それこそ妙な気をおこされかねない。

精一杯、気を張って、こんなことくらい平気よ、という顔をしていなければ、どうして虜《りょ》囚《しゅう》の日々に耐えられるだろう。

「あなた方の教義に反する、左利きの女というだけで、離縁する理由にはじゅうぶんのはず。でも、魔界の乙女《ジンニーヤ》では、奴隷《どれい》としても売れないのではなくて⁉」

言い放ったそれは、アデリアの劣等感にほかならない。

（どうして、わたしだけが……？　たかが左利きというだけで……？）

四歳のときに幽閉されて以来、ずっと心の奥に秘めていた、負の思い。

だが、まさかそれを、こんなにも感情的になって、他人にぶつけることがあろうとは。

八年も前の戯《たわむ》れの約束を、律儀《りちぎ》に果たすために現れた男に、自分のもっとも醜《みにく》い感情をぶつけている――こんな自分がいたなんて、とアデリアは驚きに目を瞠《みは》る。

それでも、一度堰《せき》を切った言葉は止まらない。

勝手に口から溢《あふ》れて、その鋭さでアデリア自身だけでなく、サハーラをも斬りつけていく。

「太陽《シャムス》の族長《シャイフ》が、左利き《マンチーノ》の魔女《ストレーガ》を選んだこと自体が、間違いなのよ！」

大きく肩を震わせて吐きだしたアデリアは、次の瞬間、強く腕を引かれて、サハーラの両腕に抱えあげられていた。

「間違いかどうか、試してみればわかろう！」

銀刺繍の花嫁衣装をまとったまま横抱きにされ、唇を塞がれる。

それ以上は聞く必要はないとばかりに、怒気を含んだ熱い口づけでアデリアを翻弄《ほんろう》しながら、サハーラは寝台へと向かう。

今度こそ、約束の花嫁のすべてを、己がものにするために。

❖ ❖ ❖

売り言葉に買い言葉で応じたサハーラは、すさまじく意地悪だった。

「自分がどんな姿をしているか、わかっているか、麗《うるわ》しの花嫁どのよ」

肉厚の唇が、アデリアの乱れに合わせて、聞くのも恥ずかしい揶揄《やゆ》を口にする。

せっかくの花嫁衣装は、いまはすっかり脱がされて、絨毯《じゅうたん》のうえに放りだされている。

なぜかコルセットだけは残されているが、下着を半端に残した姿のほうが、かえって扇情的《せんじょう》に男の欲望を煽《あお》ることを、アデリアは知らない。

ただでさえ豊かな胸は、コルセットのせいでさらに強調されて、片方はサハーラの手に揉《も》み立てられ、片方は唇に吸われ、じょじょに興奮の色に染まっていく。敏感な先端から湧きあがる愉悦《ゆえつ》で、肌はしっとりと汗ばみ、吐息は切れ切れに乱れるばかり。

「あぅ……っ……、んんっ……！」

どうしても漏れてしまう喘《あえ》ぎを聞きつけて、サハーラが酷薄《こくはく》な笑みを浮かべる。

「たった一度で、ずいぶん敏感になったものだ。そら、もうこんなに堅くなっているぞ。もともとそちらの素質があったとみえる」

　自らも邪魔な衣服をすっかり脱いでしまうと、サハーラは大きく割り開いたアデリアの両脚を、高々と肩に担ぎあげ、ふくらはぎから膝頭まで、ゆっくりと口づけていく。

　そのせいでアデリアの下半身は浮きあがり、最初の夜とは違い、自分の両脚のあいだに押しつけられている逞《たくま》しい男根が、否応なしに見えてしまう。

「どうだ、蛇嫌いは治りそうか？」

　五日間のおあずけを食らったサハーラの一物は、すでに腹につくほどに反りあがって、先走りの滴《しずく》を光らせている。

　血管の浮きだした幹は、アデリアのぬめった花弁《かべん》をより押しひらこうと、淫《みだ》らな音を立てながら行き来している。その中心で、まだ男を知らない蕾《つぼみ》もすっかりやわらいで、サハーラの言うように蜜液を溢れさせている。

「快感を覚えたばかりにしては、花弁はもうぬるぬるだ。見ろ、大嫌いな蛇もどきに擦られて、自ら蜜を滴《したた》らせているぞ」

「あっ、そ、そこっ……！　だめ、こ、擦らないでっ……ああ――……！」

　狭い蜜口《みつくち》を広げるように、突っついては引いてを繰り返す切っ先の、想像もしなかった熱や感触に、アデリアは大きく胸を喘《あえ》がせる。

　だが、閨での『だめ』は、男にとっては『いい』と同義である。

アデリアが悶《もだ》えれば悶えるほどに、サハーラの動きもまた激しさを増していく。

「擦らずにどうする？　これは蛇嫌いの治療でもあるのだから。——だが、どうやら、長くてぬるぬるしたものへの不快感は、なくなったようだな」

「ふ……、あふぅ……っ……。や、やめてぇ、それ……」

ぱっくり開いた淫唇《いんしん》に添って、刀身のように反り返ったものを前後されれば、そのたびごとにぐちゅぐちゅと卑猥《ひわい》な音が響いて、アデリアをさらなる羞恥に突き落とす。

まっ赤に熟れた花弁は、擦られるたびに悦びに悶え、その先端では小さな花芽《はなめ》もまたいっぱいに膨らんで、熱い切っ先が打ちつけてくるのを待って、ひくついている。

どこもかしこもアデリア自身の愛液で、ぐっしょりと濡れそぼり、黄昏《たそがれ》の最後の一閃《いっせん》を受けて淫靡《いんび》に照り輝いている。

抱えあげられた両脚が、男の動きに合わせて勝手に閉じたり開いたりするほどに従順になっているのが、ひどくアデリアの矜持《きょうじ》をくじく。

「う、ふんっ……。そ、それ……やあっ……」

媚《こ》びを含んだような、甘ったるい自分の声もいやだ。

汗ばんだ肌の火照《ほて》りも、乱れていくだけの息も、大きく揺れる乳房の感触も、何もかもが不快でないことが、いやでいやでしょうがない。

だが、伸しかかっている男のほうは、それが嬉しくてたまらないようだ。

「ふ……。すごい眺めだぞ。見ろ、もうぐしょぐしょだ。この花園は、おれの蛇が隠れんぼをするのが、大好きになったらしい」

揶揄《やゆ》交じりの声音《こわね》は、どこまでも楽しげだ。

快感を覚えはじめたばかり――青い果実のような女の身体《からだ》ほど、男にとって魅惑的なものはない。まだすっかり蜜壺《みつつぼ》が潤っていなくても、おずおずと開きはじめたばかりの蕾《つぼみ》を、無理やり散らしたいと思うものなのだ、男という生きものは。

そのことを、まだアデリアは知らない。知らないままにも、張りきっていく熱塊《ねっかい》が、何やら不穏な動きをはじめたことに気づいて、ざわっと全身を震わせる。

白い肌の高貴な女を抱くのが夢だと、のうのうと言うだけあって、サハーラは実に欲望に忠実な男だったのだ。

無垢《むく》な皇女の裸体を前に、すでに我慢も限界を超えていた。

「では、そろそろ本当の隠れんぼをはじめようか。たぶん、少し痛むだろうが……」

熱のこもった双眸《そうぼう》で、乱れた息を吐き散らす口で、アデリアに告げる。

割れ目を行き来していた先端が、ある一点で止まる。擦られるたびに、ひどく危うい気がしていた部分――女のいちばん大事な花芯《かしん》に、熱い亀頭部が突き刺さってきた。

「……ヒッ……!?」

すさまじい衝撃が、一瞬にしてアデリアを硬直させる。

「自慢ではないが、とうてい十人並みではない、特別な一物だ。我慢してもらうしかない」

伸しかかっている男が、熱い吐息とともに、無駄に威張る。

捻《ね》じこまれた肉塊に、メリメリと狭い秘肉を引き伸ばされ、裂かれそうなほどの恐怖と痛みが、アデリアの全身を包みこむ。

「……くう……ぅ……」

必死に漏れる声を抑えようとするが、欲望にまみれた男の、みっしりと量感を増した熱塊で一気に最奥までを穿《うが》たれた瞬間、ついに悲鳴じみた声がほとばしった。

「あっ、ああ――っ……！」

痛みに叫ぶ自分が許せず、アデリアは必死に唇を嚙《か》みしめる。

花を散らされた瞬間にさえ消えることない――いや、そのときだからこそ最後の最後まですがりつくしかない、皇女としての意地だ。

皇帝である父を失い、故郷たる国を失い、帰る場所ももはやなく、契約の夫に散らされるだけのアデリアの、もうそれにすがりつくしかない矜持《きょうじ》だ。

だから痛みには耐えられる、と涙を振り絞《しぼ》り、息を詰める。自然と強《こわ》ばった身体が、サハーラの一物までをも締めつけ、同時に苛烈《かれつ》な痛みをアデリアにもたらしてくる。

それを承知でさらに力を込めるアデリアに、呆れたようにサハーラが口角を歪める。

「くっ……！」

激しく収縮したアデリアの膣口《ちっこう》に、亀頭のくびれをぎっちりと締めつけられて、さしもの無頼漢も苦笑を隠せない。

「わかった……。おまえは見事な皇女だ……。だから、少し緩めろ……！」

唸《うな》った男が、羽毛が触れてくるような口づけを、アデリアの頬《ほお》に落とす。

耳のしたの柔らかい皮膚《ひふ》を吸って、さんざんに喘がされて掠《かす》れきった喉《のど》をたどり、鎖骨《さこつ》を滑って胸元へと至る。その先端、いまはつんとすまして立ちあがっている乳首へと。

そこがアデリアの弱点だと、いままでの愛撫《あいぶ》ですでにサハーラは知っているのだろう。

左利きだから、よけいに左のほうが感じるのかもしれないと、そんなことを陶然《とうぜん》と考えているあいだにも、下肢《かし》へと滑ってきたサハーラの指が、ぷっくりと膨らんだ陰核《いんかく》を摘《つま》む。

処女ならそのほうがずっと感じるはずだと、挿入の痛みを散らすために、小さな粒を弄りはじめる手技の、なんと巧みなことか。

「ふう、っ……、ぁうぅ……」

一瞬、痛みを失念したアデリアの唇から、甘やかな喘ぎが漏れた。

「そうだ、いい子だ。もっと感じていろ……」

それぞれに感じ方の違うふた種類の粒を弄《いじ》る手つきも舌遣いも、ただただやさしいだけで、じんわりと湧きあがってくる掻痒《そうよう》感のなかに潜む淫靡《いんび》な快楽が、交合部のひりつく痛みを霧散させていく。

そうして手淫《しゅいん》に溺《おぼ》れた身体は、自然と弛緩《しかん》し、苦痛もまたやわらいでいく。

「……ッ……、んんっ……」

そうやって、ひとつ、ひとつ、暴かれて、最後に残るのはどんな自分なのだろう。

入ってはひいてと緩い律動を続けているあいだに、蜜液がねっとりと漏れていくような感覚に襲われた。太いものに塞がれていた膣口がやわらいできたのだろう。自分が溢《あふ》れさせた体液でぬめっていく股間の感覚に、ぞっと肌が戦慄《わなな》いた。

「ふ……。やはり演技ではないな。本当に処女だ」

そうして溢れたもののなかに、純潔の証《あかし》の鮮血を見つけて、サハーラが満足そうに笑む。

これが男の征服欲なのか。経験豊富と豪語していた男なのに、やはり初めての花を散らす満足感は別物のようだ。

「よく辛抱《しんぼう》したな。さすがに皇女の矜持は半端ではないようだ。——だが、おれもそうおやさしい男じゃない。少し本気でやらせてもらうぞ」

言葉どおり本気になった男の、腰遣いはすさまじかった。

アデリアの身体を二つ折りにする勢いで打ちつけては、とろけた粘膜を巻きとる勢いで引いていく。そのたびごとに、ぱんぱんと肉打つ音は、淫らに速まっていく。

「ん、やっ……！　ふぅん……、そっ……あっ、あぁぁ……！」

アデリアは言葉にならない喘ぎをあげながら、意味もなく首を振る。そのたびにウェーブを描いた金髪が、汗の滴《しずく》を飛ばしながら枕を叩く。

揺れる両の乳房の奥で、心臓は早鐘のように高鳴っている。

唾液《だえき》に濡れた唇が、ひっきりなしに吐息交じりの喘ぎを撒《ま》きちらす。

身体は寒気を覚えて震えるのに、肌はうっすらと汗ばんで、火照《ほて》っていくばかり。

「ああ……、待った甲斐《かい》があった、おれの皇女……。なんとすばらしい締めつけだ！」

だが、どれほど快感に乱れようと、『皇女』と呼ばれるたびに、アデリアの心は凍る。

結局は、契約の花嫁でしかなく、皇女でないアデリアを必要とする者はいないのだと、思い知らされる。しょせん、女は男の所有物でしかないのだと。

シャムス人の女たちは、外出のさいにはベールで全身を覆《おお》う。陽射しよけでもあり、また男たちから顔を隠すために。

西方でも、貴族の姫はめったに外には出ない。深窓《しんそう》の令嬢とはよく言ったものだ。

そうやって、世界中のどこでも、女は夫以外の男から姿を隠さなければならない。

野原を裸足《はだし》で駆けまわるときの澄んだ胸の鼓動も、全身に陽を浴びながら紺碧《こんぺき》の海に身を浸す心地よさも、何も知らずに、ただ嫁《とつ》いでいく。

自由のすばらしさなど、ひとつも知らずに。

アデリアもまた幽閉という究極の方法で、その姿を隠されてきた。

だが、それでもアデリアは、一度としてベールで顔を覆《おお》ったことがない。

イーリス島に立ち寄った商人や軍人が、挨拶《あいさつ》にと別荘《ヴィラ》を訪れるたびに、碧海《へきかい》の瞳の輝きも、珊瑚《さんご》の赤の唇も、金色の巻き毛が艶《つや》やかに揺れるさまも、ドレスの胸許から大胆《だいたん》にのぞく房も、惜しげもなく見せつけてきた。

自分はそもそも故国から弾かれた者なのだからと、ギリオスの遺跡の丘に立ち、吹きすさぶ風に裳裾《もすそ》をひるがえし、顔だけでなく素足まで平然とさらして、そこにあった。

それが唯一、アデリアに残された権利だったから。

わたしを見るのは勝手――引き替えに、女神ティティスの怒りでその目が潰されてもいいのなら、と傲然《ごうぜん》と顎《あご》をあげていることのできる、ただひとりの女。

十歳のときも、十八歳になったいまも、その矜持だけは変わらない。

「気丈な瞳だ。快感に溺れてもなお、おれを睨みあげてくる。あのときのように……」

出会いのときを思い出し、サハーラは懐かしげに眼を細める。

深い、深い、漆黒《しっこく》の瞳――それは闇を思わせる色なのに、少しも謎めいていない。

真一文字《まいちもんじ》に引かれた眉が。

強靭《きょうじん》な意志でつりあがった眦《まなじり》が。

剛胆《ごうたん》な笑みが似合う、肉厚な唇が。

そして、どれほど睨みつけられようと、最後にはかならず相手の視線を受けとめる態度が、サハーラという男の本質を明確に物語っている。

（誠実な人……ええ、それはわかっていた……）

あの状況で、十歳の少女を助けたというだけで、もうサハーラは信頼に価する。

そんなことはわかっている。契約など出さずに、ただ約束を果たしにきたと言ってくれれば、アデリアだとて、もう少し素直になったかもしれない。

夢を見ているのだ、少女のように。

利害関係のない結婚などありえないと、わかっているのに。

皇女ではなく、ただのアデリア・バジーリオを求めてくれたらと、虚《むな》しい夢を見ている。

破瓜《はか》の痛みと快感が混在となりながらも、そんなことを考えていたとき、ふと奇妙な疼《うず》きが身のうちを走った。

「えっ？　あ、あっ……!?」

アデリアは、涙に濡れる両眼を見開く。

「……はっ……？　な、何、これ……っ……？」

「何と聞かれても、おれは女でないからわからんが、気持ちいいんだろうな、きっと。初めてなのに、ここで感じはじめたのか」

ここで、と言いつつサハーラは、その場所を教えこむようにわざとらしく腰を回した。

「やあっ……！　う、うそっ……!?」

とっさにこぼれた言葉こそ、アデリアの掛け値なしの本音だった。

苦痛も、羞恥《しゅうち》も、大事な人たちを守るためなら我慢できる。命を懸けろと言われれば、夜の海に身を投げることすら厭《いと》わない――それほどの覚悟でいたのに。

（こ、これは、何……？　女の本能の部分を、くすぐるようなものは……？）

理屈抜きで、女の身体はこういうものだと主張しているような、すさまじい快感があることなど、知りたくなかった。

「あ、つっ……！　そ、それっ……やあっ……」

やめて、と身を引こうとするアデリアの反応に気をよくした男が、体重をかけて伸しかかってくる。巻きとった秘肉ごと一気に揺さぶるような暴慢な腰遣いで、アデリアの最後の矜持《きょうじ》をくじいていく。

「ふう、っ……、はあ……だ、だめぇ……、ふ、うんっ……」

揺すらないで、と懇願《こんがん》する唇からこぼれる声は、ひどく甘ったるい。

両手は助けを求めるように、意味もなくサハーラの褐色《かっしょく》の肌をまさぐっている。

「あうっ……!?　や、やめっ、く、あぁ……！」

アデリアは、感じることにこそ怯《おび》えるように、涙に濡れる目をしばたたかせる。

精一杯、気丈に睨みつけようとしても、すぐにそれは官能の波にさらわれて、うっとりとした半眼にとって代わられてしまう。

自分の奥、いままで感じたこともない深い場所に、どくどくと脈打つものがある。

すさまじいばかりの快感を生みだしながら、それは縦横無尽《じゅうおうむじん》に動きまわっている。まるで意志のある生きもののように自在に、アデリアの脆《もろ》い部分を的確に見つけてはやわらかく擦り、また、鋭く抉《えぐ》る。

「あうっ……⁉ や、やめっ……ぁうぅ……」

深く押し入った無頼漢が、歓喜に脈動しているのがわかる。わかってしまうことに、啞然《あぜん》とする。こんなにも自分の内部は敏感な場所だったのだと。

「はっ、あぁ……？ うそ……！ こんな……ッ……、ああっ！」

だが、そんなことを考えている余裕などいまはない。すぐに鋭い突き上げを食らって、ふたつの乳房が上下に揺れながら形を変えるほど、アデリアは大きく胸を弾ませた。

（……ああ……、な、なんなの……これ、これは……⁉）

変わっていく。変えられていく。

ロンダール帝国の皇女であった者が。

女神ティティスの化身と、敬愛された者が。

そしてまた、魔性の手を持つと恐れられた者が。

ただのアデリア・バジーリオという女へ、身のうちから根こそぎ変えられていく。

他人から与えられる刺激によって——熱い口づけや、濃厚な愛撫《あいぶ》や、何よりこの深い交合がもたらす、あまりに鮮烈な快感によって。

なんの義務もない、なんの責任もない、ただ愛されていればいいだけの女へと。

「や、あぁ……!?　う、動かなっ……ああ？　ひっ――……！」

自分のなかがいっぱいに開かれる。そのあまりの圧迫感に、裂けるのではないかという恐怖を感じたのは一瞬のこと。

張りきった先端に抉《えぐ》られる粘膜が、じわりと蜜を絞《しぼ》りだして、膣内はさらに濡れる。濡れて、濡れて、だらだらとみっともなく割れ目から溢れて、太腿《ふともも》へと滴っていく。

「は、やあっ……、だ、だめぇ！　ぐちゃぐちゃしちゃ、だめなのぉ……」

もう、いやなのか、いいのかさえ、わからない。

終わることのない激しい抽挿《ちゅうそう》を送りこんでくる男に倣《なら》って、あさましく尻を前後させる。

「えっ？　あ、あんっ……？　な、何か……？」

何かが来る、とアデリアは目を瞠《みは》る。

そして、唐突にそのときはやってきた。

勝手に内部がひくりと戦慄《わなな》いたと思うと、いっそ苦痛のほうがましかもしれないと思うほどの官能の波頭が、一気に深部から湧きあがってくる。

その激しさに、息すらつけずにアデリアは、滂沱《ぼうだ》の涙にくれる瞳をしばたたく。

「ふうん、ああ……、な、何……これっ……？　あ、ああっ……！」

自分を乱す褐色の背中に、必死に爪を立ててとりすがっているしかできない。

「好きなだけ味わえ。それが絶頂だ……。おれも、もうっ！」

「やっ……あっ、あっ……！　な、なか、熱いのぉ……やぁぁ――……！」

甘ったるく響く自分の嗚咽《おえつ》を聞きながら、身のうちに放たれた何ともしれない熱いものを感じながら、アデリアは初めての絶頂を味わったのだ。

切羽詰《せっぱつ》まって、忙しくて、耳奥でうるさいほどに鼓動が響いて。

それでいて、すばらしく甘く濃密なときのなかで、全身がみっともなく痙攣《けいれん》しているのを、恍惚《こうこつ》とした意識のどこかでぼんやりと感じながら。

❖　❖　❖

「……アデリア……」

誰かがどこかで呼んでいる。

そっと伸びてきた指先が、額に貼りついた髪を梳《す》く。

「――すまなかった。かわいげがないようなことを、言って」

出会ってからこっち、常に自信満々だった男の声音《こわね》は、どこか戸惑いを含んでいる。

「勝ち気な物言いは嫌いではない。気丈な瞳も美しいと思っている」

耳朶《じだ》に落ちてきた口づけと同時に、詫《わ》びの言葉を耳にして、アデリアは重い瞼《まぶた》を開ける。

「ただ……さっきは少しばかり、虫の居所が悪かったのだ」

やさしい物言いには慣れていないのか、どうやら照れているらしい男は、自分の顔を見られまいとするかのように、横たわるアデリアの背後から抱き締めている。

そう感じることもまた、不思議だった。

ただ一晩、身体《からだ》をつないだだけなのに、知らなかった男のことが、少しだけわかったような気がする。たとえ錯覚《さっかく》であろうとも、時間をかけて知っていくのとは違う方法で、男と女は互いを知るのかもしれない。

強引なほどの快楽で、そのくせ、やさしく丹念な愛撫で。

「いいえ、いいの……。妻は夫に従順でなればいけないのだから」

どっちにしても、乙女《おとめ》の純潔が奪われた以上、アデリアには引き返す道はない。

もはや砂漠の族長《シャイフ》の妻――ならば、それを最大限に活かして、憎き仇《かたき》を討《う》つしか、いまのアデリアには生きるよすががない。

「契約では、わたしを得る代わりに、バルバディ海賊を退治することになっていたはず」

アデリアの言葉の裏に隠された意味を考えているのだろう、サハーラが答えを返すまでのあいだ、奇妙な間があった。

「――ああ、そうだ」

「では……あなたは、ジブリエールを討《う》てるのですか？」

義理でもいとこを、幼馴染《おさなな じ》みを、本当に罰することができるのか、とアデリアは背中に触れる鼓動の乱れを感じながら、問う。

契約を順守するシャムス商人ならば、名実ともにアデリアの夫となったいま、それは決して違《たが》えてはならない約束のはず。

「ロンダール帝国にとって、忌《い》むべきバルバディ海賊を。そして、わたしにとっては父の仇である男を。──けれど、あなたにとっては友で、もっとも強いシャムスの男を」

「バルバディ海賊は、シャムス人の喉元《のどもと》に突きつけられた槍だ。放っておくわけにはいかない。何より、契約の代価はかならず払う」

静かだが明確な声が、闇のなか、背後で低く響く。

「アデリア……あなたに、ジブリエールの命を差しあげよう」

❖　❖　❖

──そして、こちらはジブリエールの寝室。

「珍しく波が荒いな」

嵐でもないのに、岩礁《がんしょう》に打ちよせる波の音が妙に耳に突く。こんな天候は珍しい。

女神ティティスはご親切にも、アデリアの喘《あえ》ぎ声が外に漏れ聞こえるのを、邪魔しているのだろうか、とジブリエールは皮肉な笑みを浮かべる。

「こんな美女が迫ってるのに、波の音のほうが気になるの？」

ターラは邪魔な衣装をすべて脱ぎ捨てて、ジブリエールの胸に頭を乗せたまま、男にしては美しすぎる顔を、上目遣いに睨《にら》む。だが、幼稚すぎる誘惑にはもう慣れているから、たとえ目の前に裸体をさらけだされようと、ジブリエールは動じることもない。

「誰が美女だ。さんざん寝小便の後始末をしてやった女に、その気になるか」

「もうっ！　子供あつかいはやめてってば！」

「そうやって、駄々をこねるかぎり、子供だな」

さらりとかわされて、ターラは本当に子供のような仕草で、ぷうっと頬《ほお》を膨らませる。

どんなに迫っても、ジブリエールはいっこうにターラの手に墜《お》ちてこない。

先代の族長《シャイフ》の娘というだけで、誰もが欲しがるターラに媚《こ》びない、唯一の男。

そんな男の胸に、誰がいるのか？　何があるのか？　探る瞳でターラは問いかける。

「──で、サハーラとアデリアさまを、どうするつもり？」

「べつに。サハーラは幼馴染みだ、純粋に祝ってやりたかっただけだ。──ただ、まあ、皇女アデリアにはお会いしたいと思っていたが」

「ふうん……。アデリアさまに、興味があるんだぁ」

「それはあるさ。サハーラが望んだ、唯一の女だからな」

「ジブ！　わたしの前で、よくも……」

ムキになるターラの髪を梳《す》きながら、ジブリエールは銀灰の目を楽しげに細める。

「興味はある。――そう、サハーラにとっての最強の手駒《てごま》という意味で」

夢見るような声音《こわね》で、何やら物騒なことを言う。

「これで、少しはおもしろくなろうというものだ。手応えのない敵はつまらない」

「ああ……、なんかまた危ないこと考えてるのね」

ジブリエールは孤高であり続ける。目の前に立ち塞がる者を排除しながら、高処《たかみ》を目指したさきにぶつかる、最後で最強の敵が誰なのか、ターラにも薄々わかっている。

わかっているから、ここにいる。

彼女にとっての、唯一の男を守るために。

「――でも、アデリアさまに手を出したら、殺すわよ！」

いっぱしの女の顔でターラは言って、ジブリエールの唇に自ら口づけた。

5 男達の夢路

――それから十日ほど。

順風に恵まれて、白く波頭が光るティティス海を一気に南下したフローラ号は、シャムスの民が住まう土地の、もっとも東の端の港に到着した。

そこからは二手に分かれ、フローラ号は一足さきに、南方で最大の港湾都市アフダルへと向かう。サハーラはアデリアをともなって、隊商《キャラバン》を組んで陸路を行く。

途中、シャムスの諸部族に立ち寄って、結婚の報告をするのだという。輿《こし》でも仕立ててくれるのかと思っていたら、なんとドレス姿のまま馬に乗っての巡行となった。

最初の隊商宿《キャラバンサライ》についたのは、その日の夕刻のこと。

ドレスの上から陽射しよけのローブを羽織《はお》っていたアデリアに、身だしなみを整えておくようにと命じて、サハーラは近隣部族の挨拶《あいさつ》回りに出かけていった。

宿というより、砂漠の要塞のような色気皆無の建物だが、陽を遮《さえぎ》ってくれるだけでありがたいと、アデリアはホッと息をつく。

「ああ、嘆かわしい。皇女アデリアさまともあろうお方が、こんなあばら屋に……！」

ロバの背に揺られながら供をしてきた、意外と根性のあるフィリッポ枢機卿《すうききょう》が、室内を見回して、失望の声をあげる。

「椅子《いす》もテーブルも、寝具も、何もありませんぞ！　これで宿ですか？」

たしかに、素っ気ないほど家具はない。絨毯《じゅうたん》の敷きつめられた部屋の隅に、アデリア用のだろう、衣装箱が幾つか置かれているだけだ。

「こちらではあまり家具は必要ないらしいわ。天幕での移動暮らしだから、私物は最小限にしているのだとか。食事も絨毯《じゅうたん》のうえに並べるのだし」

「それにしても……船のほうがよほどましでしたぞ。やはり砂漠の族長《シャイフ》程度では、こんなものですか。——姉上さまたちは、それは壮麗《そうれい》な宮殿にお住まいだというのに」

「王族に嫁《とつ》いだ姉さまたちと比べても、しょうがないわ」

族長《シャイフ》とはいえ、しょせんは数千人単位の小部族でしかない。

宮殿どころか、天幕暮らしが当たり前となれば、宿に泊まれるだけ御《おん》の字《じ》である。

「しかし、街全体も何やらみすぼらしいというか……。誰も彼も、似たようにターバンを巻いて民族衣装《ディジターシュ》に身を包んでいるし。女は黒い覆い布《ヒジャブ》を被《かぶ》って、あまりに色気がない」

窓の外を眺め、色のない通りのさまを目にして、フィリッポ枢機卿は失意のため息を落とし、次の瞬間、おや？　と目を見開いた。

「あそこにサハーラが……。何をしてるのか？　周囲の男たちが気色《けしき》ばんでおりますぞ」

いきなり騒がしい声が聞こえてきて、アデリアも何ごとかと外を覗《のぞ》く。

見れば、アッ＝シャムスの部族らしい青いターバン姿の男たちが十人ほど、それに向かって、縞《しま》模様のあるターバンを巻いた男たちがやはり同じ数ほど、睨みあって何かを叫んでいる。

いまにもつかみあいでもはじまりそうな剣幕の、そのあいだに割って入って、サハーラはなんとか双方を制しようとしているようだ。

「やれやれ、やはり蛮族《ばんぞく》ですな。寄ると触ると喧嘩三昧《けんかざんまい》ですか」

「別々の部族のようね。青いターバンのほう、アッ＝シャムスの一族なのかしら？　巻き方がサハーラたちとは少し違うようだけど」

興味津々《しんしん》、いまにも外に飛びだして喧嘩見物でもはじめそうなアデリアを、フィリッポ枢機卿が、コホンと空咳《からせき》をしていさめる。

「ところでアデリアさま、聖職者として、物申させていただきますが」

「はい？」

「こちらの女性は、顔どころか全身を覆い布《ヒジャブ》で隠しておりますのに、アデリアさまのドレスは、いくらなんでも襟《えり》ぐりが開きすぎてはいませんか」

「だって、暑いんですもの。フィリッポさまは、よく平気ですね」

部屋にこもった熱気に、ついつい胸許を開けてしまったアデリアが、赤い聖衣の立襟《たちえり》をきちんと整えたままのフィリッポ枢機卿を見て、感心する。

「それこそ信仰のなせる業《わざ》。――ともあれアデリアさま、ベールくらい被《かぶ》ってください」

などと、説教がましく言いながら、着替えを求めて衣装箱を探りはじめるフィリッポ枢機卿だが――この男、決して聖職者を理由にできるほど、高潔な人物ではない。

何しろ、イーリス島の別荘《ヴィラ》に唯一出入りを許された男だから、少々小太りでもいないよりはましと、侍女《じじょ》たちは告解《こっかい》と称してフィリッポ枢機卿と懺悔室《ざんげしつ》にこもり、淫《みだ》らな行為に耽《ふけ》っていたのだ。胸許を整えながら侍女たちが懺悔室から出てくるのを見かけるたびに、フィリッポ枢機卿の着脱の技があがっていくようで、アデリアはうんざりしたものだ。

「ほう？　あの野蛮人《やばんじん》……いや、族長《シャイフ》が、こんなものを用意していたとは」

フィリッポ枢機卿の手が、ふと止まる。

小太りな枢機卿の肩越しに、衣装箱を覗《のぞ》きこんだアデリアが見たのは、優雅な金色タフタのローブドレスだった。全体に金糸で精緻《せいち》な刺繍《ししゅう》がほどこされ、大きく開いた襟ぐりと袖口《そでぐち》には、アデリアの髪と同じ色の毛皮が飾られている。

この衣装箱は、アデリアがついたときにはすでに部屋のなかに置かれていた。ということは、事前にサハーラが用意させていたものなのだろう。

「これは花嫁衣装ですな！　いや、アデリアさまにはこれくらいの高級品は当然です」

「わたしの……花嫁衣装……？」

ジブリエールの館で、せっかく着飾った白い花嫁衣装を無残に引き裂かれたのを、アデリアは思い出した。

着飾ればこんなに美しいのか、と驚愕《きょうがく》しながら褒めてくれたのに、ひどいあつかいをすると哀しくなったものだ。花嫁であるアデリアの気持ちより、完遂《かんすい》できなかった初夜の屈辱《くつじょく》を一刻も早く払拭《ふっしょく》したかったのかと、それにもまた傷ついた。

（そう……、ちゃんと花嫁衣装を用意してくれていたのね）

もしかしたらサハーラは、そのことで拗《す》ねていたのかもしれない。

自分の用意したドレスでアデリアを飾ろうと思っていたのに、ジブリエールにさきを越されてしまったのならば、おもしろいはずはない。

（もしかしたら、宴《うたげ》の席で機嫌が悪かったのも、これが関係しているのかしら……？）

そんなことを思っているときだった、路地から響く喧噪《けんそう》が一気に高まった。

何ごとと再び窓から覗《のぞ》く。なんと男たちは、手に手に湾《シャムシール》刀や短《ジャンビーヤ》刀を振りあげているではないか。いまにも斬《き》りかかりそうなありさまの双方を、必死にサハーラがなだめている。

「やれやれ物騒な。だから蛮族は……」

苦笑したフィリッポ枢機卿が、ようやく見つけたベールを持ちあげたとき、ふいっとアデリアが身をひるがえした。

「アデリアさま、どちらへ？」

「決まってるわ。喧嘩の仲裁にいくのよ」

「なっ、なんですとぉーっ……!?」

例によって、情けないフィリッポ枢機卿の叫び声と、邪魔なだけのベールをその場に残して、アデリアは外へと駆けていった。

❖　❖　❖

「こらーっ！　やめないか、どっちもっ！」

黄昏《たそがれ》のなか、サハーラの怒鳴り声が、路地を囲む日乾《ひぼ》し煉瓦《れんが》の壁に木霊《こだま》している。

「いいかげんにしろ！　顔を合わせれば剣を抜くのは、大人げないではないかっ！」

だが、どんなに叫んでも、すでに剣を交えてしまった者たちは、止まる気配もない。

怪我人《けがにん》でも出かねないほどの混乱状態のなか、その場にあまりに似合わない声が響いた。

「さすが砂漠の民、なんとも血気盛んなこと」

さして大声ではなかったが、軽やかな鈴のように玲瓏《れいろう》とした女性の声は、男たちの意識を捉えるにはじゅうぶんだった。

シャムス人の女は、男たちのあいだに割って入ったりはしない。それ以前に、路地で声をあげるなどということをしない。もっと言うなら、男の前に、顔どころか、手も肩も胸許まで隠さずに現れるなどということは、決してない。

いないはずの女の姿がそこにあって、大きく開いた襟《えり》ぐりから、白いふたつの房の隆起を覗《のぞ》かせているのを見たとたん、その場にいたほとんどすべての者たちは、ついいましがたまで剣を交えていたことも忘れて、あんぐりと口を開けた。

喧嘩どころの騒ぎではない。

こんな美しい女がどこから現れた？

いや、これは男をたぶらかす魔女《ジンニーヤ》ではないのか？

内心の驚きを隠しきれず、誰もが目を瞠《みは》ったまま、その場に硬直する。

「サハーラ・アッ＝シャムスの妻、アデリア・バジーリオです。お初にお目にかかります」

両手でドレスを摘《つま》み、上体を折って、アデリアは優雅に礼をとってみせた。

そうすることで、よりくっきりと見える彼女のふくよかな胸の谷間に、無頼の男たちの意識が奪われていくのは百も承知のうえで。

❖　❖　❖

アデリアの美貌《びぼう》の前に、喜んで負けを認めた男たちは、つまらぬ喧嘩で花嫁の気分を害してはいけないと、サハーラに誘われるままに、宿での祝宴へと雪崩《なだ》れこんだ。

「すばらしい！　マディナのサハーラは、実にすばらしい花嫁を得たものだ！」

最初にサハーラの制止を振りきっていさかいをはじめた、歳のころは四十前後の髭《ひげ》もじゃな男が、上機嫌で串焼き《ケバブ》にかぶりつきながら、言う。

「誰がどれほど叫んでも、止めることのできなかったわれらの喧嘩を、その美しさだけで止めてしまったのだからな。いや、実にあっぱれ、見事な花嫁だ！」

花嫁の美しさを延々と褒めちぎっているが、どうやら顔より胸のほうが気に入ったようで、くちゃくちゃと羊肉を頬《ほお》ばっているあいだも、ねばりつくような視線は、アデリアの胸許から離れようとしない。

だが、その手の視線のひとつやふたつ、にっこり笑ってかわす技は身につけている。

「マディナのサハーラとは、どういう意味です？　マディナは街のことですよね？」

さりげなく話題を、今日の主役のはずなのに、無視されっぱなしの夫へと持っていく。

「おお、それか。シャムスの民のなかでも、最古参《さいこさん》のみっつの家系が、名にアッ＝シャムスを戴いておる。ゆえに、区別をするときには、住んでいる地域で呼びあうわけだ」

「それで、街《マディナ》のサハーラ……？」

アデリアは、花婿《はなむこ》のくせに花嫁の陰で小さくなっているサハーラを、ちらと見る。

「ああ。おかしいか？」

「いいえ、べつに……」

隊商宿《キャラバンサライ》以外では、天幕暮らしだと聞いている——それを街と呼べるのか。

もっとも、交易商なのだから、街から街へと渡っていくという意味もあるのだろう。

「そちらが高地《ナジュド》、あちらが入り江《ハリージュ》の族長《シャイフ》だ。大事なお方たちだ。覚えておくように」

「はい。ナジュドとハリージュの方々ですね」

さきに呼ばれたナジュドとハリージュの族長《シャイフ》が、豪快に笑う。

「自慢ではないが、この地に最初に足を踏みいれたのは、われらナジュドの祖先！」

「まあ、そうなのですか？」

アデリアが感激してみせたところへ、ハリージュの族長《シャイフ》が割りこんでくる。

「待て！　そもそも最初にこの地の入り江に到達したのは、わが一族。三大アッ＝シャムスのなかでも、最古参はわしらぞ！　もちろん自慢ではないが」

ああ……はじまったぞ、と周囲がうんざりと眉をしかめる。

せっかくここまで和気藹々《わきあいあい》と祝宴に興じていたのに、またぞろいつもの元祖対決かと。

「まあ、それはご謙遜《けんそん》などなさらず、もっと自慢なさるべきですわ」

どんよりと沈んだ空気のなか、アデリアが軽やかに手を叩く。

「お若い方々は血気盛んで、ついつい喧嘩に走ったりもします。けれど、おふた方が、この地でアッ＝シャムスが力を合わせて生きてきた歴史を語ることで、若い方々も手をとりあう大切さを学ぼうというもの」

にっこりと極上《ごくじょう》の微笑《ほほえ》みを、喧嘩三昧《けんかざんまい》のふたりの族長《シャイフ》に向ける。

「わが夫もまだ若輩者《じゃくはいもの》——今日は自分の祝宴にもかかわらず、大先輩方の陰で小さくなっておりますゆえに、お導きのほどよろしくお願いいたします」

深々と頭をさげたアデリアのふくよかな胸許に、再び心を奪われたふたりの族長《シャイフ》は、酒のせいだけでなく盛大に顔を赤らめる。

「いやいや、マディナのサハーラは、若いが運がよい！」

ナジュドの族長《シャイフ》が、ばんばんとサハーラの肩を叩く。

「まったく。果報者《かほうもの》の花婿ぞ。わしらもあやかりたいものだ！」

ハリージュの族長《シャイフ》も、負けじと応戦する。

花婿の持ちあげ合戦ならば好きなだけやってくれ、とその場に安堵《あんど》の気配が広がる。

巧いもんだな、とサハーラが感嘆の視線をアデリアに送ってくる。

それに余裕で笑み返し、アデリアは内心でつぶやくのだった。

（ええ、それはもう。古狸《ふるだぬき》のご機嫌とりは得意ですもの）

❖ ❖ ❖

傍迷惑《はためいわく》な祝宴から、ようやく解放されたのは、真夜中のこと。

祝福を受けるより、犬猿の仲のふたつの部族をとりもつほうが忙しく、心身ともに疲れはてたサハーラは、部屋に戻ってくるなり絨毯《じゅうたん》のうえに寝そべった。

そのそばに腰をおろし、アデリアは問う。

「わたしの役目は、あれでよかったのですか？」

「いや、実にお見事でした。喧嘩の仲裁から、宴《うたげ》のお相手まで、まさに完璧《かんぺき》だ。血の気の多すぎる獰猛《どうもう》な野獣どもを、その美しさだけで、子猫に変えてしまうとは……」

男とは単純な生きものだな、とサハーラは美しい新妻を眼を細めて見あげながら、感心するようにつぶやいた。

「それにしても、どいつもこいつも、人の妻に鼻の下を伸ばしおって」

ふん、と吐き捨てて、けれど、どこか自慢げに口角をあげた。

「あなたを目にすれば驚くだろうとは思っていたが、本当に、すばらしい場面に現れてくれたものだ。これであなたは、ハリージュとナジュドを仲裁した女、として話題になるだろう」

「それがあなたの狙いですか？　わたしの名を広めることが……」

「ああ。ハリージュとナジュドは、シャムスの族長《シャイフ》たちのご意見番だ。三大アッ＝シャムスとはいえ、おれはまだまだ若造だ。あのふたりには頭があがらん。——実際、おれは喧嘩ひとつ止められなかった」

そこまで言って、サハーラはゆるりと上体を起こす。

「ハリージュとナジュドが、笑いながらいっしょに食事をしているのを見たのは、おれも初めてだ。つまりそれだけ連中は、あなたにいい顔をするのに夢中だったわけだ」

「それは、誰であろうと笑ってお相手をするのが、皇女の使命ですから」

たとえイーリス島に幽閉されていた身であろうと、女神ティティスの化身の皇女を一目見ようと訪れる者たちは、絶えなかった。

どんな集団でも中心になる人物がいる。軍隊なら指揮官、商船なら船長か船主。誰がいちばん偉いかを見抜き、優先するべき者を持ちあげる——それは外交の基本だ。

今夜の宴でも、ふたりの族長《シャイフ》を遇するのは当然だが、常に部屋全体に気を回し、険悪な雰囲《ふんい》気《き》になりそうなところを見つけては、自らその場に足を運んでは酌《しゃく》をした。

どんなに下っ端の者が相手であろうと、視線が合えば、かならず微笑みを返す。

もっとも高処《たかみ》に座す皇女だからこそ、すべての者たちに公平な想いを与えなければいけない、それがアデリアの役割だった。

「では、わたしは、あなたの手駒《てごま》として役立ちそうですか?」

「それ以上だ」

サハーラはしみじみと自分の妻を見ながら、その手を握る。

男の手と比べれば、あまりに小さな手だ。

なのに、剣を振りまわす男どもを、その美貌《びぼう》ひとつで射止めたのだ。

「アデリア・バジーリオ……おれは運がいい。本当に得がたい者を得た。卑怯《ひきょう》にも、あなたの弱みにつけこんで、契約で縛《しば》るようなまねをしたが……」

神妙な声で、だが、揺らぐことのない瞳で、サハーラは想いを告げる。

「だが、それを謝りはしない。謝ればおれは、おれ自身の夢を否定することになる！　どんな誹《そし》りを受けようと、おれには必要なのだ。女神ティティスの化身と呼ばれる、あなたが！」

「サハーラさま、あなたは……？」

この一途さはなんだろう？

この揺るぎなさはなんだろう？

サハーラ・アッ＝シャムスという男が、その漆黒《しっこく》の瞳で見つめているさきにあるものはなんなのだろう、とアデリアは不思議な気持ちで覗《のぞ》きこむ。

「何を見ているの？　どんな夢を追っているの？」

「ここ、シャムスの地には五十以上の部族がいる。今日のことを見ただけでもわかるだろうが、寄ると触るといがみあってばかりいる連中だ。──おれは、それをひとつにしたい。ばらばらの部族を、ひとつのシャムスにしたいのだ」

「シャムスの部族を、ひとつに……？」

そうだ、とうなずいて、サハーラは告げた。それは大それた夢を。

「シャムス連合国家を築く、それがおれの夢だ！」

なってからだ。

——いつのころからだろう、その夢がサハーラの胸に目覚めたのは。

幼いときから漠然《ばくぜん》と思ってはいたそれを実感したのは、隊商《キャラバン》を組んで交易の旅に出るようになってからだ。

世界は広い。サハーラが考えていたより、ずっと広いのだ。

シャムス商人は、南方にしかない珍しい動植物などの奢侈品《しゃしひん》を積んで、陸路で砂漠を渡っていく。ラクダや馬の背に揺られること一カ月ほどで、ジャリールの外港ラースに到達する。

海から陸から、世界中の商人たちが集まる巨大な港湾都市——そこで、小麦や絹や香辛料を仕入れて、再び砂漠を戻る。時間はかかるが、陸路は海路よりずっと危険が少ない。

そうやって千年ものあいだ、同胞たちは変わらぬ日々をすごしてきた。

「——だが、世界は激変している。西方諸国は貪欲《どんよく》になんでも欲しがる。そして、東方の商人は計算高い。東方から西方への交易は、これからもっと盛んになるだろう」

サハーラはアデリアの手を握ったまま、ふうっと大きく息を吐く。

「ティティス海で育ったあなたに、こんな説明は不要だろうが、西方でめざましく造船技術が発達した理由のひとつは、アレルの峻峰《しゅんぽう》だ」

西方と東方のあいだには、大陸をふたつに分かつアレル山脈が、悠然《ゆうぜん》と横たわっている。

伝説では、大神が築いたといわれる天までとどく峰々は、東西交易の足さえも阻《はば》む。陸路で山脈を越えるのは至難《しなん》の業《わざ》ゆえに、西方諸国は海洋交易に力を入れてきた。

そして、ここにきて、羅針盤《らしんばん》が発明され、航海の安全性は一気に高まった。

「海運国のゴードリアやミランディアは、大型船を操って、ティティス海交易路をさらに広げている。だが、シャムス商人は陸路での交易に慣れきって、海上交易の利益を考えさえしない。千年続いてきた生活が、これからも続いていくものと思っている」

「それは、どこも同じです。ロンダール帝国も、危機はすぐそばまで近づいているのに、現実を見るのを厭《いと》うように、目を塞いでしまっているわ」

「そう……危機なのだ。このまま造船技術が進歩すれば、いずれ陸路より海路で運ぶほうが、より速く安価になる。そのときシャムス人は、自分たちが食べる小麦でさえ、ミランディア商人から買わなければならなくなる」

　未来を正しく見すえる洞察力で、サハーラは訴える。

「そこだけは、決して他国に頼ってはならない部分だ。食だけは自分たちで守りぬかなければ、おれたちは本当に他国の奴隷《どれい》になりさがってしまう……！」

　この男は、ものの道理をわかっている。

　世界を相手にする、商人だけのことはある。

　いままでに幾度となく、同じことを訴えてきたのだろう、同胞の族長《シャイフ》たちに向かって。

　しかし、部族同士のいがみあいに血道をあげている者たちに、ティティス海世界の現状など、わかろうはずがない。

「あなたには……世界が見えているのね」

「同じ言葉を返そう。アデリア・バジーリオ……どうして幽閉されていた女の身で、あなたは正しく世界を見ることができるのだ？」

さあ？　とアデリアは曖昧《あいまい》に答えて、首を横に振る。

「……わたしは妻だから、あなたの言葉にうなずくだけ」

ずっと、そう思ってきた。

サハーラに従うことが、契約の花嫁としての役目なのだと。

そしていつか、バルバディ海賊を討《う》つという約束が果たされたら、そのときにこそアデリアはすべてのしがらみから解放されるのだと。

だが、もしかしたら……もっと違う関係になれる可能性もあるのかもしれない。

ふたりが同じ危機感を抱き、同じように自国のふがいなさに憤《いきどお》っているのなら、契約以外の感情で手をとりあうこともできるのかもしれない。

見下ろせば、夢中で語っていたサハーラは、まだアデリアの両手を握ったままだった。

いまさらながらそれに気づいた男が、決まり悪そうに手を引いた。

すっ、と汗ばんだ手のひらの感触が、離れていく。

昼間の熱気がうそのように肌寒さすら感じる夜気は、あっという間にアデリアの細い指から熱を奪っていく。

いや、体温だけではない。

肌以外の何かが——もっと奥深くにある感情が、触れあっていたような気がしたのに。

せっかくつかんだ何かが離れてしまったのが、物寂しいように思えて、アデリアは解放された両手の指をさする。けれど、細い指先は、ひんやりとしていくばかりだ。

アデリアの心許ない仕草を捉えて、サハーラが言う。

「寒いか？　砂漠の夜は一気に冷えるのだ。ここには浴場《ハマムーン》がある。あなたのために借りきってあるから、入ってくるといい。疲れもとれるし、身体《からだ》もあたたまる」

「わたしひとりで……浴場《ハマムーン》に？」

「ああ。心配はいらない。湯浴みを手伝う侍女《じじょ》もつけるし、バカな気をおこした野郎が覗《のぞ》いたりしないように、見張りも立てる」

「え？　いえ……。そんな心配はしていないけど……」

ただ、砂漠で貴重な水を湯浴みに使うのは贅沢《ぜいたく》なのでは、と思っただけなのだが。

アデリアの一瞬のためらいを、サハーラはとんでもない理由に、すり替える。

「もしかして、いっしょに入りたいのか？　だが、おれはすぐその気になるぞ。浴場《ハマムーン》でやりはじめてしまうと、湯中《ゆあた》りするかもしれんが、それでもいいか？」

本気とも、冗談ともつかぬ言に、アデリアはカッと頬《ほお》を羞恥《しゅうち》に染める。

ふたりのあいだに、身体のつながり以外の何かが生まれたような気がしていたのに、そんな想いを、この男はたわいもない欲望であっけなくぶち壊してくれる。

「だ、だから……あなたは、一言よけいなのよっ！」

ドレスをたくしあげながら立ちあがったアデリアは、ついいましがたまでの気安さを惜しみながらも、憤然《ふんぜん》と部屋を横切っていく。

だが、扉を開けたところで歩を止めて、ちらと背後を振り返る。

「……サハーラさま」

そこにいるのは契約の夫。

自分を好き勝手に弄《もてあそ》ぶ権利を持つ、唯一の男。

けれど、それだけではないのかもしれないと、アデリアは思いはじめていた。

「あなたの夢は、正しいわ」

それだけ言って——言った事実に何やら照れくさい気持ちになって、扉を閉める。

ひとり残されたサハーラは、アデリアの言葉に驚いて、しばし去っていくその足音を聞いていたが、やがて、ほーっと長い息を吐いた。

絨毯《じゅうたん》に描かれた精緻《せいち》な蔓草《つるくさ》模様を、見るでもなく見ている眼光は、鋭い。

ため息を落とした口許《くちもと》に浮かぶのは、自嘲《じちょう》の笑みだ。

「残念ながら、決して正しいだけではないのだ、おれの夢は……」

意味深な男のつぶやきは、夜気のなかに溶けていって、誰の耳にもとどきはしなかった。

❖　❖　❖

鮮やかな舗床《ほしょう》モザイクや天井装飾に囲まれた浴槽《よくそう》には、満々とまではいかないものの、ほどよい温度の湯が張られている。

普段は隊商宿《キャラバンサライ》の客たちで満ちているはずの浴場《ハマムーン》を、ひとりで占用して、五人の侍女たちのやわらかな手で身体を洗ってもらう心地よさ。

(サハーラ・アッ＝シャムス……、本当はどんな男なのかしら？)

船では決して味わえない贅沢《ぜいたく》を堪能《たんのう》しながら、アデリアはとりとめもなく考える。

何度か肌を合わせて、強引な交わりのなかにも男女の情は芽生《めば》えるのだと知り、夫婦とはそういうものなのだろうと、諦念《ていねん》にも似た割りきりを持とうとしていた。

(でも、それだけではないはずだわ。族長《シャイフ》に選ばれる人なのだから……)

契約に縛《しば》られてサハーラのそばにいるより、一歩踏みこんで、夫として尊敬できる部分を探してみるのもいいかもしれない。

このままシャムスの民として、生きていくのなら。

(そう……。あの人はこうしてちゃんと、わたしのことを考えてくれているのだし)

女たちは柔らかな布で、アデリアの身体を、撫《な》でさするように洗っていく。

イーリス島にいたころは、湯浴みも着替えも侍女が手伝ってくれていた。

常に奉仕されるがわだったアデリアにとって、そういう行為のために肌をさらすのは当然で、羞恥を覚えることはない。

首筋を浴槽の縁にかけて、両脚を伸ばしてゆったりと寝そべれば、全身に溜まっていた疲れが洗い流されていくような気がする。

うっとりと瞼《まぶた》を閉じるアデリアの、腕を肩を脚を、女たちの手が揉《も》みほぐしてくれる。

それが、首筋や、胸許《むなもと》や、太腿《ふともも》へと伸びていく。やわらかな皮膚《ひふ》を撫でながら、淡い茂りへと近づいてきても、さほど気にもしなかった。

やがて、男より細やかに動く女の指先が、アデリアの秘所をゆっくりと揉みはじめる。

「……あ……？」

その段になって、アデリアはようやく、吐息交じりの声を出した。

気がつけば、身体のあちこちが妙にくすぐったい。

決して不快ではないのだが、どこか危うい疼《うず》きに薄目を開ける。

女たちの手は湯のなかで妖しく蠢《うごめ》いて、乳首や陰核《いんかく》までをも弄《いじ》りはじめていた。

「あ、あの……、そこ、くすぐったいのだけど……」

「サハーラさまのお言いつけです。女の大事な場所は、丁寧《ていねい》に洗ってさしあげるようにと」

「そ、そうなの……？」

でも、女たちの動きは洗うというには、一点にとどまりすぎている。

両方の乳房のさきと、股間《こかん》にある小さな粒を、執拗《しつよう》に揉み立てているのだ。

「あ……？　待って……。な、何かそれって……」

「ご心配なく、こちらではこうしますの」

侍女頭《がしら》らしき女が、微笑みながら湯のなかへ入ってくる。アデリアの身体を跨《また》いだ彼女は、自らの褐色《かっしょく》の胸をアデリアの乳房へと押しつけた。

ふたりの乳首が、こりこりと触れあって、やわらかだが刺激的な感覚が湧きあがってくる。

そのあいだも、両脚のあいだをまさぐる侍女の指は、止まらない。

花弁を丹念にめくって、直に粘膜に湯が触れるようにしながら、ぷっくりと膨らみはじめた花芽《はなめ》を、器用に押し潰したり、転がしたりしている。

「えっ？　ま、待って……、だって、それはっ……、あっ、あぁっ……？」

それが性的な意味合いのある動きだと気づいても、湯船に寝そべって、五人もの女たちの手で押さえられている体勢では、逃げようがない。

唇へ、胸へ、下肢《かし》へと、伸びてくる手が、巧みにアデリアの感じる部分を刺激する。

男とは違う、繊細で、柔軟で、とろけるような指遣いで。

「あ、んっ……、そこは、だめぇ……、は、ふうっ……」

甘ったるい香りに満ちた浴場《ハマムーン》に、アデリアの艶《つや》めいた喘《あえ》ぎが響きはじめていた。

「サハーラ・アッ＝シャムス……！　な、なんて下劣《げれつ》な男なのっ！」

夜着の上にローブを羽織《はお》ったアデリアは、しっかりと自分の身体を抱きしめながら、部屋に飛びこむなり、叫んだ。


サハーラは、絨毯《じゅうたん》に置かれた円筒形の肘置きに頭をあずけて、長々と寝そべっている。

「おや？　ずいぶん早いお戻りだな。——顔色がよくなったというか、頰《ほお》が染まっているのは、身体があたたまった証拠か」

「そ、そんなことじゃないわ！　な、なんなのです、あれは……!?」

「あれ、とは何かな？」

「だ、だからっ……」

その場にたたずんだまま、アデリアはもじもじと身体を震わせる。

あれは、湯浴み、などというものではない。明らかな性の前戯《ぜんぎ》だ。

「何を突っ立っている。ここへおいで。おれとしては物足りないが、ようやく上陸したのだし、疲れてもいよう。今夜は手は出さん。ゆっくりと休むがいい」

ぬけぬけと何を言うか、とアデリアはただでさえ火照《ほて》った頰を、羞恥《しゅうち》に赤らめる。

もちろん女たちは、族長《シャイフ》の妻の花芯《かしん》のなかに指先を挿《い》れるような失礼は、しなかった。

それでも、初めて味わった同性からの愛撫《あいぶ》にすっかり煽《あお》られてしまったおかげで、身のうちの疼《うず》きが止まらない。

鼓動はどくどくと高鳴り、息は切れ切れに乱れている。

下腹部にじんわりと溜まった熱は、とうてい引きそうもない。

それどころか、身のうちからじわりじわりと何かが溢《あふ》れでてきているのが、わかる。

ここまで昂《たか》ぶってしまったからには、このまま眠りにつくことなどできようはずがない。

「どうした、誘うような顔をして？」

「だ、誰が誘うなんて……！」

「何か怒っているようだな。――微笑んだあなたは美しいが、怒ったあなたは、ぞくぞくするほどの色香を放つ。そんな顔をされると、おれも何やら妙な気になってくる」

「よくも……！」

妙な気になるように女たちに命じていたくせに、サハーラはどこまでもすらっとぼける。

「おいで、ここに」

褐色の手がアデリアを誘う。今夜もまた淫靡《いんび》な行為へと。

そして、すでに両脚のあいだが潤んでいる状態では、それに逆らうこともできないのだと、フローラ号での日々で、アデリアは思い知っている。

(前言撤回！　こんな好き者男に、期待できることなんか何もないわ！)

せめて心で毒づきながらも、手招く男に向かって足を踏みだす自分を、情けなく思うしかできないアデリアだった。

❖　❖　❖

隊商宿《キャラバンサライ》をあとにして、フィリッポ枢機卿《すうききょう》が嘆《なげ》きに嘆いた、草原での天幕暮らしの日々がはじまって数日したころ、その男は姿を現した。

サハーラは近くに住まう部族に挨拶《あいさつ》に行っていて、留守だった。

そのあいだ、来客の相手は、妻であるアデリアの仕事だ。

ゆえに、その男の顔を見た瞬間、うんざりしつつも、根性で微笑みを顔に貼りつけた。

「これはジブリエールさま。お久しぶりです」

今日も妖しい仮面姿の夜の大天使《レイラ・マラクーン》、ジブリエール・アル＝ファルドである。

「結婚祝いをお持ちしました。島ではさすがに用意できなかったので、羊を十頭ほど。うるさがたの来客には、羊くらい潰して出さねば、アッ＝シャムスの名折れゆえ」

相も変わらず芝居めいた仕草で礼をとり、仲間が引いてきた羊をアデリアに示す。

何頭の家畜を持っていれば金持ちなのか、こちらの感覚が未だにつかめないアデリアだが、道々立ち寄った小さな部族には、それだけの数の羊も山羊《やぎ》もいなかった。

「でも、あれらもまた、どこかで略奪したものなのでしょう？」

「お気に召さぬか、ロンダール皇女は？」

「正直、わたしがそれを喜べるはずがありません。けれど……」

アデリアは言いつつ、周囲をうかがう。

「――見ろ、夜の大天使《レイラ・マラクーン》だぞ」

「ああ、なんだあの偉容は。裏切り者のくせに、よくも顔を出せるものだ！」

聞こえよがしの声が耳を突く。

上陸してからこっち、隊商《キャラバン》の顔ぶれは、日々変わっていく。それでも、みなアッ＝シャムスの部族の者たちなのに、仲間であるはずのジブリエールへの態度はひどくよそよそしい。

「少し、歩きましょうか」

アデリアは天幕の並ぶ野営地を離れて、砂丘へと向かって歩きだす。

「気になさらずともよい。おれはあの視線には慣れている。――おれを仲間と認めているのは、サハーラとターラくらだ。だいたい、あなたはおれがお嫌いでしょう？」

「それとこれとは別問題です。あなたが平気でも、わたしがいやなのです」

あれは異端を見る目だ。

ずっとアデリアが、怯《おび》えてきた目だ。

ふっ、とジブリエールは口の端に、揶揄《やゆ》の笑みを浮かべる。

「しかたなかろう。いまは一線を退き、長老として呑気《のんき》に暮らしている義父《ちち》でさえ、おれを拾ったことを後悔しているのだ。他人はもっとだろう」

「お父《とう》さまが、どうして……？」

「この砂漠で、人生は残酷《ざんこく》なほどに短い。雨期にわずかでも雨が少なければ、いっせいに井戸を奪いあう。おれの義母《はは》も、サハーラの両親も、その争いに巻きこまれて死んだ。サハーラは耐えたが、おれは当然の権利を行使した。義母を殺した部族の連中を、皆殺しにした」

「そっ……!?」

「ひどいと思うか？　だが、それほどに義母は、おれにとってかけがえのない人だった」

ジブリエールは砂丘に立ち、仮面の奥の銀灰の目で、かなたを見はるかす。

「おれの瞳にこちらの光は眩《まぶ》しすぎ、おれの肌にこちらの陽射しは強すぎる。そんなおれを、義母は、本当の子供のように気づかってくれた。弱い肌を隠すために、仮面を作り、衣裳を縫《ぬ》って──義母こそ、まさにシャムスの女だった」

自国の文化に固執する排他《はいた》的な部分もあるが、一度身のうちにとりこんだ者には、すばらしくやさしい──それがシャムスの民。

身内を大事にするがあまり、外敵の存在を認めることができず、戦いに走る。

それがこの地の正義で、そうしない者のほうがはるかに少ない。

「だから、おれは義母を殺した連中を許さなかった。このさきも、大事な者を守るためなら、いくらでも殺す……！」

愛情ゆえの報復の連鎖を断ち切ることができないがゆえに、列強の支配が迫っているいまも、心はばらばらなままなのだ。

「この何もない地で、復讐《ふくしゅう》の連鎖を断ち切ることなどできはしない。悠久《ゆうきゅう》の昔から続いてきて、これからも続くだろう。――部族間の憎しみが消えることは、決してない」

「でも、サハーラさまは、シャムス国家を築くおつもりです」

「ふ……。無駄なあがきだな。サハーラがいくら理想を語ろうとも、シャムスをまとめるなど、百年たっても無理な話だ」

「無理にしているのは、あなたではなくて？　内紛をおこし、外敵を煽《あお》って……！」

くっ、とジブリエールは口許だけで皮肉に笑みながら、アデリアを振り返る。

「見るがいい、この姿を」

仮面を外し、白い肌に刻まれた、銀灰の瞳を覗《のぞ》かせる。

「幼いころおれは、大人になれば褐色の肌になるのだと思っていた。髪は黒く、瞳は深い漆黒《しっこく》へと……そう、サハーラのように、逞《たくま》しく陽に焼けた肌に変わるのだろうと信じていた。だが、いまもおれは、この姿のままだ」

仮面をつけ直す手は、白い。

褐色の肌の者たちと比べると、見た目の印象だけでも、ひどく弱々しい。

「けれど……その姿にふさわしい国で育てば、貴族にだってなれたでしょうに」

慰めにもならないアデリアの言葉を、ジブリエールは一蹴《いっしゅう》する。

「だが、他の国などおれには意味がない。おれはここで育った。褐色の肌の者たちのなかで、砂漠しかないこの不毛な大地で育ったのだ」

太陽のもとで。

まばゆい陽射しのなかで。

たとえ蛮族《ばんぞく》と呼ばれようとも、胸のうちの欲望さえもさらけだして、何ひとつ偽らぬ自分でありたいと、ジブリエールとて願っていたのだろう。

だが、白い肌が変わることはなかった。髪の色も、瞳の色も……。

「サハーラは褐色の肌で、黒髪をなびかせて大地を駈ける。太陽の民にふさわしすぎる姿で、誰からも信頼され、みなを導く者として。そんな男に、夜にしか生きられないおれが対抗するなら、冷酷《れいこく》に徹《てっ》するしかあるまい」

褐色の肌、漆黒《しっこく》の髪と瞳——それがシャムス人が誇る民族の特徴である以上、どうしたってジブリエールは弾かれる。

「どうして同じ道を歩めよう？　誰からも慕《した》われる者と、誰からも忌《い》み嫌われる者と。サハーラが民を導く光なら、おれは夜の大天使《レイラ・マラクーン》の名にふさわしい生き方をする」

言って、ジブリエールは再び空を仰《あお》ぐ。

太陽の光を厭《いと》うように、手のひらを仮面のうえに掲げる。

「おれの目には、月の光くらいがちょうどいい。夜の空気のほうが肌に心地いい。昼間の太陽は眩《まぶ》しすぎて、どこまでもおれを拒《こば》む」

まるで天に座するものに問うかのように、ジブリエールは独りごちる。

「夜にしか生きられないのなら、なぜおれはこの地にいる？　異端でしかないこの姿に、どんな意味がある？」

果てしなく続く砂漠に向かって、問いかける。

――なぜ、自分はこの地に遣わされた？　どうして、この姿で？

それは異端なる者なら、誰もが持つ問いだ。

なぜ自分は生まれてきたのだと――その意味を求めてジブリエールは、もっとも意味のある存在であるサハーラに対峙《たいじ》する。

それこそを、己の存在をたしかめる手段に選んだのだ。

「意味が……ないわけがないわ」

答えなど要求されていないとわかっているのに、アデリアは口を挟んだ。

「――見なさい。この見事に空《から》っぽな世界を」

すい、と右手を差しあげ、黄土色の大地を示す。

「どこまで行っても砂漠しかない。こんな場所に、無意味な者が存在できると思っているの？　朽《く》ちた枯れ木であろうと、そのわずかな影が容赦《ようしゃ》のない陽射しから守ってくれるなら、砂漠で迷ってしまった者には意味があるでしょう」

十歳のアデリアは、海岸縁を歩きながら、心からそう願った。

ほんの小さな木陰でいいから、この陽射しを遮《さえぎ》ってくれないだろうか、と。

「生きていくだけで精一杯の世界に、無意味なものなどひとつもありはしないわ」

「————…!?」

アデリアの言いように、ジブリエールは何も返さない。

賢いはずの男が、ひどく不思議なことを聞いたかのように、言葉をなくす。

「自己陶酔《とうすい》型の破滅願望の持ち主って、本当にやっかいだこと。いろいろと知識はあるくせに、いちばん大事なことが見えないなんて」

本当に、頭の切れる者ほど無駄に考えすぎる、とアデリアは嘆息する。

（どうしてわからないの？）

この広大な砂の荒野——どこまでも遠慮《えんりょ》なく人間を拒絶する不毛の土地が、必死ではない者を生かしておくはずがない。

そんなに甘い世界ではない。

そんなにやさしい世界ではない。

昼には灼熱《しゃくねつ》を、夜には極寒を——厳しさだけを与えて人を試し続ける、非情な場所。ジブリエールがここにいるのは、生きていくことを、この世界に許されたからでしかない。

「——あなたは、変わっている」

すぐそばで、皮肉な物言いをする声が聞こえて、アデリアはそちらを見た。

銀灰の瞳の色が覗《のぞ》けそうなほど間近に、ジブリエールの仮面があった。いつの間に、こんなに近づいていたのか、とアデリアはとっさに身を引こうとする。

「だが、生意気な口はたいがいにしたほうがいい」

ジブリエールは踊るように滑らかに迫ってきて、唐突にアデリアの唇を奪った。

瞬間、アデリアはわれ知らず、ぶるっと全身を震わせた。あたりは熱波に包まれているというのに、ジブリエールの唇の冷たい感触に、心底からゾッとし、肌が総毛《そうけ》立《だ》った。

ジブリエールのキスは、サハーラの妻を辱《はずかし》めようとするだけのものだ。

（な、何……この感触は……⁉）

ただ唇を触れあわせるだけのことが、こんなにも相手によって違うのだと、アデリアは身をもって思い知り、ジブリエールの口づけから逃れようともがく。

だが、男にしては美しすぎる姿には似合わず、その腕は力強い。

女を力尽くで手籠《てご》めにすることくらい簡単にできるだろうほどに、容赦《ようしゃ》がない。

（い、いやっ……！　やめてっ——……！）

アデリアの心の叫びが誰かにとどいたのか、砂のうえを駆けてくる足音が聞こえた。

「貴様っ、アデリアさまに何をする……！　この不埒者《ふらちもの》めがっ！」

どん、と身体《からだ》ごとぶつかって、ジブリエールを押しのけた正義の使者は、なんとフィリッポ枢機卿《すうききょう》だった。どうやら、こそこそとアデリアとジブリエールをつけていたらしい。

それでもアデリアにとっては、まさに言葉どおり天の助け。

「な、なんだ……この赤いブタは？」

唐突に現れた赤いローブ姿の男に、夜の大天使《レイラ・マラクーン》までもが啞然《あぜん》とする。

「だ、誰がブタだっ！　ロンダール正教会の聖職者を、侮辱《ぶじょく》するか！」

「なるほど、大神とやらの遣いか。ブタに呪われたくはない。失礼する……」

ジブリエールは、らしくもなく妙に慌てた足どりで去っていく。

「ああ……助かりました。そうだったわ。こちらでは、ブタは忌み嫌われているのでした」

アデリアは久々に、フィリッポ枢機卿に心底から感謝したのだが。

「だからー、なんでわたしがブタなのですかぁー!?」

自分でも少々太りすぎかな、と気にしている男が、それを喜べるはずもなかった。

6　異端なる者

その夜のこと。サハーラは夕餉《ゆうげ》を終えても帰らず、ひとりですごす天幕で、何やら心許《こころもと》ない気分でいたところに、フィリッポ枢機卿が顔を出した。

「あの不埒者《ふらちもの》、野営地の端に天幕を張りましたぞ。お気をつけなされ、アデリアさま」

ご丁寧《ていねい》な忠告のわりに、フィリッポ枢機卿の視線は、薄い夜着に着替えたアデリアの胸許に注がれている。言動の一致しない男だが、少なくともジブリエールのように、いきなり強引に迫ってくるようなまねはしない。

イーリス島の別荘《ヴィラ》で、侍女《じじょ》たちと聖職者にあるまじき行為におよんでいたときも、あくまで誘われたからで、彼女らの欲望を鎮《しず》めることこそ自分の使命、と言い訳をつけていたようだ。

「こんなときに留守とは、サハーラのやつめ、役に立たぬ男だ！」

「もう戻られるでしょう。そこまでお出迎えにいこうかと思っていたところです」

「おお、では、わたしもお供いたします。夜は危険ですので」

外套《がいとう》を羽織《はお》り、フィリッポ枢機卿をともなって天幕を出る。

月夜だが、満天を覆《おお》う星々は、いまにも降ってきそうなほどに明るく瞬《またた》いている。

（これが、夜の大天使《レイラ・マラクーン》の世界ね……）

妖しいほどに美しい砂漠の夜は、やはりどこかに魔が潜んでいるのかもしれない。

街道を目指していたはずなのに、いつの間にか野営地を外れて、太古の遺跡が残っているあたりへと、迷いこんでしまった。

「これは、どうやら方角を間違えましたな。砂漠はどこも同じに見えますから……」

フィリッポ枢機卿のぼやきを、しっ！　とアデリアは止める。

「誰かいるわ……、人の気配が……」

わざわざこんな場所に誰が？　と思ったとき、聞こえてきた声には覚えがあった。

「いいでしょ、ジブってば、ここなら誰もこないから、ね？」

甘ったれた女の声……ターラだ。どうやらジブリエールの隊についてきていたようだ。

家出中の身なのだから、これはサハーラに報告したほうがいいのだろうかと、アデリアは声を頼りに、そっと忍びよっていく。

壁だけが残された廃墟のなか、目に飛びこんできたのは、白い上着《カフタン》に白いターバンを巻いたジブリエールだった。

青白い月光に、仮面を外した横顔が、まるで幽鬼のように浮きあがる。彫像のごとく整ったそれは、うっとりと夜空を仰《あお》いでいる。

次いで、ターラの姿も目に入った。

気づくのが遅れたのは、ターラがジブリエールの前に膝を折っていたからだ。

何をしているのかと目を凝《こ》らしたとき、間近でフィリッポ枢機卿が喉《のど》を鳴らした。

（……え……!?）

アデリアもまた、ターラがしていることに気づいて、まさか、と目を瞠《みは》る。

ターラは、ジブリエールの白い内衣《ミンタン》の前を開き、そこに自らの顔を埋めていたのだ。

うすく汗ばむ褐色《かっしょく》の顔――喜びに細められた瞳、唇は唾液《だえき》に濡れ光っている。その口はいっぱいに開いて、ジブリエールの男根を頬《ほお》ばっているのだ。

両手で猛《たけ》った茎《くき》をしごきながら、唇と舌を使って亀頭部を嘗《な》める――女が男の性器を咥《くわ》えている姿を目にしたのは当然初めてで、あまりの驚愕《きょうがく》にアデリアはかえって目が離せない。

「ふっ……。おいたがすぎるぞ、ターラ。誰かに見られたら、どうする？」

ジブリエールは忠告をする一方で、ターラの黒髪に手を添えて、自ら引きよせている。

男の一物が――アデリアに言わせれば、太くて長くて蛇っぽいものが、じわじわとターラの口のなかに呑みこまれていく。

「んっ……ふ、ううっ……」

喉奥までいっぱいに含んでいるだろうターラの喘《あえ》ぎは、でも、苦しげではない。

むしろ、まるで甘露でも味わっているかのように、うっとり夢心地の上目遣いで、ジブリエールの反応をうかがっている。

（な、なんてことを……！）

耳年増《みみどしま》の侍女たちのおかげで、妙な性技についての知識もそこそこあるアデリアだったが、話に聞くのと、実際に見るのとでは、まるで違う。

まだ少女の面影《おもかげ》が残った甘ったれのターラが、娼婦《しょうふ》のように淫靡《いんび》な女に見えてくる。

ふっ、と吐息をつきながら、ターラは咥《くわ》えていた亀頭部を抜くと、今度は幹に添って舌を這《は》わせていく。

そうする一方で、右手を自らの脚のあいだに滑らせて、女の秘所を弄《いじ》りはじめる。

「あ、ふうっ……、ジブ、あとで、わたしのも触ってぇ……」

「結婚前の女がそんなことを言うものじゃない」

「だってぇ、こんなんじゃ物足りない……。欲しいの……！　うんと気持ちよくしてぇ……」

「しょうがない子だ。あとでな。でも、挿《い》れてはやらないぞ。それは夫になる男の権利だ」

「ケチ……ッ……！」

文句を言うあいだも、ターラの舌技は止まらない。自慰《じい》をしている右手も、忙しなく動いている。くちゅくちゅ、と花弁を擦る音さえ聞こえてきそうな気がする。

何やら声をあげてしまいそうな気がして、アデリアは思わず手で口許を覆《おお》った。

その手のひらが、うっすらと汗ばんでいる。

身のうちから発熱しているようで、奇妙に胸が騒いでくる。

(ここにいてはいけない……！)

その場を立ち去ろうとしたとき、脆い遺跡の壁に肘が当たって、砂がこぼれ落ちた。

闇を震わす微かな振動を拾って、ジブリェールが音の方へと顔を巡らせた。

そして、笑んだのだ。

そこに人がいると気づいてなお、隠すどころか、見せつけるように、ターラの髪をつかんでさらなる行為をうながす、夜の大天使《レイラ・マラクーン》の壮絶なほどに妖艶《ようえん》な笑み。

(な、何……あの男は……!?)

カッと頬を火照《ほて》らせて、アデリアは慌ててきびすを返した。

(気づいていた……！　わたしが見ていたのに気づいて、笑った……！)

ターラは冗談にしろ、白い肌同士でお似合いだ、などと言っていた。

ジブリエールも、人目につく砂丘のうえで、いきなりキスなど仕掛けてきた。

傍目《はため》には、アデリアに気があるかのように見えるかもしれない。

だが、違う。

自分に向けられる視線に敏感なアデリアだから、わかってしまう。

ジブリエールはむしろ、アデリアの存在をうとんでいるのだ。サハーラの妻として遇しているようなふりをしながら、その実、軽蔑《けいべつ》さえしている。

「な、なんなの、あの男は……？」

思わず漏《も》れたアデリアの問いに、背後から追ってきたフィリッポ枢機卿が、言った。

「まったく。なんとも恥知らずな！　あの娘、すっかりあの不埒者《ふらちもの》にたぶらかされおって」

「え？」

アデリアは足を止めて、フィリッポ枢機卿を振り返る。

「それは……彼女が、ジブリエールが好きだということ？」

「はあ？　見ればわかりましょう。あれはどっぷり男に入れこんだ女の態度です」

少々走っただけで息を荒らげる小太りの枢機卿は、これでも懺悔《ざんげ》にくる女たちが奪いあうほどの色事師《いろごとし》でもある。恋情に燃える女心には、詳しいはず。

ターラの気持ちも、言われてみれば、ジブリエールに向いていると思うのが自然だ。

引く手あまたのはずのターラが、密航してまでジブリエールのそばにいようとした。あげく、夜とはいえ人目も気にせず口淫《こういん》に没頭するなど、恋に溺《おぼ》れているとしか思えない。

なのにアデリアは、ターラの態度を見て、サハーラの気を惹《ひ》くためだと勘違いしていた。

（わたし……どうしてターラさんの気持ちを、見間違ったのかしら……？）

いまさらそのことに気がついたアデリアは、実に単純な理由に思い至って、呆然《ぼうぜん》とした。

女は、自分がいちばん気になっている男を中心に物事を考えてしまう――と、つまりはただそれだけのことなのだ。

天幕に戻ったとき、一足さきに戻っていたサハーラは、手酌《てじゃく》で杯を重ねていた。

「遅いお帰りだったな」

サハーラらしくもない抑揚《よくよう》を欠いた声音《こわね》は、どこか責めるような響きを含んでいる。

「すみません。お出迎えに行ったのに、道を間違えてしまって……」

どう見ても怒っているらしいサハーラの隣に座ったとたん、腕をつかまれて、あっという間に褐色の胸に抱きこまれていた。

「夫を持つ女は夜に出歩くものではない。不貞《ふてい》を疑われても、文句は言えんぞ」

いままで勝手に歩きまわっても、文句ひとつ言わなかった男の突然の豹変《ひょうへん》に、アデリアが呆然としているあいだにも、サハーラは容赦《ようしゃ》なくドレスの裾《すそ》をまくりあげる。

「え……!? な、何をっ……?」

驚きに身を捩《よじ》るアデリアの両脚のあいだを、力強い手がまさぐる。指先が脆《もろ》い秘所に触れてくる感覚に、火照《ほて》った陰唇《いんしん》がもの欲しげにきゅんと引きつった。

濡れた感触を捕らえたのだろう、それはいきなり凶器と化して、一気に狭い入り口を割って押し入ってきた。

「あ、うっ……！」

「ジブリエールと逢《あ》い引きか？　昼間もあれとキスしていたと、仲間に聞いたぞ」

言い放った勢いのままに、サハーラは乱暴にアデリアの脚を割り開く。

そこですぐに謝ればいいのに、無駄に気の強いアデリアは、お門違《かどちが》いの怒りをぶつけてくる男を、睨《にら》みあげる。

「本気で言っているのですか？　ジブリエールは父の仇《かたき》なのにっ……！」

「ああ……わかっている。ジブリエールはおれに嫉妬《しっと》させようとして、あなたにちょっかいを出しているだけだ。そして、おれはまんまとそれに乗せられている大バカ者だ！」

サハーラは剝《む》きだしの嫉妬で、アデリアの夜着を剝《は》ぎとろうとする。おかげで下肢《かし》は解放されたものの、一瞬でも触れられたぶんだけ、かえって疼《うず》きが残る。

「だが、あなたと並ぶなら、ジブリエールの白い肌の方が似合う。わざわざ白い花嫁衣装など贈って――あの光景を目にすれば、誰もがあなたはジブリエールの花嫁だと思うだろう」

耳殻《じかく》を食《は》まれながらささやかれて、うなじの皮膚《ひふ》が、ぞわりとそそけ立つ。

「で、でも……違うっ……！」

反射的にあらがったのが、かえってサハーラの怒気を煽《あお》ってしまった。

吐息さえ奪うほどの強引さで唇が塞がれ、歯列《しれつ》を割って入りこんできたものに喉奥まで一気に犯されて、アデリアは息苦しさに大きく胸を喘《あえ》がせる。

そうやって、ぬるつく舌を熱く絡ませるあいだも、サハーラの右手は新たな獲物を求めて、アデリアのドレスの胸許を緩《ゆる》めていく。

夜気にさらされたとたん、ただでさえ敏感な乳首が、きゅっと身を堅くした。

上下に揺れる房をおもしろがるように、無頼漢の手はより大胆《だいたん》に、爪の痕がつくほどに膨らみを押し潰す。

濡れた音を立てて唇が吸われるたびに、そしてまた乳房を揉《も》み立てられるたびに、どうしようもない痺《しび》れが、下肢を戦慄《わなな》かせる。じゅるり、と唇のあわいで鳴っているのと同質な音が、花弁の奥で響いているような気がする。

誰の耳にもとどかなくても、アデリアの身体《からだ》が知っている。

そこはじわりと潤んで、唇が唾液に濡れるほどに、同じように湿っていくのだと。

ついにそれが、割れ目から滲《にじ》みだした感覚がして、アデリアはかっと肌を火照《ほて》らせる。

「……く、んっ……！」

深く食《は》みあった唇のあわいから、突発的に漏れた吐息は、痛みからなのか、驚きからなのか、それとも快感からなのか。

（――ああ、なんて鬱陶《うっとう》しいほどに……熱い……！）

太陽《シャムス》の名を持つこの男は、本当にどこもかしこも、うんざりするほど熱い。

手のひらだけでなく、唇も、舌も、胸も、脚も、触れる部分すべてが灼《や》けるように熱い。

男の身体とはこんなにも熱気をはらんでいるものなのか、と何度も経験したはずのことを、砂漠の夜気のなかでさらに明確に思い知らされて、アデリアは息苦しいほどの口づけのなかで、心を千々《ちぢ》に乱していく。

「どうした？　可愛い乳首がつんと突きだして、あさましく欲しがっているぞ」

「ん、んっ……！　どうして、そんなことばかり……あなたは……？」

「そうか、言われるのはいやか。では、どうしてほしいのだ、このいやらしい乳首は？」

熱い吐息を、ふくよかなまろみに吹きかけながらささやいた男の無駄に器用な舌先が、ちろちろと乳首の先端を撫《な》でる。

まだるっこしいほどのささやかな接触に、アデリアは思わず自ら胸を突きだし、もっと、とねだるような媚態《びたい》をみせていた。

「くくっ……、弄ってほしいのか？」

欲しければ自ら望め、と意地悪な男が問いかける。

恥ずかしい言葉を言えと、おねだりをしてみろと、アデリアを追いつめる。

そのあいだにも、もう一方の乳首は、男の無骨な指先でゆるゆると転がされて、あさましい形に立ちあがっていく。

「そらみろ、どちらもこんなにこりこりと凝《しこ》って。──だが、それがお気に召さないのなら、放っておくぞ。おれはやさしい男だからな。妻が望まないことを無理強《じ》いしたりはしない」

よくも言う。どれほどいやだとあらがっても、最後はいつだって強引に抱くくせに。アデリアが欲しがっているときにかぎって、意地悪く焦らしにかかる。

「さあ、何が欲しい？」

砂漠の夜は一気に冷えこむ。なのに、今夜はいつまでも熱気が残っているような感じがするのは、アデリアの身のうちが火照っているからだ。

酔いの見せる夢のように、ジブリエールとターラがくり広げた嬌態《きょうたい》が眼裏《まなうら》にくっきりと刻まれて、アデリアを奇妙な酩酊《めいてい》感に誘っていく。

ターラの素直すぎる懇願《こんがん》が、耳奥で響く。

──欲しいの……うんと、気持ちよくしてぇ……。

あんな可愛いおねだりは、たぶんアデリアにはできない。

甘ったるい声も、濡れた唇も、揺れる両の房も、何もかもをなやましく輝かせて、ねだる。

まだ少女の顔をしながら、娼婦《しょうふ》のように淫蕩《いんとう》な身体で男を誘惑する──その媚態は、どこか妖しい艶《つや》めきを放って、見る者の視線を釘付けにする。

あの素直さが、あの情熱が、あの心酔《しんすい》が、ジブリエールにすべてを捧げるターラの一途さが、彼女をもっとも美しく輝かせるのだ。

ジブリエールの股間に顔を埋めていたターラには、空を仰《あお》ぐジブリエールの双眸《そうぼう》までは見えなかっただろう。

だが、アデリアは見た。月光を受けて輝く、恍惚《こうこつ》に酔う銀灰《ぎんかい》の瞳を。

あの快感は本物だった。

ターラ・アッ＝シャムスは、夜の大天使《レイラ・マラクーン》を夢中にさせるだけの女だった。

「ああっ……、もっと……い、弄《いじ》ってぇ……」

大胆《だいたん》なターラの行為に煽られたのか、思わずというふうに漏れた懇願《こんがん》に、アデリア自身が驚いて、びくりと身を震わせる。

いまのは誰の声だろうかと。

本当に自分の口から出た言葉だろうかと。

思うそばから、乳首をぴんと爪の先で弾かれて、アデリアは息を呑《の》む。

「ふ、どこを弄ってほしいんだ？」

触れるか触れないかの、掠《かす》めるだけの悪戯《いたずら》を続ける男が憎らしくなるほど、身体《からだ》は直截《ちょくさい》な愛撫《ぶ》を欲しがって、焦れている。

「いいのか、このままで？　朝までこうしてくすぐっていようか？」

「ああ……、そ、そこを……摘《つま》んで、もっとぉ……」

もう我慢ができないと、もっと強い刺激が欲しいと、胸を突きだしていく自分の淫蕩《いんとう》さに、泣きたくなる。なのに、両の乳房を大きな手ですくいあげるようにして揉み立てられて、さらに乳首の先端までも摘まれると、もうだめだ。

「ふ、うっ……！　そっ……、ん、あぁぁ……」

ゆさゆさと揺さぶられるたびに、切れ切れの甘ったるい嗚咽《おえつ》が唇を震わせる。

「いい感触だ。最初のころより、ずっと張りがよくなった。おれの手柄だなこれは」

サハーラがアデリアの耳にささやく。鼓膜を揺らす低い声音《こわね》に、それだけで腰が砕けそうになって、アデリアはたまらず腰をうねらせる。

「そこは触っていないぞ？　いまはこっちで精一杯だ」

摘んだ乳首を、きゅっと両方いっしょに引っぱられて、アデリアはゆるいウェーブを描いた金髪を振り乱す。敏感な先端に走る疼《うず》きが、放置されたままの下肢《かし》に伝播《でんぱ》して、あさましく揺れる腰が止まらなくなる。

胸を弄られるだけでは、だめだ。

それだけでは決定的に何かが足りない。

揉まれれば揉まれるほどに、身のうちにあさましい熱が溜まっていくだけだ。

もっと強い刺激が欲しいと、まるで涎《よだれ》のように割れ目の内側から勝手に漏れてくる愛液を感じたとたん、全身がぶるっと羞恥《しゅうち》に戦慄《わなな》いた。

「どうした、そんなに腰を揺らして？　まるで客に媚《こ》びる娼婦のようだぞ」

満たされぬ疼きに腰を揺らめかし、海の色の瞳を溢《あふ》れるほどの涙で潤ませたアデリアの耳殻《じかく》を食《は》んで、サハーラが意地悪く問う。

声だけでも愛撫と同じほどの効果のある低音に、じわりと肌が火照り、擦られているわけでもないのに秘肉が引きつき、とめどない愛液が溢れていく。

「は……、あ、あぁ……ッ……！」

息苦しいほどに昂《たか》ぶっていく欲望に、アデリアは毛足の長い絨毯《じゅうたん》に爪を立てて、最後の抵抗で身を捩《よじ》る。だが、それはかえって、男を誘っている仕草になるだけだ。

「ふ、あいかわらず気丈だな。欲しい、と言えばいいだけなのに。いや、それともここだけで達してみるか？　淫乱《いんらん》な身体の証拠に」

「ああ……、そ、それはいやぁ……！」

充血した乳首がどれほど敏感でも、そこだけで達してしまうのはいやだ。

そんな淫らな女にだけは、なりたくない。

だが、どれほど意識を散らそうとしても、下腹部の掻痒《そうよう》感はひどくなるばかりだ。男の手で感じることを覚えてしまった恥部が、直截《ちょくさい》な行為を求めてうねっている。

蜜口《みつくち》も、それを囲む花弁も、ぐっしょりと濡れて、ひくひくともの欲しげに痙攣《けいれん》している。なかを満たしてほしいと、いっぱい掻《か》きまわしてほしいと。

「ああ……、触ってぇ……」

「ん？　触ってるぞ、さっきから」

意地悪く言った男が、さんざんに弄られて鋭敏になりすぎた両の乳首を、房のまろみごといっぺんに押し潰す。

「ひ、あぁ……！　そ、そこじゃなっ……、し、下を、下を触ってぇ……！」

悲鳴のように懇願をほとばしらせた瞬間、最後の意地が砕けて消えた。

「ほうー。高貴な皇女さまが、股《また》ぐらを触ってほしいと言うのか？」

鼓膜を震わす低音は、淫魔のささやきだ。

疼きの止まらぬ身体で、どうしてそれに逆らうことができるだろう。

「は、うんっ……、ほ、欲しいの……下に、あそこにいっぱい……」

「ご命令とあれば、従わねばならないな」

鷹揚《おうよう》に言った男の手が乳房を離れ、肌をなぞりながら、下腹部へと滑っていく。淡い茂りを掻き分け、すっかり濡れそぼった花芯《かしん》を探りあて、やわやわと撫ではじめる。

「う、ふんっ……、あぁっ！　も、もっと弄ってぇ……！」

もはや触れるだけの愛撫で、満足できるはずがない。

ジブリエールとターラの睦《むつ》みあいを見たときから疼いていた膣壁《ちつへき》は、長すぎた前戯に辟易《へきえき》したのか、それでは物足りないとばかりに蠕動《ぜんどう》して、もっと奥までサハーラの指を呑みこもうとうねるのだ。

「なるほど。奥まで欲しいらしい。なんと貪欲《どんよく》な皇女さまだ」

アデリアのうなじに歯を立てながら、満足げにささやいた男の指が秘肉を掻き分け、ぐちっと淫液を溢れさせながら根元まで入りこんでくる。

「……ッ……ふっ！　も、もっとぉ……！　そ、そこ……っ……」

恥ずかしい割れ目の奥から、とろりと溢れるもの──それをサハーラの指が掻きまわす。

これはなんだ？　と揶揄《やゆ》しながら、くちゅくちゅと濡れる音をアデリアの耳に送りこんでは、羞恥《しゅうち》に身悶《みもだ》えさせる。

砂が流れる音すらしない、夜の静寂に閉ざされたこの世界──直截《ちょくさい》な行為もさることながら、鼓膜を震わせる淫らな音が、アデリアの胸を上下させる。

それを知っているから、サハーラはさらに大胆に指を蠢《うごめ》かせる。

中指と人さし指を、蜜壺《みつつぼ》のなかに根元まで押しこんで、いっぱいに開きながら、陰唇《いんしん》の合わさったところで赤く熟した粒を、親指の腹で転がすように押し潰す。

「……ッ……、ああっ……!?」

「ここがいいのか？　潰されるのが？　いやらしい音を立てているぞ」

「んんっ、ち、違っ……！　わたし、そっ……あ、ああっ……！」

「どこが違う？　こんなに蜜を溢れさせて。どうしてくれる。おれの指がすっかり濡れてしまったぞ」

それを証明するかのように、二本の指はそれぞれが勝手に動いて、女のなかにある感じやすい部分を執拗《しつよう》に擦る。ぐちぐちと蠢くたびに、見事にアデリアをくじけさせる部分を抉《えぐ》っては、さらに蜜を掻きだしていく。

「なんだ、これは？　まるで粗相《そそう》でもしたようだぞ」

そのうえ、意地悪な揶揄《やゆ》で、アデリアの心までも恥辱《ちじょく》の淵《ふち》に突き落としていく。

「はあ……、う、うそぉ……」

「何がうそなものか。こんなに濡れる女を見たのは、初めてだぞ」

恥ずかしくてたまらないのに、粘着質な音は止まらない。

ロンダール皇女だとか、女神ティティスの化身だとか、さんざん持ちあげられておきながら、結局のところは快感に弱いただの女でしかなかったアデリアの、ぷっくりと膨らんだ花芽《はなめ》や、赤く火照った陰唇や、自らの淫液でたっぷりと濡れた内部が、欲しい欲しいと身悶える音。

「やあっ……、ち、違うっ……。わたしっ……」

「何が違う？　どこもかしこも、こんなにぐしょぐしょにして」

「そ、それは……、あ、あなたが、弄るからっ……」

「ほう、おれが悪いと言うか、ならば、やめたほうがいいか？」

脅迫めいた物言いとともに、サハーラの指が引いていく。

「い、いやぁ……⁉　ぬ、抜かないでぇ……！　あ、ううう……」

瞬間、アデリアは意識もせずに、甲高《かんだか》い叫びをあげていた。

下肢はぶるぶるとみっともなく震え、内腿は痙攣《けいれん》し、膣壁は収縮し、恥じらいをかなぐり捨てたまろやかな双丘は、もの欲しげに揺れる。

もう我慢できない。

欲しい、欲しい、あの太いものが。

ただみっしりとなかを満たしてくれるものが。

「あ、はあっ……、やあぁっ……！　な、なかっ……、挿《い》れてぇ……」

「何が欲しい？　何を挿れてほしいんだ？」

鼓膜に吹きよせる低い声音《こわね》は、ぞっとアデリアの肌を戦慄《わなな》かせ、わずかに残った理性のかけらをも砕き、恍惚《こうこつ》のなかへと誘っていく。

望めばそれはかなえられると。

ひとこと、欲しい、と言えばいいだけなのだと。

そして、アデリアはそうしたのだ。皇女としての矜持も意地もかなぐり捨て、ただの奔放《ほんぽう》な女になり果てて、懇願したのだ。

「はっ、んうっ！　ほ、欲しい……。あの……おっきいの……っ……！」

自分の口が発している言葉の意味さえ、もうわからない。

いや、わからないふりをして官能に溺《おぼ》れるしか、もうできない。

「大きいの？　ほう、誰のだ？」

それを知っていながら、サハーラはまだ焦らす。まだ足りないと。もっと懇願しろと。

「さあ、我慢せず叫んでしまえ。おれに犯してほしいのだと。おれのものをいっぱいに咥《くわ》えこみたいのだと」

自分のなかにぽっかりとできた空隙《くうげき》が寂しすぎて、もう耐えることもできないと、アデリアはついに屈辱《くつじょく》的な懇願を口にしたのだ。

「お、お願い……。あ、あなたの太いの、挿れてぇ……。な、なか、いっぱいにっ……！」

「くくっ……、よく言えた。では、味わえ！」

ようやく満たされるのだと思ったとたん、いきなり身体をひっくり返されて、視界に絨毯の模様が飛びこんできた。這《は》わされたのだとわかるまでに、しばしかかった。

まるで獣のような体勢で、貪欲《どんよく》に身悶《みもだ》えている秘肉に熱い切っ先があてがわれた瞬間、アデリアは、ぶるっと大きく尻を震わせて、恍惚《こうこつ》の喘ぎを吐きだした。

「あ……い、いやっ……！　こんなっ……」

格好では、との必死の訴えを、サハーラが聞くはずもない。

さんざんアデリアに前戯をほどこしているあいだに、サハーラのほうこそが焦れるほどにその瞬間を欲しがっていたのだと、蜜口をぐりっと押しひらいた亀頭部の蒸れるような熱と堅さが伝えてくる。

思い知れとばかりに打ちこまれた熱塊は、とろけた粘膜を開きながら肉の隘路《あいろ》を一気に進み、ずん、と音さえしそうなほど力強く最奥を抉《えぐ》ったのだ。

「……ヒッ……⁉　や、あぁぁ、あっ――……！」

同時に背後から回された両手に、乳房までもが力強くわしづかみにされて、アデリアはびくびくと下肢を震わせながら、大きく背中をのけ反らせる。

「は、あっ……！　う、うそ……ああ、太いっ……、くふぅ……！」

濡れた唇からほとばしるのは、恍惚の喘ぎでしかない。

「そら……、たっぷり味わえ。これが欲しかったんだろう？」

「あっ、ああっ……！　い、ふうっ……はぁっ……」

身のうちを灼く熱に、一気に心拍が跳ねあがる。

内部はより苛烈《かれつ》な刺激を味わおうと、雄々《おお》しい熱塊に巻きついていく。

「ふ、痛いほどに締めつけてくるぞ、この淫乱な股ぐらは……！」

揶揄《やゆ》の言葉とともに、むごい突きを食らうたびに、アデリアの双丘《そうきゅう》が勝手に跳ねる。

「やあっ……、ふ、深いっ……！　そ、そこっ、いいっ、ふ、うんっ……」

「いいのか？　こうされるのが好きなのか？」

ずんずん、と鋭い律動を送りこまれて、アデリアは快感のままに喉《のど》を震わせる。

「は、ふうっ……！　い、いいっ……。き、気持ち、いいのぉ……」

あとからあとから溢れていく淫液は、すでにぐっしょりと秘部から内腿までをも濡らして、ひっきりなしに卑猥《ひわい》な音を奏でている。

とろけきった膣壁は、すでにアデリアの意志を離れて、ただひたすら快感を求める器《うつわ》と化して、あさましくうねっている。

いっぱいに張り詰めた剛直を巻きとって、淫靡《いんび》な伸縮を繰り返しながら、際限のない愉悦《ゆえつ》を味わい、また、同じほどの強さを背後の男に味わわせている。

「ふ、あぁっ……！　こ、こんな、すごぃ……！　あぁぁ——……」

なかをみっちりと満たすものは、獣のような体位のせいもあってか、いつも以上に鋭く奥を抉っているようだ。それがよくてよくて、たまらない。

「いい眺めだぞ。帝国の誇り高い皇女が。まるで娼婦のように尻を振って。——そら、もっと味わうがいい。ここか？　それとも、もっと奥か？」

言葉どおりに、いっぱいに張りきったエラの部分で感じやすい部分を擦り、そのまま鋭く腰を押しこんでくる男の容赦《ようしゃ》のない攻めに、アデリアは滂沱《ぼうだ》の涙で頬《ほお》を濡らす。

だが、それは決して哀しみの涙ではない。陶酔《とうすい》がもたらす、悦びの涙だ。

「あ、ふぅっ！　も、もっと奥っ……！　うっ、んうっ……」

望みどおり、ずんと子宮口までを貫かれて、アデリアは背を大きく弓なりに反らし、ひくつく喉から、ただ淫らな嬌声《きょうせい》を放つ。

「……ヒッ……！　そ、そこっ……、い、いいっ——…！」

「深いのが好きか？　こうしてなかを掻きまわされるのが大好きなんだな、皇女さまは」

「は、んあっ……！　す、好き……、好きなのぉ……。だから、もっとぉ……」

ぐちゃぐちゃ、と濡れた音を響かせるあいだも、サハーラの両手は、たっぷりと汗を弾かせた乳房に食いこんで、形が変わるほど好き放題に揺さぶっている。

その先端で痛いほどに張り詰めた突起を、中指やら人さし指やらで押し潰され、ついでに爪まで立ててぐりぐりとなぶられるから、もうたまらない。

「ひ、ふっ……!?　や、やあっ……く、ふうぅ……！」

理性は跡形もなく消し飛んで、ただ快楽を貪るだけの身体が残る。

（気持ちいい、気持ちいい。もっと虐《いじ》めて、奥を突いてぇ……！）

言葉にならない懇願を、さらなる手戯《しゅぎ》をねだるように突きだした胸や、咥《くわ》えこんだ雄芯《おしん》ごと打ち振るう尻が伝えてしまうから、背後の男は悦ぶだけだ。

「いま、いやと言ったか？　身体はこんなに素直なのに、口だけは生意気だな。おれの妻なら、もっと敬意を払え。犯してくださいと懇願しろ」

くくく、と歪んだ笑いに揶揄を乗せて、サハーラはさらなる媚態を演じさせるために、意地悪く腰を引いていく。

いっぱいに満たされていた花筒《はなづつ》が唐突に空隙にさらされて、とろけきった粘膜が悲鳴をあげるように、男の剛直を追っていく。

「や、ああっ!?　い、いやっ！　ひ、引かないでぇっ……いやぁぁー！」

濡れた唇からほとばしったそれは、まぎれもなく失望の叫びだった。

「ふ、すごい眺めだぞ。陰唇《いんしん》も膣壁《ちつへき》もまっ赤に熟れて、おれのに絡みついている」

わざわざ言われなくても、火照《ほて》った粘膜がひやりと外気にさらされた感触に、熱塊に巻きついたまま引きずり出されたそこが、どんなさまになっているかがわかってしまって、アデリアは両眼を涙で潤ませながら、すさまじい羞恥《しゅうち》に身を捩《よじ》る。

唇を、喉を、唾液《だえき》で濡らし、それ以上に、つながった部分をぐっしょりと濡らして、絶望を訴えるアデリアの、いまは矜持《きょうじ》もなく、ただ快楽を追う女に堕《お》ちた哀れな姿だ。

そこは、だらしなく蜜を滴らせ、ランプの灯りで淫靡《いんび》に照り輝き、ひくひくと痙攣《けいれん》しながら、さらなる快楽を求めて、男の目を楽しませているのだろう。

「や、あっ……！　お、お願い……み、見ないでぇ……」

「うそをつけ。見られるのが好きなくせに。そうだろう？」

膣口の締めつけを味わいながら、ふうっと背後で心地よさげな吐息をつく男が、心底から憎らしく思えるのに、それ以上に、手に入れたいと感じている。

憎しみより、恥じらいより、いまはもっと欲しいものがある。

あの太くて、すさまじく堅くて、どくどくと脈打つ血管を漲《みなぎ》らせて、いっぱいに笠《かさ》を広げた卑猥《ひわい》な形の男根——蛇を思わせる形に怯《おび》え、気絶したのはさほど前ではないのに、いまはそれを愛《いと》おしいとさえ感じるアデリアは、もうどこかが壊れているのかもしれない。

「はっ、おっきいの……、なかっ、もっと奥にちょうだいっ……、あぁぁ……」

「ちょうだい、だと？　偉そうに」

「ああ……、ください……。も、もっと、犯してください……」

「犯されるのが好きか？　ここを搔《か》きまわされるのがいいのか？」

「好っき……好きなのぉ……！　ぐちゃぐちゃなの……見られて、搔きまわされるのっ……！　あぁぁ、だから、は、はやくぅ……」

身のうちの隘路《あいろ》を熱く満たすもの、それなしではもう我慢することもできないほどに、アデリアのなかはサハーラの雄芯《おしん》の味を覚えこんでしまった。

「やはりな。楽しいものを見せてくれた褒美《ほうび》だ。そら、欲しいだけくれてやる」

満足げに言った男が、再び侵入を開始する。

ぐちっ、と内部に溜まっていた愛液の溢《あふ》れる音を響かせながら、一息に最奥までの距離を詰めて、びっしりと花筒を満たしたものの質量のすさまじさに、アデリアは肌を粟立《あわだ》たせる。

「う、ふうっ……！　すごっ、深いっ……！　ん、ああっ……」

貫かれれば、視界が揺れて、官能の光が眼裏に明滅する。

ずるりと引かれれば、寂しくなった秘肉ごと尻が追いかける。

背後で悠然と抽挿《ちゅうそう》を続ける男より、アデリアのほうがさらにあさましく、熱塊がもたらす快感を追って、激しく前後に腰を揺らしている。

「あ、はあっ！　もっと、もっと揺すって、突いて……！　な、なかをっ――……！」

「いくらでも犯《や》ってやる。花嫁の望みだからな、おれはやさしい夫だろう？」

「ああ、はい……。う、嬉しいっ……。ふ、んっ……！　そ、そこぉ……」

「ここか？　ん？　奥が好きなのだな。おっと、それに、こちらもか？」

耳朶《じだ》を食《は》みながらささやいた男に、両の乳房を力一杯握り潰されたとたん、その衝撃でぎゅっと膣壁が収縮する。

「ひっ……！　う、ふうっ――……！」

どこもいい。何をされてもいい。

なかを穿《うが》たれるのも、乳首を摘まれるのも、そして、花芽《はなめ》を弄《いじ》られるのも――と思ったとたん、そこを愛撫《あいぶ》するものがないことに気づいて、アデリアは知らずに指を自らの下肢《かし》へと這《は》わせていた。

淡い茂りのなかでもうすっかり身を堅くした粒を探り当て、いつもサハーラがしているように包皮の隙間《すきま》に指先を食いこませるようにして、こねたり、潰したりと手淫《しゅいん》に没頭する。

「ふん、自分で弄っているのか？　この身体《からだ》はおれのものだ。自分ですら触れてはいけないことを知らないのか？」

耳朶にささやきかける重低音にさえ感じて、アデリアは夢中で首を振りまわす。

「ああ……、だ、だって、欲しい……！　き、気持ちいいのぉ……」

「自分で弄って、感じるのか？」

「んっ……、い、いいっ……ここ、好きなのぉ……」

「あさましい皇女だ。だが、正直なのは気に入った、好きなだけ弄っていろ。おれはこちらに専念させてもらう」

くっ、と喉奥で笑んだ男が、器用にふたつの乳首を二本の指で摘《つま》んで、痛いほどに引っぱりあげた。

「や、やあっ……！　く、あぁぁ……」

いやいや、と叫びながら、アデリアはまるで操り人形のように、サハーラの指遣いに倣《なら》って、自分の陰核を引っぱる。痺れるような疼《うず》きが肌をぴりぴりとさざめかせ、全身の汗腺《かんせん》という汗腺からどっとぬるい体液が噴きだしていくような気がする。

それ以上に、男を咥《くわ》えこんだ股ぐらから溢れる淫液は、とどまることを知らない。

「あ、はあっ……、ひ、いっ……！　も、もっとぉ……」

あられもない懇願に応えるように、ぱんと肉打つ音を立てて尻たぶに走った痛みは、サハーラの平手だった。唐突な暴挙に、痛みよりも驚愕《きょうがく》に身体が緊張し、膣壁までもが呑みこんだ熱塊とともに、ぎゅっと収縮する。

「くっ！　いいぞ、よく締まる……！」

褐色《かっしょく》の手が、アデリアの尻を殴打《おうだ》する。何度も、何度も。

痛めつけるためにではなく、より深い締めつけを味わうために。

「これはお仕置きではない。褒美だ。ぶたれるのもよかろう」

あまりに想像外の仕打ちに、官能の虜《とりこ》となり果て、恍惚《こうこつ》に腰を揺らしていたアデリアの意識が、ほんの刹那《せつな》、現実に引き戻される。

「えっ？　やっ……、な、何をっ……!?」

精一杯の理性で、肩越しに男を睨《ね》めつけたのは、一瞬のこと。

そんな反応すらもサハーラを悦ばせるだけで、さらなる殴打とともに最奥をぐりっと抉《えぐ》られて、アデリアはついにすべての抵抗を放棄《ほうき》したのだ。

「……ひ……！　あ、ふううぅ……！」

好き放題にいたぶられている内部から湧きあがる官能は半端ではなく、些細《ささい》な怒りを持続させておく力などかけらも残っていなかった。

「皇女さまは、これがお好きか？　ああ、すごいぞ。なかがうねって……！」

それに気をよくした男が、さらに律動を速めていく。

前後だけではなく、巻きついた粘膜を追いはらうように、ただでさえ量感のありすぎる一物が描く円が、膣口からじわじわと最奥に向けて収れんしていく。

「あ、ふぅんっ……！　こ、これ……これがっ……!?」

男なのかと、いま、本当の意味で男の貪欲さをアデリアは知った。

衝撃の初夜より、浴場《ハマムーン》での悪戯《いたずら》のあとより、お門違《かどちが》いの嫉妬《しっと》に身を灼《や》くほうが、さらに激しく熱情に燃えるのだと。

自分のものと決めた女を、口づけだけだろうと他人には渡さない——それは単なる独占欲かもしれないが、でも、明確にアデリアを求めるがゆえの暴挙なのだ。

嫉妬が、男の心を灼く。

太陽よりも、苛烈《かれつ》に燃やす。

以前は友であった者の、いまはすれ違ってしまった者の、不意打ちの口づけすら許せないと、アデリアを穿《うが》つ身体はひたすらに熱い。

肩越しに見れば、そこに激しい抽挿に身体を揺らし、うっとりと半眼を宙に飛ばしてなお、逞《たく》しく輝く男の姿がある。

褐色の肌は、生き生きと煌《きら》めき。

流れ舞う黒髪は、汗の粒を宝石のように弾かせ。

悦びを刻んだ口許から、ひっきりなしに息を吐き散らす。

乱れているのは決してアデリアだけではない。サハーラもまた、めくるめく官能の虜《とりこ》になっているのだ。九歳も年上で、じゅうぶん経験豊富なはずの男が、まだ快感を知りはじめたばかりのアデリアの身体に、溺れている。

そう思った瞬間、胸に満ちた想いは、優越感だったのか、愛《いと》しさだったのか？

どちらにしてもそれは、アデリアにかつてない満足をもたらして、さらなる高処《たかみ》へと彼女を駆りたてていく。

「は、あっ……！　お、お願い……、なかを、なかを……もっとっ……！」

いい、いい、と切れ切れにほとばしる嬌声《きょうせい》も。

突きあげに合わせて揺れる胸のさきで、勝手に色を増していく乳首も。

つながった部分からひっきりなしに湧きあがる、うるさいほどに淫蕩《いんとう》な水音も。

もう自分の意志ではどうしようもないと、すべてを背後の男に押しつけて、喘《あえ》ぎ乱れる。

「……ッ……！　締めすぎだっ……」

悔しげに唸《うな》った男が、これでもかとばかりに肉打つ音を連打させて、すさまじい突きと同時に、絶頂の果ての熱い奔流をアデリアの深部に叩きつけてくる。

「あっ、あっ……、熱いっ……！　ふ、うんっ……！」

濡れる、自分のなかが。

自分のものではない体液で、肉の隘路《あいろ》が満たされていく。

それを感じたとたん、アデリアもまた、絶頂のきざはしを駆けのぼっていった。

夢とうつつの狭間《はざま》を浮きつ沈みつしながら、たゆたう官能の海のなか、嫉妬に燃えるサハーラの熱い精を溢れるほどに注がれた夜。

男の強欲と、女の哀しさを、アデリアは身をもって思い知ったのだ。

それから数日後、近くに高地《ナジユド》のアッ＝シャムスが住まう地があるからと、サハーラは数人の従者を連れて、朝早くから出かけていった。

「行ってくる。おれがいないあいだは天幕から出ないように」

言い置いていったサハーラの言葉が、アデリアの気持ちを傷つける。

少しずつ近づいていったふたりの関係は、ジブリェールのよけいな手出しのおかげで、すっかり出会ったときの空々しさに戻ってしまっていた。

夜の行為は、サハーラの妙な嫉妬心も手伝って、濃密さを増していくばかりなのに、それがかえって身体での奉仕だけを強要されているようで、アデリアを気鬱《きうつ》にさせる。

身体が慣れれば慣れるほどに、心は見えなくなっていく。

最初に肌を重ねたとき、たったそれだけのことでわかりあえたような気になったのがうそのように、いまはサハーラが遠い。

留守を任されたアデリアは、天幕に戻れと言われたのも聞かずに、ぼんやりと考えごとをしながら野営地のなかを歩きまわっている。

「お散歩ですか、アデリアさま。奥方は天幕のなかに陣どっているものですよ」

そこへ、余裕満々の、聞き慣れた声がかかってきた。

(現れたわね、元凶が……！)

自然と、アデリアの態度も緊張する。

それを楽しげに見つめるジブリェールの余裕が、憎たらしいことこのうえない。

「仲間たちが、そろそろ次の狩りに出たいというので、これから野営地を離れます。アデリアさまにも、お別れを言いにまいりました」

「狩り……またどこかの船を襲うのですか？」

「その前に、陸でもう一仕事せねば。何も獲物は、外にばかりいるものではないので」

ふっ、と笑い声に乗せて、ジブリェールが意味ありげにつぶやく。

「あなた……、まさか、シャムスの他部族までも……？」

「知っておられようが、シャムスの部族同士の宿怨《しゅくえん》は深い。禍根《かこん》は断っておくにこしたことはない。――そうでなくても、おれを目障りに思っている輩《やから》は少なくはないので」

「……そこまで……？」

そうまでして邪魔者を消したいのだろうか、とアデリアは息を呑《の》む。

まばゆい陽の光に満ちた地で、自分を異端視する者たちを排除しながら、孤高を目指す。

そのいきつくさきにあるのは、血塗られた王座だろうか。唯一の支配者になる――それしか白い肌の男が、シャムスの民として認められる道はないのだろうか。

「では、失礼いたします」

ジブリエールは、慇懃《いんぎん》に頭を下げて、物騒な言葉をつけ加える。

「次にお目にかかるのは、砲弾が飛び交う場でかもしれませんが」

そうね、とアデリアもうなずく。

父の仇《かたき》でもあるが、この男を倒さねば、サハーラの王国の夢はかなわない。

「では、ジブリエール、それまでごきげんよう」

別れの挨拶《あいさつ》のために、アデリアは手を差しだした。わざわざ宣戦布告をしてきた男に向かって、魔を倒す力を持つ自らの利《き》き手を、わたしもご同類よ、と差しのべる。

「言ったでしょう。父がわたしを『魔性の娘《マンチーノ》』と呼んだことを。これがその理由。――あなたが夜の大天使《レイラ・マラクーン》なら、わたしは左利きの魔女《ストレーガ》」

ひどく不思議なことを聞いたように、のろりとジブリエールは顔をあげた。

「……何……？」

「そう、左利きなのよ。両手利きというのは父が捏造《ねつぞう》した噂《うわさ》。わたしこそがロンダール帝国の、もっとも異端なる者」

瞬間、ジブリエールの仮面の奥で、銀灰色《ぎんかい》の瞳が陰ったように見えた。

意識してというより、ほとんど身体の反応として、ジブリエールは目の前のアデリアの左手から逃れるように、身を引いた。

夜の大天使《レイラ・マラクーン》と畏怖《いふ》される男が、誰もが恐れる冷酷《れいこく》な男が、目障《めざわ》りなら同胞《どうほう》すら平気で殺す男が、アデリアの左手を厭《いと》うように避けたのだ。

「――――……!?」

驚いたのは、アデリアのほうだった。

南方では、西方よりさらに左利きはうとまれる。それは知っていた。

だが、たかが女の手に触れることを恐れるとは。それも、迷信深い者ならともかく、膨大な知識を駆使してティティス海を巡ってきた、バルバディ海賊のジブリェールが。

誰よりも怜悧《れいり》な思考回路を持っている男の、とっさだからこそ隠しようのない態度が、逆にアデリアを凍りつかせた。

「――そう、そうなの。あなたも……左利きを恐れるのね」

呆然《ぼうぜん》とつぶやいて、アデリア以上に驚愕《きょうがく》を隠しきれずに立ちつくしたままのジブリェールを、キッとひと睨みして、きびすを返した。

（……それほどに……！）

一歩、踏みだすごとに、理不尽な気持ちが湧きあがってくる。

（それほどに悪いこと？　たかが左利きというだけのことが……!?）

あの男……自らを異形と認める男が、左利きのアデリアを異端視する。

身のうちから湧きあがるのは、怒りだった。

呼吸すら忘れるほどに、激しい憤《いきどお》りだった。

アデリアにとっては、父の仇であるバルバディ海賊の首領だが、彼なりの主義で生きているのなら責められない、と思ったこともあった。

自分の居場所を見つけられないジブリエールが、シャムス人として生きていくためには唯一の存在になるしかないと、より孤高に走る——その気持ちも理解できなくはなかった。

アデリアも同じように、同胞から弾かれた者だったたから。

（わたしは……なんて愚かだったの……！）

だが、違うのだ、ジブリエールは……彼は決して孤独ではなかった。

太陽《シャムス》を信仰し、戒律を重んじ、習慣に身を浸し、白い肌を隠してこの地で生きている。

（あれは、まごうことなきシャムスの民だわ……！）

姿形が違おうが、そんなことは些末《さまつ》でしかないほど、ジブリエールの心はシャムスなのだ。

「——アデリアさま、どこにいらっしゃるのですか？」

背後からフィリッポ枢機卿《すうききよう》の声が聞こえてくるが、それでもアデリアは振り返らない。

（誰にも、皇女の涙は見せない……！）

勝手に溢《あふ》れる涙はどうしようもないが、せめて、ぎゅっと血が滲《にじ》むほどに唇を嚙《か》みしめて、嗚咽《おえつ》をこらえる。

誰にも聞かせはしない、悔しさに泣く声は。

砂丘の上に立ったアデリアは、隆起と沈降を繰り返しながらどこまでも果てしなく続く金沙の砂漠を、見はるかす。

（わたしは……何……？　なぜ存在するの？）

父にとっては邪魔なだけの娘。

国にとっては、もはや価値のない皇女。

そして、サハーラにとっては、夢をかなえるための駒としての、契約の花嫁。

誰も、アデリア自身を必要とはしていない。

女はそれでも結婚できただけで、満足しなければならないのか。

それとも、そんなことに不満を持つアデリアこそが、やはり異質なのか。

「そうね……、わたしは魔性の手を持つ娘なのだから……」

この世界は、とことんアデリアが憎いらしい。

あの手この手で、彼女の存在を排除しようとする。

「いいわ。いくらだってのけ者にするがいい……。わたしは消えてなんてやらない。この世界に居続けてあげるわ！」

7 女神の船出

「アデリア、いるかっ……!?」

サハーラが息せき切って天幕に駆けこんできたとき、アデリアは妻らしく絨毯《じゅうたん》のうえに料理の皿を並べていた。

「あら、お早いお帰りでしたのね。すぐに食事の支度《したく》を……」

「それどころじゃない！　高地《ナジュド》の族長《シャイフ》が、殺された！」

「えっ……!?」

驚きに、手から滑り落ちる皿も無視して、アデリアは立ちあがる。

ナジュドの族長《シャイフ》——アデリアの胸許《むなもと》ばかりを覗《のぞ》きこんでいた姿は、よく覚えている。

「どうして、あの方が？　いつ……？」

「たぶん、昨夜だ。それも族長《シャイフ》ひとりじゃない。ナジュドの長老格までも数人、首を鋭利な刃物で切られていた……！」

そこまで言ってサハーラは、自らを落ち着かせるために、大きく息を吐いた。

「――ジブリエールのやり口だ。あれは光を厭《いと》うぶん夜目が利《き》く。足音もなく忍びよって、短刀《ジャンビーヤ》で喉《のど》をかっ切る。以前にも同じ手口で、ひとつの部族を壊滅させたことがあった」

まさか、とアデリアは両手で口許を覆《おお》う。

「今朝方、おれがここを出たあとに、ジブリエールが来たと聞いた。そのあと発《た》ったらしく、すでに天幕はたたまれて、どこに行ったのかもわからん。――何を話した？」

アデリアの両肩をつかむサハーラの手が、怒りでだろう、ぶるぶると震えている。

「ジ、ジブリエールは……、たしか、仲間たちと狩りに行くと……」

「狩り？　では、海か？」

「いいえ……。陸でもう一仕事するとか。でも、ナジュドが襲撃されたのが昨夜なら……」

瞬間、アデリアとサハーラは同時に気がついて、顔を見合わせた。

「では、次に狙うのは、入り江《ハリージュ》の族長《シャイフ》だっ……！」

❖　❖　❖

荷物を積んだ隊商は足手まといだからと、最終的にはアフダルの港で落ちあうことにして、サハーラとアデリアは腕の立つ者を十人ほどを引きつれて、一路、入り江《ハリージュ》のアッ＝シャムスの地を目指した。

夜を徹して馬を駆け、空が白みはじめたころ、逆の方向から駆けてきた早馬とかちあった。

「マディナのサハーラか……!?」

まだ若い、二十歳《はたち》に満たないだろう青年が、こちらを見つけて叫ぶ。

「ハリージュの者だな？　何があった!?」

「おれは、ハリージュの族長《シャイフ》の甥《おい》、ナギだ。叔父《おじ》が……叔父が殺されたっ……！」

ナギと名乗った青年は、寝ずに駆けてきたのだろう。息を切らしながら馬から降りるなり、その場にべったりと座りこんでしまった。その顔に、疲労の色が濃い。

「水を……！」

サハーラが駆けよって革袋の水を差しだすと、震える手で受けとり、一口だけ飲んで、ふうーっと大きく胸を喘《あえ》がせる。そこへ、サハーラが問う。

「ハリージュの族長《シャイフ》が殺されたとは、本当か？」

「——本当だ。今朝方、天幕のなかで、首をかっ切られているのが見つかった」

ナギがようやく絞《しぼ》りだした悲報は、サハーラの予想どおりのものだった。

「ナジュドも殺《や》られた。あちらは族長《シャイフ》だけでなく、長老たちまでが……」

「そんなっ……！　おれはナジュドに助けを求めようと……」

こうして駆けてきたのだ、と訴えるナギの目に絶望の涙が浮かぶ。

「マディナのサハーラ……犯人はおまえの部族の者だ。この始末をどうつける!?」

「犯人を、見た者がいるのか？」

「族長の孫が、同じ天幕で寝ていて、すべてを見ていた。真夜中、短刀《ジャンビーヤ》を持った白い魔神《ジン》が、音もなく族長の喉をかっ切ったと。——刀を持つ手も、上着《カフタン》も、ターバンも、顔も、みんな同じように青白かったと言っている」

「白い魔神《ジン》……？」

「見たのは、まだ六つの子供だった。だから魔神《ジン》だと思ったのだろう。だが、短刀《ジャンビーヤ》から垂れた血は、そこだけくすんで見えたという。ならば褐色《かっしょく》の肌も、もっと闇に溶けこむはず……。白い魔神《ジン》に見える男は、ひとりしかいない……！」

「ジブリエールか……？」

他に誰がいる、とナギは怒りにまかせてサハーラの襟首をつかむ。

「どう責任をとる、マディナのサハーラよ？　ジブリエールは貴様の身内！　それを、いままで野放しにしておいたのは、あんただ！　あんたがっ……！」

「——すまん。わびる言葉もない。未亡人にはあとで謝罪にいくが、それまでこらえてくれ。いまは時間が惜しい。ジブリエールを追わねば……あれは海に逃げる」

「謝罪などいらん！　おれはジブリエールを追う！　復讐《ふくしゅう》はわれらの権利だっ！」

「ひとりでは無理だ。追うなら、いっしょに来い」

「できるのか？　今度こそあの夜の大天使《レイラ・マラクーン》を討《う》つと、本当に約束できるのかっ⁉」

悠久《ゆうきゆう》の昔、この地に最初に足を踏みいれた三大シャムス、そのふたつまでもが犠牲になった。ジブリエールは実に手際よく、うるさ型の族長《シャイフ》や長老を狙っている。それはすなわち、彼の目的の邪魔になる者たちなのだ。

「約束しよう、ハリージュの若きナギよ。どのみち決着はつけねばならん」

そして、もはや残るアッ＝シャムスの族長《シャイフ》はひとりだけ。

「次に狙われるのは、間違いなくおれなのだ！」

❖ ❖ ❖

サハーラたちの隊商がアフダルの港についたのは、それから三日後のことだった。

アデリアにとっては、十歳のときに一度見ただけの港湾都市。記憶にあるとおりの日乾《ひぼ》し煉《れん》瓦《が》の色をしているが、規模はずいぶん大きくなっているように感じる。

街の中心に尖塔《マラーナ》に囲まれて建つ、巨大なドーム屋根の宮殿の偉観だけは、あのころと変わらず美しく、南方特有の鮮やかな色を惜しげもなく見せている。

（ああ、そうだわ。この街までサハーラが連れてきてくれた……。そしてこの街で……）

黄土色の街は、遠目からは細部の変化までは確認できないが、実際に馬を進ませていくと、迷路のようだった路地も、さまざまな民族で溢れる市《スーク》も、ずいぶん整備されている。

八年でこれだけ発展するからには、シャムス商人たちの力はなかなかのものだと、視界の邪魔になるローブを外しながら、アデリアはあたりを見回す。

そのとき、アデリアに向かってかけられたのだろう、声が聞こえた。

「……あっ……、あの金髪の女の人……!?」

何かと振り返ると、子供たちが数人、こちらを見ながら騒いでいる。

「うわぁ、女神ティティスだ！」

「すごい、きれいだねぇー。本当に金色の髪で、瞳は海の色だよ！」

聞き慣れた褒め言葉、見慣れた歓喜の表情——アデリアにとって、それは決して珍しい反応ではない。だが、それが市《スーク》に溢れる人波のなかへと伝播《でんぱ》していって、誰も彼もがこちらを振り返り、あげく膝を折って跪拝《きはい》する者まで出るとなれば、話は別だ。

港へ向かう道はびっしりと人で埋まっているのに、進むさきを塞いでいた人々までが、アデリアの一行を通すためにわざわざ空間をあけるのだ。

これがサハーラのためというなら、わからなくはない。

だが、人々の視線は、むしろアデリアにこそ注がれている。

「見ろよ、女神ティティスだ！　女神の化身の姫《アミーラ》さまだ！」

商人や船乗りならいざ知らず、市《スーク》に買い物に来ているだけの遊牧民や、ましてや子供までが、どうして女神ティティスを崇《あが》めるのか。

「わかるか？　これが、おれがあなたを欲した理由だ」

前を行くサハーラが、自慢げにアデリアを振り返る。

「でも、こちらは一神教のはず。験《げん》をかつぐ船乗りならともかく、普通の民に女神ティティスがどんな救いになるというの？」

「そうなのだが——まあ、ちょうど港も見えてきた。ご自分の目でたしかめるがいい」

言われるままに、視線を埠頭《ふとう》の向こうへと向ける。

蒼穹《そうきゆう》を仰《あお》いで、どこまでも広がる紺碧《こんぺき》のティティス海。

あちこちに停留している小型のダウ船の、群れなす蝶々のようにひるがえる帆の美しさが、目に眩《まぶ》しい。

「小型のダウ船は、ほとんどシャムス商船だ。おれが何を言いたいか、わかるか？」

騎乗したままアデリアは、船着場から湾を見下ろし、感嘆のため息をついた。

「ああ……、そうなの！　そうだったの……!?」

なぜ自分でなければいけないのか——ずっと疑問だったことが、ようやく納得のいく形で目に入ってきた。

十歳のときにも、この港を目にしたはず。

だが、恐怖と紙一重の記憶はひどく曖昧《あいまい》だ。自分を助けてくれたミランディア商船以外の船など、見えていなかったのだろう。

「でも、どうして？　どの船もすべて……？」

「千年の昔――海洋民族だったシャムスの祖先の文明は、ことごとく滅した。おれたちが再び海に出るためには、東方や西方の航海術を学ぶしかなかったのだ。――操舵《そうだ》術も、船舶《せんぱく》用語も、船乗りの習慣も、すべて含めて」

差しだすサハーラの指のさき、目に入るほとんどのダウ船の舳先《へさき》には、あまりにも見慣れた女神ティティスの像が飾られていた。

それ以外を探すのが困難なほど、どれもこれもアデリアを彷彿《ほうふつ》とさせる女性像だ。

「どうせなら美人の船首像がいいと、いつ、誰が思ったのか――シャムス人は女神ティティス信仰も、そっくりそのまま受けいれたのだ」

「でも、偶像崇拝は教義で禁じられているはず……？」

「堅いことは言いっこなしだ。おれたちは酒も飲むし、美人の像なら喜んで飾る」

「不思議だわ。ギリオス文明の後継者たるロンダール帝国でさえ、ここまでの女神信仰はないのに。――少なくとも、船首像の種類はもっとたくさんあるわ」

これほどに、シャムスの船乗りたちは、女神ティティスを信じている。

「シャムスの男は、白い肌に金髪碧眼《へきがん》の女に弱い――何しろ、西方の女はそういう姿だと頭に植えつけられているからな。あの船首像のおかげで」

言いつつサハーラは、眩しげに眼を細める。

その視線のさきに、巨大なガレー船、フローラ号があった。

「おれたちは海に関してはまだまだ素人《しろうと》だ。あんな巨大なガレー船を造っても、ろくな操舵《そうだ》もできない。水夫はいつもびくびくしている。だから、守りの女神が必要なのだ。ティティス海に乗りだすために。——いつか再び、シャムスが海洋民族の名をとりもどすために」

潮風に黒髪をなびかせ、褐色の肌を陽に輝かせ、青いターバンに青い上着《カフタン》——出会ったときの姿のまま、そこにある男。

「あの言葉……わたしを花嫁にすると言った、あのときからずっと、あなたはそのことを考えていたの？」

「おれはサハーラ・アッ＝シャムスだ。その名のとおり砂漠《サハーラ》を支配する男だ。陸路ならば、どんな難所も恐れはしない。——だが、それだけでは足りない。弱腰になる船乗りたちを率《ひき》いていくには、海の守りの女神が必要なのだ」

「あなたが族長《シャイフ》になったのは、いつ……？」

「四年前だ。おれの両親と叔母《おば》が死んだとき、叔父《おじ》は失意のなかで自ら族長《シャイフ》の座を退いた」

「——四年前？」

それでは八年前——十歳のアデリアと出会ったときには、まだサハーラは族長《シャイフ》にはなっていなかったのだ。それでも、いつか自分が立つ日がくると、信じていた。

そして、金髪碧眼の少女を望んだ。

——五年だ。あと五年したら、おまえをおれの花嫁にしてやる。

冗談のような求婚。

夢幻のような約束。

かなうことなどほとんどなかったはずなのに、それでも、わずかな可能性だけを信じて行動し続けたサハーラの隣に、いまアデリアはいる。

サハーラの夢をかなえる手駒《てごま》として。契約の花嫁として。

「船長！」

フローラ号から、サハーラを呼ぶ声がする。

見れば、帆檣《ほばしら》にしがみついた見張りが、大きく手を降っている。

「準備はできてますぜ。いつでも出港できます！」

それにサハーラは大きくうなずき、そしてアデリアのほうへと顔を巡らせた。

「女を連れていく場ではない。——たぶん、戦いになる。ジブリエールと正面切っての戦いに。だからこそ、アデリア・バジーリオ……おれにはあなたが必要なのだ」

差しだされた褐色の手は、民を導くにふさわしい頼りがいを感じさせる。

その手は、これから友人であった男を討ちにいく。

アデリアにとっても、仇《かたき》である男を。

冷酷《れいこく》に不要な者を排除したそのさきで、唯一の存在になろうともがく、異様の男を。

甲板を見上げれば、忙しく立ち働く水夫たちの顔も、いつになく緊張している。

恐ろしくないはずがない。

最速の船に乗り、誰よりもたしかな操舵《そうだ》で風を捉え、大砲という武器まで持って、わがもの顔にティティス海世界を荒らしまわってきた、最強のバルバディ海賊を相手にするのだ。

誰だって怖い。命は惜しい。生きて帰れるかと、不安は常につきまとう。

だから船乗りたちは、迷信にだって頼るのだ。

微かでも、わずかでも、それが力になってくれるなら。

「行きます、サハーラ・アッ＝シャムス。わたしは女神ティティスの化身ですから」

言ってアデリアは、サハーラの手に、自分の手を添える。

（ジブリエール・アル＝ファルド、孤独な夜の大天使《レイラ・マラクーン》。——今度まみえるときは、砲弾が飛び交う場で……あなたの言葉が本当になるわ！）

❖　❖　❖

「ハリージュのナギ、大砲をあつかえるか？」

フローラ号の甲板で、ガレー船の巨体に驚いている新参者に、サハーラが問う。

「あつかえます！　おれは守り岩の砲手です！」

「よし。砲撃手をまかせる。船首にカノン砲がある。砲身と砲架《ほうか》は、おまえの撃ちやすい仰角《ぎょうかく》に固定していいぞ。とにかく命中率をあげろ」

「はい！」

思わぬところで役目ができたナギは、瞳を輝かせて飛んでいく。

それを横目で見ながら、アデリアがサハーラに問う。

「フローラ号にいつから大砲が？」

「ああ、この港についてすぐに設置させた。──だが、ろくな砲撃手がいなかった。ナギに出会えたのは幸いだった。ハリージュには守り岩と呼ばれる要塞がある。砲台が置かれて、常にティティス海を見張っている」

アデリアの問いに、サハーラは神妙な面持《おもも》ちで答える。

ジブリエールの暴挙を予感していたのに、止めることができなかった、その懊悩《おうのう》は深い。

出航前の忙しさが、いまは救いだ。よけいなことを考えまいと、次々に命令を出していく。

「もう乗ってくる者もいない。舷門《げんもん》の縄ばしごをあげてしまえ！」

言われて舷門に走った水夫が、そこに何かを見つけ、ひっ！　と叫んで足を止めた。

「──ア、アデリアさまぁ……！」

珍妙な声が響き、登ってきた何かが、縄ばしごの上端をつかんだ。

まるで水死体のような、ぶよぶよと膨れた白い手だ。大事な戦いに向かおうという矢先に、海から悪霊でも湧いてでたのかと、誰もがゾッと肝《きも》を冷やしたとき。

「ひ、ひどい……！　お、置き去りにするとは、あんまりですぅ……」

縄ばしごをよじ登って、ぬっと顔を出したのは、なんとフィリッポ枢機卿《すうききょう》だった。

（あらいやだ、すっかり忘れていたわ、あの方のこと……！）

ここ数日、さきを急いでいたアデリアたちは、隊商とは別行動をとっていたから、フィリッポ枢機卿もそちらに置いてきたつもりだった。

だが、どうやら皇女をお守りする使命に燃えた聖職者は、ロバに揺られて必死に追いかけてきたようだ。

赤い聖衣は黄土にまみれて茶に変色しているし、汗だか海水だか判別もできない濡れ鼠《ねずみ》状態だし、甲板に這《は》いあがったとたんにばったりひっくり返るしで——おいおい死霊じゃないか、と水夫たちがささやきあう。

だが、息をするたびにぶよぶよのお腹が上下するから、生きてはいるようだ。

「フィリッポさま……だ、だいじょうぶですか？」

恐る恐る覗《のぞ》きこめば、土気色の顔が、ようやくという感じで口を開く。

「な、なんとか生きとります……。そちらは馬で、こっちはロバで……追いつくほうが無理というもの……。こ、今度こそ、死ぬかと……」

などと言いつつ、出航直前に追いついたのだから、根性だけは並みではない。

「こ、こうにゃったら……どこまれもお供いたしますれす！　フィリッポ・デ・サンティス、アデリアさまに命をおあずけしまふぅう……」

珍しくも語尾がへろへろだ。

それに、命などあずけられても、迷惑なだけ。

聖職者という唯一の価値は、宗教が違う以上、なんの役にも立たない。

「アデリア、どうする、あの赤らブタ……。いっそ放り出すか？」

サハーラもあまりに鬱陶《うっとう》しい姿に、アデリアの耳許《みみもと》に最後の手段を持ちかけてくる。

「いいえ、それはできません。――この砂漠に、役に立たないものなどないのですから、きっとあの方にも、なんらかの役割はあるはず……と、思いたいのですが……」

「だが、船にブタを積むのは、水夫たちがいやがるんだが」

そのブタあつかいがそもそも違うから、とアデリアは肩を落とすのだった。

❖　❖　❖

「漕《こ》ぎ方はじめ、微速前進。湾を出る！」

サハーラの声が甲板に響きわたり、両舷から突き出た櫂《かい》がいっせいに動きだす。

艫綱《ともづな》が外され、光溢《あふ》れる鮮やかな海面を、フローラ号は白波を立てて進みはじめる。

さすがにもう海坊主《うみぼうず》も海ブタも、よじ登ってくる気配はない——と思ったのだが。

「サハーラ！　置いてかないでよぉー！」

埠頭《ふとう》で叫んでいるのは、なんとターラだ。

昼間というのに覆い布《ヒジャブ》も被《かぶ》らず、薄衣の内衣《ミンタン》に、緩《ゆる》いシャルワールという、なんともなやましい姿である。

「ターラ、おまえ、なんだその姿は？　奴隷女《どれいおんな》にでもなったのか？」

「奴隷商人に、売られたのよぉ！　もーっ、ジブのやつ、わたしを売ったの！」

サハーラは冗談交じりに言ったのだが、本当にそのとおりだった。

ジブリエール・アル＝ファルド、邪魔者を排除するのに、手段を選ばない男だ。

「ふむ、この街で、よくアッ＝シャムスの女を買う奴隷商人がいたものだ」

感心しきりのサハーラに、ターラが必死に訴える。

「そういうこと言ってる場合？　さっさと乗せてよ！　ジブを追うんだから！」

「だめだ、おまえは留守番だ。足手まといになるだけだし。——ああ、ちょうど奴隷商人たちが追いかけてきたぞ。おまえ、逃げだしてきたな」

見れば、ターラの背後から、異国の服を着た男たちが迫っているではないか。

「逃げてきたのよっ！　捕まったら売られちゃうのよ。それでもいいのっ⁉」

「ああ。うるさい女がいなくなって清々する。せいぜい高く買ってもらえ」

「も、もーっ！　サハーラのバカァ！」

叫びながらもターラは、つかみかかってくる男たちをかわして、殴《なぐ》ったり蹴《け》ったりと、大立ち回りを演じている。さすが、男勝りを自認するだけある。

「ターラさんを見捨てていいのですか？」

船縁から身を乗りだして焦るアデリアだが、サハーラは心配するふうもない。

「ジブリエールが、ターラを奴隷商人に売るわけがない。あの連中はターラを捕まえておけと頼まれているだけだろう。鎖にでも繋《つな》いでおかないと、あのお転婆《てんば》は、密航でもなんでもしてジブリエールについていくからな。――しかし、これでまた婚期が遅れるな」

「はあ……たしかに見事な暴れっぷりですが」

じたばたと盛大に暴れるターラを呑気《のんき》に見ながら、サハーラがくすっと笑う。

「――いまでも覚えている。ターラが笑った日のことを」

「え？」

「生まれて何日めだったか……。くしゃくしゃな猿みたいな赤ん坊を、こんなものが本当に育つのかって、ジブリエールが恐る恐る抱いていたときだ」

ターラが初めて笑ったのだ、とサハーラは懐かしげに言う。

無心に両手をばたつかせ、ジブリエールの顔をぱしぱしと叩きながら。

まだなんの色にも染まっていない心で、赤ん坊は自分をあやす男を見て笑った。

その瞬間のジブリエールの驚きを――銀灰の瞳を潤ませた涙を、サハーラは忘れない。

「白い肌だろうが、銀髪だろうが、こだわることなくジブリエールの姿を見ることのできる娘、ターラを得て初めて、ジブリエールは自分の姿を厭《いと》わずにすむようになった」

そこまで言って、再び思い出し笑いをする。

「赤ん坊が最初に口にする言葉は、『お母さん《ウンム》』か『お乳《ハリーブ》』が多いものだが。ターラが最初に覚えたのは、『ジブ』だったなぁ」

「あ……？」

そういえば、行き遅れの義妹《いもうと》の子供っぽさを、ジブリエールは嘆いていたが、甘ったれた幼児語で『ジブ』と呼ぶことは、放っておいた。

――ジブはシャムスでいちばん強い男だもん。

ターラにそう呼ばれることがジブリエールの幸せだったのなら、夜の大天使《レイラ・マラクーン》は決して孤独なだけの男ではなかったのだ。

懐かしく、やさしい記憶を、その心のうちにちゃんと持っていた。

「――でも、それほどに愛する人がいて、どうしてジブリエールは……？」

悪に走ったのか、とアデリアの問いに、サハーラは苦渋《くじゅう》の色を浮かべる。

「四年前……叔母が死んだからだ。些細《ささい》な部族同士の小競《こぜ》り合いに男たちが出払っていたとき、女子供が残った野営地が襲われた」

サハーラの両親も、ターラの母も、そのときに死んだ。男たちが戻ったとき、ターラの母は娘を自分の身体《からだ》でかばうようにして、息絶えていたという。

「そして、ジブリエールは変わった。他国からはバルバディ海賊と恐れられ、一方で、同胞《どうほう》すら手にかける、夜の大天使《レイラ・マラクーン》となった。シャムスが部族同士で争うかぎり、今度は本当にターラが失われるかもしれない――それだけは、耐えられなかったんだろう」

「だから、シャムスをまとめるために、あなたとは反対の方法を選んだと？」

「そうだ。おれは手ぬるいのだそうだ」

サハーラは、話しあいで連合国家を造ろうと考えた。

だが、ジブリエールは、すべての邪魔者を始末すれば、否応《いやおう》なしに王座が転がりこんでくると考えた。たとえそれが血塗られた王座であろうと、シャムスをひとつの国にするには、誰もが従う強い王が必要なのだと。

戦い奪う王座――それもまたひとつの方法《へんぽう》ではあるのだ。現に、西方の専制国家は戦いの果てに築かれ、唯一の王のもとで強国へと変貌しはじめている。

「おれが……ジブリエールを討《う》つのか？　ただ、ターラのために、悪と知りつつ暴挙に走った男を、おれが討つのか……？」

サハーラは船縁《ふなべり》にうつぶせるようにして、声を殺す。

「――だが、おれしかいない！　他の者の手にはかけさせられない、決して……！」

❖ ❖ ❖

「えっ⁉　男装するのですか、わたしが？」

フローラ号の見慣れた船室に入ったとたん、サハーラに男物の衣装を突きつけられて、アデリアは目をぱちくりとさせる。

「これから行くのは巡礼の旅ではないからな。ドレス姿では砲弾が飛んできても、甲板を駆けまわることもできん」

「ああ、そうね……。だめね、わたし、そんなこともわかってないなんて……」

戦闘経験など皆無のアデリアだ。動きやすい服に着替えるというそれだけのことすら、説明されるまでわからない。かえって足手まといになるのでは、と不安になってくる。

「わからなくてもいい。あなたがいるだけで、船員たちは安心する。――それより、気が早いかもしれないが、頼みがある」

「はい？」

「無事にアフダルの港に帰ることができたら、そのときはこちらを着てもらえるか」

サハーラは男装用の服が入っていたのとは別の衣装箱を、ぱんと叩く。

見覚えがある。フィリッポ枢機卿が、花嫁衣装ではと言っていた、例の金色のドレスが入っている箱だ。隊商宿《キャラバンサライ》でも天幕でも、ずっとアデリアのそばに置かれていたが、わざわざこの強行軍のなかを運んできていたとは、驚きだ。

「実家に帰るときに、あなたに着ていただこうと思っていたのだ」

「ご実家……というと、アッ＝シャムスのですか？」

「そう。山ほどいる親類縁者に、さっさと結婚しろ、と言われ続けていたんだ。こんな美人を妻にしたぞ！　と見返してやりたい」

「あ……、やっぱり男としては遅い結婚だったのね」

「交易商として旅暮らしが多かったから、独り者のほうが気楽だったんだ。——ああ、おれには遠慮《えんりょ》せず、着替えをしてくれ」

だが、そのまま呑気《のんき》に寝台に座りこんでしまった男を、気にしないわけにはいかない。

「あの、でも……」

「どうぞ。おれはここでゆっくり待たせてもらう」

「と、殿方《とのがた》は……女性の着替えを見るものではありません！」

「いまさら言うかな。知らない部分などないくらい、さんざん見てきたのに。それに、あなたは着付けが下手《へた》すぎる。男物ならおれも少しは手伝えるし」

「いくら下手でも、男物の衣装くらい着られます！」

「まあ、細かいことは言わずに。——これが最後になるかもしれないのだから」

はっ、とアデリアは顔を強《こわ》ばらせる。

敵はティティス海世界でもっとも恐れられる、夜の大天使《レイラ・マラクーン》。冗談ではなく、サハーラといっしょにすごせる時間は、これが最後になるかもしれないのだ。

ここのところずっと、サハーラに抱かれていても、少しも心が通った気がしていなかった。

このままで終わってしまったら、きっと後悔する。

(わたしも、少しターラさんを見習わなければ……)

男装して、密航して、あげく奴隷《どれい》に売りとばされても、ジブリエールを慕《した》い続けるターラの情熱こそ、女を輝かせるものなのかもしれない。

恥ずかしいなどと言っている場合ではないと、アデリアは自分から寝台に歩みより、横たわっているサハーラのそばに腰をおろす。

「——では、脱がせてくださいますか?」

それでも羞恥《しゅうち》は隠せず、頬《ほお》を盛大に赤らめながらねだる。

「いいのか?　そんな楽しいことをして」

嬉々としてドレスを脱がせはじめたサハーラだが、すぐに苛立《いらだ》ちを露わにする。

「くそっ……!　なんで西方の衣装は、紐《ひも》ばかりなんだ?」

そういえば、普段のサハーラは、使用不能になるほど乱暴にドレスをむしりとっていた。

「もしかして……意外と不器用なのですか?」

「不器用ではない！　ドレスをあつかい慣れていないだけだ。それに、おれの相手は、自分から脱いでくれる女ばかりだったからな」

あれこれと言い訳をしながら、シュミーズやコルセットの紐と格闘しているさまが、まるで少年のようで、なんとも可愛《かわい》いらしい。

ふふ……と、思わず笑いをこぼしたアデリアを、漆黒《しっこく》の双眸《そうぼう》がねめつける。

「いま、笑ったな」

「だって、あなたが赤らブタ呼ばわりした、フィリッポさまなんか、侍女《じじょ》と懺悔室《ざんげしつ》にこもって、脱がせて、ことをおえて、着せつけて、出てくるまで二十分ですよ」

「早っ！」

「聖職者が誇れる特技ではありませんが、誰にでも取り柄はあるもの」

「それはそれで、なんというか……手練《てれん》の技だな」

「で、そちらはまだかかりそうですね」

「こんな紐の一本や二本……引きちぎればすむのだが、今日はやさしくしようと決めている。このところ乱暴だったから……」

「では、わたしはのんびり待っていますね」

言ったとたん、サハーラの腕に抱き締められて、強く乳房を吸われていた。

「あっ……？　え？　やさしくしてくださるんじゃ……？」

「やめた！　おれには似合わん。ただでさえ貴重な時間を、こんなことで無駄にできるか」

「本当にもう、わがままな人……」

だが、アデリアもそろそろおとなしく待っているのに、焦れていた。邪魔なパニエを脱いで、サハーラの身体を跨《また》ぎ、最後に残ったコルセットを自ら外しはじめる。

そのあいだも、サハーラの手が両胸を揉《も》むから、自然と息が弾んでくる。

「あの……、こんなことをしていて、いいの……？」

「陸が見えているあいだは、ジブリエールはしかけてこない。——むしろ、いまだからできる。揉んだり、弄ったり、摘んだり……」

言葉通りにサハーラは、指先で摘んだり、唇で食《は》んだりして、アデリアの乳首をくりくりと転がしはじめる。それが、つんと形よく立ちあがってきたのを見ると、もう一方の手を下肢《かし》へと滑らせていく。

淡い茂りの奥で、すでにぷっくりと膨らんでいる花芽《はなめ》を摘まれただけで、全身に甘い痺れが走る。こういう手技なら器用すぎるほど器用なのに、とアデリアはうっとりと笑む。

「あ……そこ……。んっ、いい……」

「ここが好きだな。擦られるのと、摘まれるのと、どっちがいい？」

「ん、ふっ……どっちも、好き……」

「どっちもか。淫乱《いんらん》な皇女さまだ」

いつもの責め言葉を吐きながら、サハーラは悪戯《いたずら》な手を蠢《うごめ》かす。

潰して、引っぱって、転がしてと——そのあいだも、むろん乳房を揉むのは忘れない。片方は舌で、片方は指で。みっつの粒がまっ赤に熟れるまで執拗《しつよう》に攻めたてるのだ。

「あっ、んんっ……そ、そこだけじゃ、いや……」

丹念な前戯《ぜんぎ》は嬉しいが、これが最後かもしれないと思えば、一刻も早くいちばん深い場所で感じたいと、心も身体も素直にサハーラを求めていく。

「もう……挿《い》れて、あれが欲しいの……」

「ん？　あれとはなんだ？」

「だから……あなたの、長くて、太くて、とっても熱い……」

腰を揺らしながら望みを告げると、サハーラの漆黒の瞳が欲望に輝く。

「長くて太いものが好きか。蛇嫌いはどうやら治ったようだな」

言いつつ、内衣《ミンタン》の前を開いて、すでに興奮に頭をもたげた一物をとり出した。

「ああ……、大きい……」

アデリアは知らずに、ごくりと喉《のど》を鳴らしていた。

「しかし、蛇嫌いとは。何かいやな思い出でもあるのかな？」

「ええ……。昔、巡礼の船が難破して、南方の街に迷いこんでしまったことがあって」

「は？」

何やら覚えのある情景に、サハーラは戸惑いに眉を寄せる。

「路肩に人のよさそうなお爺《じい》さんが、籐籠《とうかご》を前に笛を吹いていて……。やさしそうな方なので道を教えてもらおうと、声をかけたとたん――籠の蓋《ふた》が開いて、まっ白なコブラが、ぬっとわたしの目の前に……！」

言いつつアデリアは、まさにコブラのごとく立ちあがったサハーラの一物に、自らの秘部を押しつけて、あられもなく腰を蠢す。

どくどくと伝わってくる脈動を直に感じて、身の奥が痺《しび》れる。じんわりと蜜口《みつくち》から溢《あふ》れてきたものが、見る間に花弁を濡らしていく。

「あれは蛇遣いだったのでしょうね……。でも、あのときは、ただもう怖くて……」

まだ十歳――少女の細い首にまきついてくるコブラは、恐ろしいだけで。

無我夢中で振りほどき、日乾《ひぼ》し煉瓦《れんが》の迷路のような街を、恐怖に泣き叫びながら逃げまどったあげく、どんとぶつかった通行人がミランディア商人だった。

結果はよくても、経過が最悪だった。

「えーと……それは、作り話とかではないのだな？」

サハーラが、ひきつり笑いで確認してくる。

「作り話なら、どんなによかったことか。――あのとき街まで案内してくれたご親切な方が、もう少しだけそばにいてくだされば、蛇嫌いにもならずにすんだのに……」

でも、こっちのコブラはとってもすてき、とアデリアはうっとりと笑みながら、亀頭部のくびれのあたりに、赤く色づいた花芽を擦りつける。

それが、自分を穿《うが》つ瞬間を思うだけで、じわりと蜜口から何かが溢れていく。

「ふ、うっ……。こんなご立派なものを見て、失神したなんて……。でも、あのときわたしを放りだした方が悪いのだから――これって、因果応報《いんがおうほう》とかいうのかしら……？」

とんでもない逆恨みを、甘い喘《あえ》ぎ声で告げられて、サハーラはふてくされる。

「ああ……。だが、結果的にその親切な男が、あなたの蛇嫌いを治してやったわけで……」

「まだ蛇嫌いは治ってないけど。これは……それほど嫌いではなくなったわ……」

「ふうん……。嫌いではない、程度か？」

不満げに鼻を鳴らしたサハーラの腕が、アデリアを抱えこむ。

そのまま乳房に顔を埋めるようにして、凝《しこ》った先端をさんざんに嘗《な》めまわされて、ついでに太い幹で、股《また》ぐらをぐりぐりと擦られて、アデリアはついに降参の悲鳴をあげる。

「あんっ……！　す、好き……！　好きだから、もう挿れてぇ……！」

「好きなら自分で挿れてみろ」

「え……？」

考えたこともないことを言われて、アデリアは陶酔《とうすい》のなかから引き戻された。

サハーラの熱塊は、すでにみっしりと量感を増して、昂《たか》ぶっている。

（これを、自分で挿れる……？）

それは、ただ抱かれるだけより、背徳に満ちた行為のように感じられる。

だが、いまならなんでもできる。このあとに待ち受けている戦いのことを考えまいとするかのように、淫《みだ》らな行為に耽溺《たんでき》していく。

（そう……。これが最後と思えば、なんだってできるわ……！）

アデリアはシーツに膝立ちしたまま、雄々《おお》しく勃《た》ちあがったものに手を添えて、熱い切っ先を膣口《ちつこう》に押し当てる。羞恥《しゅうち》に肌を灼《や》きながらも、自ら腰を落としていく。

「……くっ……、ふ、うんっ……！」

だが、思った以上にそれは難しく、亀頭《きとう》部がおさまったあたりで、動きが止まってしまう。

「おや、それで満足なのかな？」

蛇ネタでからかった仕返しなのか、サハーラだとて、もうじゅうぶん焦れているはずなのに、自分から突きあげようとはしない。アデリアの尻を撫《な》でながら、いっぱいに開かれた柔襞《やわひだ》から溢れてくる蜜を掻《か》きまわすように、ゆるゆると腰を蠢《うごめ》かすだけだ。

「ああっ……！　く……ふぅっ……！」

「すごいな。なんでこんなに濡れてるんだ？　もうびしょびしょだぞ」

「ん、あっ！　だ、だって……ほ、欲しいからっ……！」

腰を揺らめかせば、逞《たくま》しく育ちきったものを咥《くわ》えこんだ花弁が、卑猥《ひわい》な水音を立てる。

褐色《かっしょく》の両手が尻を揉むたびに、隙間《すきま》から漏れでる体液の量も半端ではなく、サハーラの太腿《ふともも》を濡らしているだろう。

そのぬめりを借りて、なんとか腰を沈めようとするのだが、どうにも上手《うま》くいかない。

「あ、だめぇ……！　お、お願い、挿れて……！」

必死に目の前の男にとりすがれば、低い声音《こわね》が耳朶《じだ》にささやきかけてくる。

「挿れるのは簡単だ。教えてやる。両脚をあげて、おれの背に絡ませるんだ」

「え……？　あ、脚を……？」

それには座りこむ体勢に変えなければと、アデリアが言われるままに両脚を崩したとたん、ずるっと尻が沈みこんで、入り口付近に引っかかっていたものが、一気に迫りあがってきた。

「……ヒ……、やあぁっ……!?」

ほとんど一瞬の出来事だった。肉の隘路《あいろ》を無理やり開かれ、ずんと鋭い突きで深部を貫かれ、眼裏《まなうら》がまっ赤に染まるほどの衝撃が、アデリアの全身を震わせる。

いっぱいに張りきった猛《たけ》りが、隙間《すきま》もないほど内部を満たし、膣壁《ちつへき》からとめどなく滲《にじ》んでいた愛液が、ぐちっと音を立てて溢れでていく。

「あっ、あうっ……！　なっ!?　は……んんっ……！」

「ほら、入った。初めてにしては上手だぞ。褒美《ほうび》をやらねばな」

手伝って欲しいときは何もしてくれず、混乱状態に陥《おちい》ったと見るや、サハーラはいきなり遠《えん》慮《りょ》ない律動を開始した。座位のままでアデリアの尻を両手でわしづかみ、ほとんど振りまわすように上下に揺さぶるのだ。

「ひっ、はぁっ！　や、やっ……あうぅ……！」

ろくに意味のある言葉も継げず、アデリアは全身に満ちた苛烈《かれつ》な官能に溺《おぼ》れていく。

巨大な熱塊が、膣壁を擦っては奥を抉《えぐ》る感触が、よくてよくてたまらず、自らサハーラの背に両脚を絡めて、夢中でしがみついていく。

「あ、ふうっ……すごっ……い、いいっ……！」

湧きあがってくる官能の波頭は、激しくアデリアの身のうちを洗う。

豊かな糧《かて》を与える海は、ときに思わぬ激しさで岩礁《がんしょう》すら砕く——それと同じ強さのものが、ふたりのなかを暴れまわっている。

渦巻くそれに、好き放題に揺さぶられて、もう止められない。

「あっ、あっ……サ、サハーラっ……！」

咥《くわ》えこんだ男もろとも、アデリアはぎゅうっと強く膣口を絞り、また、勢いをつけて身体《からだ》を揺らす。もっと強く、もっと激しく、もっと身近に感じたいと。

いっぱいに広がった亀頭部で敏感な箇所《かしょ》を擦りあげられるたび、内部の粘膜がそこだけ別の生きもののように蠢き、呑みこんだものに絡みついていく。

「ふ、自分で揺さぶるのか？　ゆっくりしてやろうと思ってるのに……」

「や、あんっ……、し、知らないっ……。あ、あれっ、おっきい、からぁ……！」

われを忘れて喘ぐアデリアは、サハーラの黒髪を掻き抱き、大きく割り開いた両脚で褐色の胴体を締めつけ、つながった部分だけに全体重をかけるようにして、より深い交合を求めて腰をうねらせる。

「くっ……！　なんてきつい……」

痛いほどの締めつけのなか、サハーラもまた、しばらく続いていたすれ違いを払拭《ふっしょく》しようとするかのように、激しく突きあげ、引き抜き、思うさまその感触を味わっている。

「はあっ…、サ、サハーラっ……！　なかが、なかが熱いのぉ——…！」

「ああ、おれもだ！　燃えつきそうに、熱い……」

「ダメぇ……まだ尽きちゃ……！　もっと、もっと、してぇ……」

何が足りないのかもわからず、自らの指を食みながら誘いかけるアデリアの瞳に、長い睫《まつげ》の影が降りかかる。

「まだ満足できないか？　強欲な皇女さまだ。——では、これでどうだ？」

アデリアの色香にあおられたのか、サハーラは双丘《そうきゅう》を軽々と支えあげると、結合部分の隙間に指を捻《ね》じこんできた。ぐりっ入りこんでくる異物が、ただでさえいっぱいに広がっている蜜口を、さらに押しひらこうと蠢く。

「あふぅ……っ！　なっ……？　そっ、指っ……⁉」

節の太い指で粘膜を擦りあげられ、アデリアはたまらず、いやいや、と首を振る。

「やっ……ひ、開く……！　ああっ……、さ、裂けちゃうぅ……！」

「それくらいがいいくせに。これに慣れたら、本当にもう他の男では満足できないぞ」

「んっ……他なんて、いらないっ……！　あ、これ……これだけでっ……」

サハーラだけでいい、とアデリアは呑みこんだものの感触を味わいながら、自ら腰を上下させる。ギシギシと寝台が軋むたびに、アデリアの胸もまた息苦しいほどに高鳴っていく。

「あ、ふぅっ！　サハーラ……いっ、んんっ……！」

ひっきりなしに嬌声《きょうせい》をあげる口から、艶《つや》めく舌を覗《のぞ》かせて誘いかければ、すぐにも食《は》みあってきた唇が、熱い吐息をアデリアの口腔《こうこう》内へと送りこんでくる。

極上《ごくじょう》の葡萄酒《ぶどうしゅ》を味わうように、うっとりとした仕草でサハーラはアデリアの唇を嘗《な》めとる。

同じほどに自分も酔っているのだと、アデリアもまた夢中でサハーラの舌を吸う。

舌を絡めあい、互いの蜜を嘗めあい、貪るように嚥下《えんげ》したそれが、喉《のど》を灼き、胸を灼く。

そうしながらも、サハーラの上下動はさらに激しさを増していく。

つながった部分が擦れるたびに、湧きあがってくる快感にザワッと肌が戦慄《わなな》く。

もっと濃厚な口づけを味わっていたのに、内部から湧きあがってくる熱と官能が、どうしようもなくアデリアの背をしならせる。

両手でサハーラの首につかまって、全身を大きく弓なりに反らせば、太陽の色の金髪が汗を弾かせながら宙を舞う。

瞬間、ぐるりと視界が奇妙にぶれたような気がした。

船の揺れのせいなのか、出入りする男の激しさのせいなのか——どちらにしろそれは、アデリアを、恍惚《こうこつ》の高処《たかみ》へと追いあげていくだけだ。

「い、いやぁぁ……、も、もう…、変になっちゃうぅ——…！」

膣壁を満たす悦楽に、陶然《とうぜん》とするアデリアを抱き締め、サハーラは豊満な胸に顔を埋めるようにして、ふたつの乳首を代わる代わるしゃぶる。

ただでさえ敏感なそこを、舌先で転がされたり、吸われたり、甘噛《あまが》みされたりすると、下半身の快感との相乗効果で、何倍もの愉悦《ゆえつ》が生まれるのだ。

その刺激で蜜口が閉まり、すでに限界を超えて、湧きあがる吐精《とせい》感に身を震わせるサハーラの昂ぶりを、これでもかと締めあげる。

「くっ…！」

お返しとばかりに、ずぐりと奥を抉られて、飛んでいきそうな恐怖に、アデリアはサハーラの背にギリッと両手の爪を食いこませる。

「よくもやる……！」

唸った男が、ひときわ強い突きを送りこんできて、アデリアの喘ぎも淫らに散るばかりだ。

「ひいっ……！　あ、んんっ…！　そ、そこ、もっとぉ——…！」

隙間《すきま》なく身体を重ね、唇も、胸も、性器も、同じほどに熱い体液に濡らし、燃えあがっていく愉悦の鮮烈さに、目が眩《くら》む。

「は、ああっ……！　いいっ！　なかに出して、うんといっぱい――……！」

「くそっ！　おれまで、もっていかれそうだっ……！」

サハーラが切れ切れに呻いたのと同時に、アデリアの身のうちがびくびくと痙攣《けいれん》して、唐突にその瞬間はやってきた。奥深くに勢いよく放たれた精の熱さをいっぱいに感じながら、アデリアは絶頂の海へと溺れていく。

女であることの、哀しさと悦びを内在させた場所――そこを、ぐっしょりと濡らしていく男の体液は、きっと海と同じ色をしているのだろう。

「ああ……サハーラ……、わたしの夫……！」

アデリアの、そのつぶやきを最後に、言葉は消える。

あとにはただ、愉悦の高処に駆けのぼるふたりの荒い息づかいが響くだけ。

8 輝ける左手

心地よい北西風《マエストラーレ》のなか、アデリアは男装姿でフローラ号の甲板にいた。

金髪を首の後ろでひとつにくくり、男物の衣装に身を包んでいるのに、それでも女海賊にはとうてい見えない気品は、周囲から浮きまくっている。

船首に近づき、無心にカノン砲の整備をしているナギの背後から、問いかける。

「大砲って、動かせないの？」

「できませんね。まず砲架《ほうか》をしっかり固定させる。砲身を乗せて仰角《ぎょうかく》を決めてから、これもしっかりと連結させる。それが甘いと、発射時の反動を受けきれずに、砲身が爆発しかねない。いずれは移動式の大砲もできるでしょうが、まだまだ鋳造《ちゅうぞう》技術が追いついていない」

「ナギは詳しいのね」

「大砲はおれの専門だから」

言いつつ振り返ったナギは、そこにアデリアの姿を見つけて、あっ！　と声をあげた。

「頼りにしてるわ。ハリージュの力を存分に発揮してくださいね」

「は、はい！　おまかせてください！」

アデリアに褒《ほ》められて、ナギはまっ赤になりながらも、顔を緩《ゆる》ませる。

そこへサハーラがやってきて、そっとアデリアに耳打ちする。

「女神ティティスの威力だな。あなたが微笑んでくれるだけで、みなやる気を起こす」

「でも……それだけでは、マラクーン号には太刀打《たちう》ちできないわ。——ナギの説明だと、大砲は正面の敵しか撃てないのね」

「そういうことだ。そこで船自体の機動性が重要になる。マラクーン号はフローラ号より素早く動ける。あの船の船首がこちらを捉えたら、撃たれる覚悟をするしかない」

「……ええ……」

本当にこの穏やかな海が戦場になるのかと思うと、アデリアの胸は痛む。

(女神ティティスよ、どうぞあなたの息子たちをお守りください……！)

せめて祈るしかできないのに、それすら天に座する大神には興味もないだろうか。

「船長ー！　右舷前方、マラクーン号だ！」

甲板に響いた見張りの声に、水夫たちのあいだに緊張が走る。

「突っこんでくるぞっー！」

サハーラは船舷に駆けよって、水平線のかなたを凝視する。そこにぽつんと現れた小さな影が、見る間に船の輪郭《りんかく》をかたどっていく。あいかわらず、すさまじい速さだ。

「体当たりはない。白兵戦なら人数の多いこちらが勝る。あいつは撃ってくる！」

サハーラが言い終わるか終わらないかのうちに、マラクーン号から硝煙《しょうえん》があがり、あたりの静けさを打ち破る轟音《ごうおん》が響いた。

わずかに弾道が高いと見て、一瞬の判断で、命令をくだす。

「来るぞ……！　全員、伏せろ！」

サハーラの叫びが終わらないうちに、ドォーン！　と激しい爆音とともに、船体が痙攣《けいれん》するように揺れる。ギギと不安を煽《あお》る音とともに主檣《しゅしょう》が折れて、上端部が甲板へと落ちてきた。

「くそっ！　慌てるな、体勢を立て直せっ！」

もともとガレー船にとって、帆は補助的な役割でしかない。この一撃でいきなり航行不能になるわけでもないが、命中率の悪いはずの砲弾が帆檣《ほばしら》を撃ち倒したことで、船員たちのあいだに動揺《どうよう》が広がっていく。

あれが夜の大天使《レイラ・マラクーン》の力か、と怯《おび》えの吐息が甲板に満ちる。

「どうして……、なぜ当たるの？　命中率は悪いんじゃなかったの？」

アデリアが唖然《あぜん》とつぶやき、サハーラはチッと舌打ちする。

「ジブリエールは悪運が強いのだ」

「違うわ！　あっちの砲撃手が巧いのよ。ジブリエールは強い――あなたはずっとそう言ってきた。その理由があれなのでしょう⁉」

「……そうだな。悔しいが、そうだ」

たしかにサハーラは、ジブリエールはもっとも強い男だと言ってきた。

だが、友の強さを認めるのと、実戦で負けを認めるのでは、わけが違う。

「こちらは、圧倒的に海戦経験が少ない」

船長として舵《かじ》を握ってきたが、それでもサハーラは交易商なのだ。

ティティス海世界をめぐり、街や市《スーク》に立ち寄っては、商品を売りさばくのが生業《なりわい》。

だが、ジブリエールはとことん戦士だ。大砲を駆使した戦闘技術を、ジブリエールは実戦のなかで磨いてきたのだ。

でも、とアデリアは、疑問に思う。

「これだけの命中率があれば、最初にフローラ号に出会ったとき、祝砲なんて呑気《のんき》に言ってないで、船を狙えたはずなのに」

「あのときとは状況が違う。今回はジブリエール追撃のための出航――シャムスの民がひとつになって、憎きジブリエール撃退の報《しら》せを待っている。その期待を叩き潰すのが、ジブリエールの目的なんだ……！」

シャムスの民にとって、最後の望みのサハーラを討つ。

完膚《かんぷ》無きまでに、もっとも強い男は自分だと見せつける。

凱旋《がいせん》の港は、声ひとつなく静まり返ることだろう――夜の大天使《レイラ・マラクーン》の残酷《ざんこく》な支配を予感して。

「だめよ……ジブリエールの思いどおりにさせては、だめ！」

だが、そんな論議をしている場合ではない。そのあいだにも、フローラ号の右舷前方に回りこんだマラクーン号の大砲が、再び火を噴いた。

ドォォーン！　と巨大な破裂音とともに、フローラ号の舳先《へさき》部分が砕け散った。

衝角《ラム》と呼ばれる長大な突起が設けられていたあたりが、見事になくなっている。もともと装飾の意味合いが強かったものだから、衝角《ラム》などなくても困りはしないのだが。

「見ろっ！　せ、船首像がっ……!?」

水夫のひとりが、悲痛に叫んで、海を指さした。

甲板にいた者たちが、いっせいに船舷《せんげん》の向こうの海面を見やれば、さっきまで悠然《ゆうぜん》と船首を飾っていたはずの女神像が、無残な姿で浮きつ沈みつしている。

「いまの衝撃で、船首像が壊れたのか……!?」

この巨大な内海を渡る船乗りたちにとっては、唯一無二の守りの女神。

その像が、木っ端に砕けて、波に洗われている。

「たかが船首像だ。船体に穴が開いたわけでも、浸水しているわけでもない！　船大工は航行に影響がないかを調べろ！」

サハーラが命じても、水夫たちの動きは鈍い。

「もう、だめだ……」

ひとりの意地がくじけて、その場にしゃがみこむと、次々にそれに倣《なら》っていく。主檣を折られたあげく、女神ティティスの加護まで失ってしまえば、もうだめだ、と甲板に失意のため息が広がっていく。

それほどに、海の男たちは迷信深い。いや、シャムス人だからなのかもしれない。一度は海を捨てた民族だからか、どれほど新たな航海術を学ぼうと、どこかで子供のように恐れている。

――海は怖いものだ、と。

このままではいけない、とアデリアはきびすを返す。

大砲は連射ができない。次を撃ってくるまでには準備が必要だ。まだ余裕はある。

「すぐ戻ってくるから、時間を稼いで！　とにかく逃げまわって！」

言うなりアデリアは、驚くサハーラをあとに残し、船室に飛びこんだ。

「どこに置いてあったかしら、あれは……？」

あたりを見まわしているとき、テーブルのしたからひょっこりと、フィリッポ枢機卿《すうききよう》が顔を出した。こんなところに隠れていたのか、と呆れている暇《ひま》もない。

目的の衣装箱を探し当てて、蓋《ふた》を開ける、

だが、入っている豪華なドレスは、とてもひとりで着られる代物《しろもの》ではない。

「フィリッポさま、着替えを手伝ってください！」

「え？　はあっ……？」

裏でどれほど淫蕩《いんとう》な行為に耽《ふけ》っていようと、表向きには聖職者である。いきなり皇女から、ドレスの着付けを手伝えと言われて、はいそうですか、と頷けるはずがない。

「な、何をいきなり？　わ、わたしはドレスなど、触ったこともございません……」

「誤魔化《ごまか》さないで。懺悔室にこもって侍女《じじょ》たちと何をいたしていたのか、わたしが知らないとでも思っているの？　それは素早い着脱の妙技をお持ちですよね？」

「ゲッ……!?」

引きつるフィリッポ枢機卿にかまいもせず、アデリアはさっさと男物の衣装を脱ぎはじめる。白い肌を見せつけられて、盛大に顔を赤らめる枢機卿を、頭から恫喝《どうかつ》する。

「さあ早く手伝って！　こんなところにこもったまま、大砲で吹っ飛ばされて、海の藻屑《もくず》になりたいの？　さんざん磨いてきた技を、いま活かさないでいつ活かすの!?」

「で、ですが……」

「胸をうんと持ちあげて、コルセットで締めあげるの！」

「む、胸っ……アデリアさまの、お胸をですか……？」

「さあ、わたしに触れられる最初で最後の機会よ。これを逃してどうするの!?」

「や、やりますっ！　やらせていただきます！」

フィリッポ枢機卿は、瞳をカッと輝かすなり、鍛えに鍛えた手練の技を発揮したのだ。

❖　❖　❖

ドン、と今度は右側面に砲撃を食らって、甲板は失意の叫びで溢《あふ》れていた。

どれほどサハーラが奮起させようとしても、いったん戦意を喪失してしまった男たちは、ただおろおろと逃げまどうだけだ。

そこへ、ひどく場違いな声が響いてきた。

「大の男が、ここいちばんというときに、何をしているのです」

何人かが振り返り、あっ！　と息を呑《の》む。

「アデリア……？」

サハーラもまた、その姿に驚き、知らずにその名をつぶやいた。

すっ、と歩を踏みだしたアデリアに気圧《けお》されるように、水夫たちが道をあける。

そのまま、まっすぐにアデリアは舳先《へさき》へと向かう。

いまは女神ティティスの船首像を失い、ただ破壊の跡だけが残る、無残な船首に。

もしも横波でも被《かぶ》れば、あっという間に海に落ちるかもしれない場所に、でも、恐れもなくたたずみ、凛《りん》と頭《こうべ》をあげて、アデリアは目の前に広がる、紺碧《こんぺき》の海を見はるかす。

緩《ゆる》くウェーブを描く金髪を風になびかせ。

精緻《せいち》な刺繡《ししゅう》が織《お》りなす、金色のドレスをひるがえして。

まさに女神ティティスの化身にふさわしい、艶《あで》やかな姿で。

「恐れることはありません、太陽の息子たちよ」

背後で戦々恐々としている男たちを振り返って、アデリアは微笑《ほほえ》む。

母なる海の女神にふさわしい、鮮やかさで。でも、慈愛《じあい》溢れるやさしさで。

「守りの船首像が壊れたとて、何を不安がる必要がありましょう。——この船には、わたしがいます。女神ティティスの化身である、わたしがいるのです」

戦意を失い、呆然《ぼうぜん》している男たちに語りかけながら、視線をぐるりと巡らせ、水平線のあたりを疾走するマラクーン号を見つける。

「あそこにいるのは、まごうことなき敵なのです」

すい、と差しあげたのは、魔性の左手。

白い三角帆《ラティーン》の船影を、その指先で射貫くように示す。

「先代の族長《シャイフ》の養い子でありながら、私欲のためだけに同胞を殺め、他国を攻撃し、シャムスの民に危機をもたらそうとしている男。かつては、わが夫サハーラの友であった者が、平然と砲撃してくる。——あまつさえ、女神ティティスの船首像を狙う、それが誇りあるシャムス人のやりようでしょうか?」

言いつつ、左手をおろし、今度は右手を差しあげる。

高く、高く、天に向かって。

「太陽は常にあなたがたの味方なのです。このまばゆい光のもとで、あの男は仮面を外すことすらできない。そして、わたしの左手は魔を滅ぼす。わたしの右手は、正義を守る」

ざわっ、と憔悴《しょうすい》していた男たちの顔に、覇気《はき》が戻ってくる。

そうだ、この船には女神ティティスの化身がいらっしゃる、と誰の顔にも生気が戻る。

「さあ、立ちあがりなさい、太陽の息子たちよ！　女神ティティスは理不尽な暴挙を許しはしません。この海を正しく渡っていく者にだけ、祝福は与えられるのです。女神の御手は、かならずあなたがたを導くでしょう！」

凜《りん》と発して、差しあげていた手を、最後にサハーラに向ける。

「われらには、サハーラ・アッ＝シャムスがいるのです。最後のアッ＝シャムスの族長《シャイフ》。頼りがいのある船長。そして、やがては王《カリフ》となるお方がおられるのです！」

北西風《マエストラーレ》を受けて流れる、黄金の髪。

瞳はティティス海の色を映した、あざやかな碧《あお》。

細く締めつけられたドレスの胸許《むなもと》に、女神の豊満な房が覗《のぞ》く。

船大工が刻んだ、どこか無骨な船首像とは比べものにならないほどの美が、そこにある。

奇妙な沈黙が甲板を包んだと思うと、いっせいに男たちは声をあげた。

「そうだ！　おれたちには、アッ＝シャムスがいる！」

「女神ティティスが守ってくださる！　船首像などなくても、生きた女神がおられる！」

うずくまっていた者たちが、互いをかばいながら、よろよろと立ちあがる。

まだ戦える、と決意を蘇《よみがえ》らせた船員たちに、サハーラの檄《げき》が飛ぶ。

「持ち場へ戻れ！　櫂《かい》を漕《こ》げ！　見張りはマラクーン号を見逃すな！」

勢いをとりもどした男たちが、それぞれの持ち場に散っていく。

——おれたちには、女神ティティスの守りがある。女神の化身がついている！

その事実ほど、彼らを鼓舞《こぶ》するものが他にあろうか。

戦いはまだまだこれからだが、それでも男たちの目に、さっきまでの絶望はない。

勝つにしろ、負けるにしろ、これでみな、全身全霊で立ち向かうことができる。

（ありがとう、お父様……）

イーリス島の別荘《ヴィラ》から逃げだしてからこっち、アデリアは初めて父に感謝した。

女神ティティスの化身など、亡き父が捏造《ねつぞう》した偽りの姿でしかない。

けれど、船乗りたちがそれを信じてくれるなら、アデリアは最後まで女神ティティスとしてここに立つ。

船首像の代わりに、彼らの導きとなって、ここに立ち続ける。

（きっと守る！　わたしを信じてくれる者たちを、失わせたりしない……！）

甲板に活気が戻るなか、サハーラはアデリアの隣に歩みよる。

足場の悪い舳先《へさき》で、アデリアを支えるのが自分の義務だと、いまはもうわかっている。

「――助かった、アデリア。あなたは、まさに奇跡の女神だ！」

「いいえ。この衣装があったから、彼らは信じたのよ。金色の花嫁衣装――女神ティティスにならば、白いドレスより、金のドレスのほうがふさわしいわ」

「自分で言うのもなんだが……夢のように美しかったぞ。本当に女神ティティスが降臨してきたのかと思った。よく、あの短時間でそこまで美しく着飾れたものだ」

「それなら、あの方にお礼を言って」

アデリアは、船室から出てきた男に、ちらと視線を送る。

精根尽き果てた感のあるフィリッポ枢機卿が、それでも、してやったりとアデリアの美しさに見入っている。

「あの……赤らブタが……？」

「ブタ呼ばわりはおよしなさいな。ドレスを着せつける手練の技は、あなたに勝りますよ」

この世界に、無意味なものなどひとつもない。

聖職者にあるまじき行為をしてきたフィリッポ枢機卿でさえ、いざというときにアデリアを着飾る助けになった。

（では、ジブリエール……あなたにはどんな意味があるの？）

ひたすら孤立の道をいく男。

商船を襲い、港を襲い、略奪の限りを尽くし。

さらに、同胞であるハリージュとナジュドの族長《シャイフ》までも殺《あや》め。

いま、シャムスの民の復讐《ふくしゅう》の思いを一身に背負ったサハーラと、対峙《たいじ》したそのさきに、何を手に入れようというのか。

（何を証明するために、あなたはこの暴挙を続けるのです、夜の大天使《レイラ・マラクーン》……？）

そのとき、後部の帆檣《ほばしら》に登っていた見張りが、叫んだ。

「いた、マラクーン号だ！　後ろだ！　ちくしょう、ケツについてやがる！」

その声に、甲板にいた者たちが、いっせいに船尾を振り返る。

いつの間に回りこんだのか、マラクーン号は、フローラ号の背後にぴたりとつけている。

「撃ってくるかしら？」

「くるな。船尾は丸腰だからな。くそ！　どこを狙ってくる？」

まっすぐに追ってくるマラクーン号を見ながら、ふとアデリアは思いつく。

「――錨《いかり》を、左舷《さげん》船尾から落として」

「錨を？　こんなところで脚を止めたら、それこそ狙い撃ちの的《まと》になる」

「いいから、落として！　左舷からよ。試してみたいの」

「何を……考えてる？」

疑問に思いながらも、サハーラは水夫に左舷に錨を落とすように命じる。

命じられた者も、やはり同じように、なぜ？　という反応をするが、それがアデリアの命令とあれば、聞かないわけにはいかない。

投げこんだ錨が、長い鎖を引きずりながら海底に落ちて、がくんと船体が左に傾《かし》いだのと、マラクーン号の大砲が轟音《ごうおん》を発したのが、ほぼ同時だった。

「来たぞ！　船尾の者は逃げろっ！」

サハーラが叫んだとたん、低い弾道を描いてまっしぐらに飛んできた砲弾が、船尾楼の右端を粉砕《ふんさい》して、海へと突っこんでいった。

当たったには当たったが、被害は最小ですんだ。

「な、なんだ、逸《そ》れたのか？　向こうの砲撃手も、神様ってわけじゃないぞ！」

わあっ！　とフローラ号の甲板に、水夫たちの喜びの声が湧きあがるなか、ひとりサハーラが顔色をなくした。

「——冗談じゃない、なんて正確さだ。投錨《とうびょう》しなければ、船尾楼に穴が開いてたぞ」

啞然《あぜん》とつぶやいて、アデリアのほうを見る。

「わかっていたのか、こうなることが？」

左舷に投錨したことで、フローラ号は左に傾《かし》いだ。高々とそびえている船尾楼は、わずかの軸のぶれでも大きく傾く。だから砲弾は、船尾楼の右端を掠《かす》めるにとどまったのだ。

「やっぱりそうだわ。ジブリエールは左舷を狙わないのよ……！」

アデリアがジブリエールの癖《くせ》を確信しているあいだにも、背後から一気に迫ってきたマラクーン号は、フローラ号の右側を追い抜いていく。

「おおい、逃げるのかぁ？」

水夫たちが、マラクーン号を見下ろしながら、からかいの言葉を投げつける。

その甲板に立つ白い上着《カフタン》の男が、邪魔なだけの仮面をとりさり、面倒だとばかりに海へと放り投げた。

追い越していく刹那《せつな》、アデリアとサハーラを見上げて、ジブリエールは笑んだ。

実に楽しそうに。銀灰《ぎんかい》の双眸《そうぼう》を細めて。

——そうでなくては、つまらない。

少しは手応えがあるな、とでも言わんばかりに。その笑みを残して、マラクーン号はすばらしい脚でフローラ号の前方へと、進んでいってしまう。

「見ろ、逃げていくぞっ！」

「砲撃手、ケツに一発お見舞いしてやれっ！」

はやし立てる船員たちだが、サハーラはそれほど楽観的ではない。

小型のダウ船の船尾を狙うなど、ナギの腕でも無理だ。何より、ジブリエールが逃げるなどということは、絶対にありえない——それは身に染みて知っている。

「どこかで回頭するぞ。船首がこちらに向いたとたん、撃ってくる！　あれだけ命中率が高ければ、今度こそ船体を狙ってくる。——その前に、こちらも撃たねば……！」

サハーラは、必死に相手の思惑を考える。

船が方向を変えるには、かなりの大回りをしなければならない。

とはいえ、マラクーン号はフローラ号より、よほど小回りが利《き》く。あちらが回頭しはじめてから、砲を向けるために舵《かじ》を切ったのでは間に合わない。

相手がどちらに回頭するか、それを予測して進路を決めなければならない。

経験豊富な船長は、風向きを読んで、相手の動きを計算する。

「この風なら……左回頭だな。——よし、船首を左に振れ！」

サハーラが命じたとたん、だめ！　とアデリアが叫んだ。

「マラクーン号は右回頭するわ。こちらも船首を右に向けて」

「何を言ってる？　この風だと、左回頭のほうがずっと有利だ」

「風向きなんて関係ないわ。ジブリエールは左回頭はしない。シャムス信仰で左側は忌《い》む世界。そこは影が支配する領域——左利きの者たちが生きる世界よ」

「アデリア……？」

「ジブリエールは生粋《きっすい》のシャムス人、何があろうと左回頭はありえない！」

アデリアは強く言い切る。女の身で戦闘の経験などむろんない、それでも、左利きを忌む者の心情ならば、誰よりもよく知っている、アデリアの左手をとっさに拒《こば》んだ男。

左手の禁忌《きんき》を、身体《からだ》に染みこませている男。

（わたしの左手を侮辱《ぶじょく》した報いよ。きっちりと思い知らせてあげる……！）

あのときのジブリエールの怯《おび》えを、アデリアは忘れない。

「ジブリエールの策戦に左回頭はないわ。舵を右へ。マラクーン号が右旋回をして、こちらに船側を向けたところを、船首砲で一気に撃ち抜く！」

それが本当に戦いを知らない女の言葉かと、誰もが目を瞠《みは》るほどに、アデリアの命令は確固として揺るがない。

「マラクーン号は右回頭する！　こちらも面舵《おもかじ》だ！」

アデリアの覚悟を信じて、サハーラはそれを復唱する。

「砲撃手ナギ、それを計算に入れて狙え！　マラクーン号の船体だ！」

「は、はいっ！」

そして、船長の命令一下、船員たちはそれぞれの持ち場へ散っていく。

そのようすをうかがいながら、サハーラはアデリアに耳打ちする。

「本当に右回頭か？　もしも左回頭ならば、こっちは左舷側面を無防備にさらすことになる。ジブリエールは本気で狙ってくる。――相手が誰であろうと、あいつは容赦《ようしゃ》しない！」

「ジブリエールとつきあいの長いあなたに、わからないの？」

「そうだが……。いや、たしかにジブリエールは、あれでいて教義に従順だが」

「誰もがあの姿にだまされるのよ。──最初に招いてくれた隠れ家で、あなたは葡萄酒《ぶどうしゅ》を飲んでいたけど、ジブリェールはチャイしか口にしなかった。ジブリェールの心は、まごうことなきシャムスの民よ！」

見つめるさきで、マラクーン号がゆるりと進路を変えた。船首を右に振ったのだ。

「船長、マラクーン号が右回頭します！」

見張りが叫ぶ。

すでに、フローラ号の船首は右に向かっている。

砲撃手のナギは、準備を終えて狙いを定めている。その瞳にハリージュの恨みを込めて。

「いまだ！　撃てぇーっ！」

サハーラの雄叫《おたけ》びに続いて、ドン、とカノン砲が火を噴いた。


「眩《まぶ》しいな……」

ジブリエール・アル＝ファルドは、謡《うた》うようにつぶやいた。

ティティス海の太陽は、彼の銀灰の瞳を射貫く。

仮面を捨てた素顔を、額にかざした白い手を、容赦《ようしゃ》なく灼《や》く。

だが、もうそれを恐れる必要もない。

「船長ーっ！　フローラ号は、すでに船首を右に振ってる！」

悲鳴のような見張りの声。

「みな、海に飛びこめ。あとはサハーラが助けてくれる！」

ジブリエールの命令に、ティティス海を荒らしまわった海賊たちは、われさきにと海に飛びこんでいく。ひとり残ったジブリエールの口許《くちもと》は、笑んでいる。

「よくぞ、おれの弱点を見抜いたな、魔性の皇女よ」

完璧《かんぺき》につくろっていたはずなのに、アデリアに左手を差しだされたとき、本能的に避けてしまったのは、失敗でしかなかった。

「まあ、それも運命だ」

フローラ号からの発射音は聞こえたが、この光のなかでは、銀灰の瞳は、飛んでくる砲弾を見分けることもできない。

何もかもが眩しくて、鮮やかで、夢のようだと、ジブリエールは思う。

自分が死ぬときは、夜だろうと思っていた。誰にも看取《みと》られず、ひっそりとひとりで死んでいくのだろうと。

なのにいま、彼の周りには真昼の陽射しがいっぱいに注いでいる。

「……ターラ……」

眼裏《まなうら》に浮かぶ、愛しい少女の姿に呼びかけ、そして天を仰《あお》ぐ。

「わが故郷、シャムスに栄えあれ――……！」

最後の言葉は、誰の耳にも届かぬまま、爆音のなかに掻《か》き消えていった。


ハリージュのナギの腕前は確かだった。

恨みの砲弾に船体を貫かれ、マラクーン号はじわじわと沈んでいく。

「艀《はしけ》を出せ！　逃れた船員をひとりでも多く助けるんだ！」

こんなときでも公平なサハーラは、バルバディ海賊である彼らを救う命令を出す。

むろんジブリエールの配下であるのだから、相応の罰は受けるだろうが、それでも目の前で溺《おぼ》れている者たちを放っておくことができない。

それがサハーラ・アッ＝シャムスという男――光のもとに立つにふさわしい男。

「ジブリエールは、助かるかしら？」

問いかけたアデリアに、サハーラは首を横に振った。

「他の全員が助かったとしても、ジブリエールだけは見つかるまい。あの男は、みっともなくあがいたりしない。望むままに戦い、望みのままに死んでいく……それしか、ジブリエールがシャムス人として生きる道はなかった」

「そう、そうね……」

それがジブリエールの望みだったのだと、いまならアデリアにもわかる。

褐色《かっしょく》の肌を誇る民のなかに、ひとり白い肌で生きねばならない異様の男が、他にどんな夢を見ることができるだろう。

「――あなたのおかげだ、アデリア。おれならば左回頭を命じていた」

サハーラは友の最期を前にしながらも、アデリアの手をとる。

その判断のひとつで、いま沈もうとしていたのは、フローラ号だったかもしれないのだ。

「偶然なのよ。ジブリエールがわたしの左手を、避けたことがあって……」

言いかけて、ふとアデリアは奇妙な感覚に襲われた。

サハーラは、十歳の出会いのときから、アデリアが左利きだと気づいていた。

（そうだわ、最初に会ったとき、とっさに左手を差しだして……）

あまりに自然に、サハーラがアデリアの左利きを認めていたから――いまもサハーラの手はアデリアの左手を握っている――だからこそ、さほど重大なことだとは思いもせずに、逆に、ジブリエールの過敏な反応に驚いたのだ。

とっさに曇る表情や、生理的な嫌悪感は、本人がどれほど意識しようと、完璧《かんぺき》につくろえるものではない。

だが、出会ってこのかた、サハーラがアデリアの左手を厭《いと》うたことは、一度もない。

いまのいままで、それを不思議とも感じなかったが――だが、違う。

サハーラの反応こそが特別だったのだと、ためらいもなくアデリアの左手を握っている褐色の手を見て、思い知った。

（ああ……だからなのね。だからあなたは族長《シャイフ》に選ばれたのね……！）

長老たちが、次代をまかせるにふさわしい男として、ジブリールではなくサハーラを選んだ理由が、ようやくわかった。

彼だけが、誰にも公平なのだ。夜の大天使《レイラ・マラクーン》と恐れられるジブリールに対しても、左利きの皇女アデリアに対しても、他の者と変わらぬ態度で接することができる、唯一の男。

サハーラ・アッ＝シャムスは、だかこそ族長《シャイフ》になりえたのだ。

「マラクーン号が沈むっ……！」

そのとき、甲板に響いたのは、誰の声だったのか。

はっ、とアデリアとサハーラはそちらを仰ぐ。

マラクーン号の白い帆が、紺碧《こんぺき》の海に呑みこまれようとしていた。

誰よりも教義を重んじていた男なのに、それに背いて復讐の手が伸びるのを承知で同胞さえ手にかけ、シャムス人すべての恨みを買って、いま夜の大天使《レイラ・マラクーン》が散っていく。

そして、巨大な悪が消えたとき、ひとりの英雄が生まれる。

「サハーラ・アッ＝シャムス……」

アデリアは左手をサハーラにあずけたまま、優雅に礼をとった。

「わが夫、やがて民族を率《ひき》いて連合国家を造りあげる、あなたこそがシャムスの王《カリフ》」

◆◆◆

「港が見えるーっ！　帰ってきたぞ……！」

アフダルの港を遠目に捉えたフローラ号の甲板に、喜びの声が湧きあがった。

アデリアはサハーラに寄りそって船舷《せんげん》に立っている。日乾《ひぼ》し煉瓦《れんが》の街に、ひときわ鮮やかな青いドーム屋根を見つけ、ホッと安堵《あんど》の息をついた。

ティティス海を渡ってきた船舶が、初めて目にする建造物――誰もがあの青いドームを見て、無事にたどりつけたことに感謝するだろう。

「――美しいわ。あの青い建物は神殿かしら？　それとも、ジャリール王朝時代の宮殿？」

「いや、おれんちだ」

サハーラは何気なく、本当に何気なく言った。

おれんち……その意味がすぐにはわからず、アデリアはしばし頭のなかで反芻《はんすう》した。

「えっ……？　おれん、ち……？」

「あれ？　言わなかったか。おれの家だ。――アッ＝シャムスの本家だな。叔父《おじ》はとうに隠居してるから、家長はおれになる」

「あなたの、家？　アッ＝シャムスの館？　あの宮殿がっ……⁉」

「そんなに驚くことか？　千年も続く家系だぞ。あれくらいの家はある」

「で、でも、あなたの一族は、天幕暮らしだって……」

「ああ。ほとんど交易の旅をしているからな。家に帰るのはたまにだ。だいたい、マディナのサハーラだと言っただろう。ここアフダルが、おれたち一族の街だ」

「えっ!?　南方でもっとも栄えている、港湾都市アフダルが……？」

アデリアは巡礼の旅の途中で、ティティス海周辺の国々の宮殿をいくつも見てきたが、それでもアッ＝シャムスの本家ほど巨大な建造物は、目にしたことがない。

何より、南方特有の青の美しさが、どんな名城よりも心に残る。

（それを……おれんち……？）

族長《シャイフ》とはいえ、その実は交易商。ろくな館も持っていないと思っていたのに。

アデリアがいままで見てきた城のなかで、もっとも壮大なドーム屋根を持つ宮殿が、これから彼女の住まいになると聞いても、実感が湧かない。

だが、もっと夢のようなことが、アフダルの港にフローラ号を待っていた。

岸壁を埋める人、人、人……。

市《スーク》でもないのに、こんなに人が集まることがあるのかと思うほどの、人の群《むれ》。

「出航のときは……こんなふうじゃなかったのに……」

「まあ、おれなど見慣れた顔だしな。そばに女神ティティスの化身がいれば、そっちに目がいくのは当然だろう。――だが、今日は、おれたちの凱旋《がいせん》を祝うために集《つど》ってくれたのだ」

なんという情熱。

なんという敬愛。

英雄の帰還を待っていた人々の、その歓呼。

「シャムスがひとつになったのね……！」

「そうだな。皮肉なことだが、夜の大天使《レイラ・マラクーン》という悪があったからこそ、彼らは同じ者を憎み、同じ復讐心に燃え、いま、同じ喜びを分かちあっている」

「ええ、そうね……。ジブリエールがいたからこそ……」

つぶやいたとたん、アデリアは、奇妙な違和感に襲われた。

――サハーラが民を導く光なら、おれは夜の大天使《レイラ・マラクーン》の名にふさわしい生き方をする。

ジブリエールの言葉が、耳奥に蘇《よみがえ》る。

――なぜおれはこの地にいる？　異端でしかないこの姿に、どんな意味がある？

異端でありながらこの地で生きることを選び、その意味を探していた男。

一方で、ターラを愛し、養い親を慕い、シャムスの教義に忠実だった男。

そのどちらもがジブリエールなら、シャムスがひとつになったこの瞬間を、もっとも喜んだのもまた、ジブリエールではないのか。

ジブリエールの死が、サハーラのもとに人々を集《つど》わせた。

完全な悪がいたからこそ、完璧《かんぺき》な英雄が生まれたのだ。

まるでよくできた芝居のように、見事な展開で。

（……ああ、そう、そうなのね。ジブリエール……これが、あなたが考えたことね？）

唐突に、その考えはアデリアの脳裏《のうり》に閃《ひらめ》いた。

三大アッ＝シャムスの族長《シャイフ》ふたりまでもが、ジブリエールの手にかかって死に、もはやサハーラの前を塞ぐ者は誰もいない。

いたところで、夜の大天使《レイラ・マラクーン》を倒した男に、誰が異論を挟めよう。

ジブリエールはすべての恨みを一身に受けて消え、サハーラには輝ける未来だけが残される、そのあまりにできすぎた筋書き。

「これは、ジブリエールの仕業《しわざ》だわ。これこそが、彼が求めていた意味よ……！」

「え？」

サハーラが、なんのことかと眉を寄せる。

「そうよ、ジブリエールにも意味はちゃんとあった。あなたに負けることが――新たな指導者となる男に負けることが、彼の存在意義だったのよ」

「おれに、負けることが……？」

「あなたの邪魔になる者は、すべてジブリエールが手にかけた。恨みはすべて彼が引きうけて逝《い》ってしまった。――ひねくれ者は、逆の行動をするものよ。ジブリエールはあなたにはなれないと言っていた。それは、本当なら、あなたになりたかったということじゃなくて」

「ジブリエールが、おれに……？」

「あなたこそが、ジブリエールの望む姿だった。だから、理想の男にすべてを託して、逝ってしまったのじゃない……？」

だが、いくらジブリエールの想いを慮《おもんぱか》ってみても、詮無《せんな》いだけだ。

それは、アデリアの想像でしかない。たとえ、本当にジブリエールに、そこまでの覚悟があったとしても、あれほど狡知《こうち》に長《た》けた男が、その証拠を残していくはずはない。

サハーラをより完璧《かんぺき》な英雄にしようとするのなら、なおさら堂々の悪役として、何ひとつ残さず消えたはずだ。配下の海賊たちにすら、胸のうちを見せることなく。

（変ね、わたしは……。ジブリエールは仇なのに、それでも悪くは思えない……）

けれど、そう思うことで、アデリア自身が救われる。

ジブリエールがすべての恨みを背負って逝ってしまったおかげで、もうアデリアも怒りを糧《かて》にする必要はない。それがあったからこそ、潔《いさぎよ》い死への誘いもしりぞけて、いままでくることができたのだが――だが、もうじゅうぶんだ。

これからは、新たに目覚めたサハーラへの敬愛を、心に満たして生きていける。

紺碧の瞳に映る、埠頭《ふとう》を埋めつくす人々の顔は、みな歓喜に輝いている。

「見て……、みんな、王《カリフ》を見にきているのよ」

もっとも古いアッ＝シャムスの族長《シャイフ》、そして、夜の大天使《レイラ・マラクーン》を倒した英雄――それだけで、もうすでにサハーラは王《カリフ》だった。

「新たなシャムス王国に立つ、初代の王《カリフ》を迎えにきているのよ」

「そして、女神ティティスの化身でもある、王妃《マリカ》を」

言ってサハーラは、自らの右手をアデリアに差しのべてくる。

これからサハーラの国造りがはじまる。

部族同士が対立することない国を、西方の列強に屈しない強国を――理想は美しいが、本当に大変なのは、むしろこれからなのだ。

「手伝ってくれるか、アデリア。あなたの知恵を……ティティス海世界を見知っているあなたの慧眼《けいがん》を、おれに貸してくれるか」

並んで立っているから、サハーラの手を握るには、アデリアは左手を差しださなければならない。だが、サハーラはそれを気にする男ではない。

アデリアは微笑み、十歳の出会いのときと同じように、自分の左手をサハーラにあずけた。

ふたりの手がつながれた瞬間、民衆の歓呼の響きが、フローラ号を包みこんだ。

9　愛しあう時

湧きあがる群衆の歓声のなかを、アデリアとサハーラは、巨象の背に仕立てられた仰々《ぎょうぎょう》しい輿《こし》に乗り、宮殿へと向かっていた。

途中、警護の騎馬兵が、何かの書状をサハーラに差しだしてきた。

「おや、ロンダール帝国からの親書だ。ようやく新皇帝が決まったとみえる」

サハーラに肩を抱かれながら、アデリアは書簡に視線を落とす。

「それはまた、ずいぶんかかったこと」

「元老院も一枚岩ではない。皇帝暗殺を実行した一派と、それに対抗する一派とで、いざこざがあったようだ。さて、どちらが権力を手中にしたのか。――と、おや、新皇帝はあなたの親族か？　サルヴァトーレ・バジーリオとあるが」

「サルヴァトーレ……!?　それは伯父《おじ》さまですわ！」

そこには新皇帝サルヴァトーレ・バジーリオの直筆で、兄でもあった前皇帝ピエルマルコへの哀悼《あいとう》、そして、皇女アデリアの身分を保障するとの旨《むね》がつづられていた。

最後は、いつなりともロンダール帝国への帰還を歓迎する、と締めくくられている。

「そう、伯父さまが新皇帝に……。ならば、父の政策を継いでくださいますね」

ジブリエール亡きいま、バルバディ海賊の脅威《きょうい》は去った。

新皇帝の治世は、順風満帆とはいかないまでも、嵐を回避したところからはじまるのだから、サハーラと契約を交わした父の判断は、間違っていなかったことになる。

伯父からの手紙を、懐かしげに見ているアデリアに、サハーラが憮然《ぶぜん》と言う。

「で、お祝いに行かれるか？」

「え？　わたしがですか？」

「即位の使節ということなら、あなたがいちばんふさわしかろう」

「けれど、わたしが伯父さまにお会いしたのは、幼いときだけですし。——そう、使節なら、ちょうどいい方がいらっしゃいます」

❖　❖　❖

「おお！　なんと、サルヴァトーレさまが新皇帝になられるとは。やはり大神はバジーリオ家を、お見捨てではなかったのですね！」

フィリッポ枢機卿《すうききょう》は感涙にむせんで、手紙を読み返す。

「シャムスからの正式な使節として、ロンダール帝国に行っていただきたい」

サハーラが告げれば、アデリアがそれにつけ加える。

「これで堂々と故国に帰れますよ」

「はい、使節の件は、ありがたくお引き受けいたします。けれど、わたしは最初の予定どおり、ミランディアに行きとうございます。──ヴィオレッタさまにお目にかかるために」

「お母さまに、ですか……?」

「はい。アデリアさまが、姉上さまたちに劣らぬ結婚をなさったことをご報告せねば」

うなずきながら、フィリッポ枢機卿は周囲を見回す。

壁面のタイルにびっしりと描かれた、匠《たくみ》の技の極致の、蔓草《つるくさ》紋様の鮮やかさ。花弁のようなアーチを持つ柱から迫《せ》りあがって、天井の浮彫《レリーフ》装飾へ続いていく、歪みひとつなく計算し尽くされた造形には、ただ見入るしかできない。

舗床《ほしょう》モザイクのうえには、精緻《せいち》な紋様の絨毯《じゅうたん》が敷かれ、いくつもの肘おきに寄りかかって座していれば、古《いにしえ》のスルタンの気分にもなろうというもの。

異教の聖職者が通された部屋でさえ、これほどの設《しつら》えである。

最上階にあるアデリアの部屋の豪華絢爛《けんらん》なさまは、言うまでもない。何よりティティス海を見渡せる眺望が、いかにも女神の化身にふさわしい。

「アデリアさまが、壮麗《そうれい》な宮殿の女主人になったことを、お伝えせねば」

「そうか。フィリッポどのにも、どうやらおれの価値を認めていただけたようだ」

サハーラは少しばかり威張るように胸を張る。

「はい。まこと、すばらしいご夫婦におなりです」

フィリッポ枢機卿は、何か物言いたげに、ただでさえ細い眼をさらに細める。

「アデリアさま、いまだから申しますが……」

「はい?」

「アデリアさまが左利《き》きとわかったとき、わたしはヴィオレッタさまに、右利きに矯正《きょうせい》なさるべきと進言いたしました。ですが、ヴィオレッタさまは、お聞きくださらなかった」

ロンダール正教会の聖職者として、それは当然の忠告だったのに。

だが、ヴィオレッタは、笑って一蹴《いっしゅう》したのだという。

——冗談言わないで。たかがそんなことで、大事な娘を歪めたりはしないわ。

左利きくらい何ほどのものぞ、と。

「そのことで、ご自分が追放の憂《う》き目をみることになろうとも、アデリアさまに無理を強《し》いることだけはなさらなかった。——ヴィオレッタさまは、そういうお方です」

「わたしを、歪めまいとして……?」

もう記憶もおぼろだが、アデリアは母親似だと聞いている。

姿だけでなく性格も似ていたのなら、娘を歪めさせたくないという思いもわかる気がする。

女にはなんの自由もないこの時代、せめて持って生まれた資質のすべてを活かすような生き方をしてほしい――それが母としての願いだったのかもしれない。

サハーラもまた、納得顔でうなずいている。

「まさに、そのとおりだ。アデリアは左利きだったからこそ、われらの助けとなってくれた。ヴィオレッタさまにお伝えください。シャムスは得がたい宝を得た。――アデリアは女神ティティスの化身であり、また勝利の女神でもあるのだから」

サハーラは、うっとりと自分の妻の肩を抱きよせ、その金髪に口づける。

――そのときだった、どこからかキンと放たれた甲高《かんだか》い声。

「な、何が勝利の女神よっ……！」

何かと振り返ると、アッ＝シャムスの娘らしく、鮮やかな刺繍《ししゅう》のほどこされた民族衣装《ガラベーヤ》で着飾ったターラが、息も切れ切れに立っていた。

「よくも、ジブを……！」

叫びながら、泣き喚《わめ》きながら、飛びこんできたターラは、慌てて立ちあがったサハーラの胸に、どんと全身をぶつける。

「なんでよ？　なんで、ジブを……⁉　あなたのいとこを、親友をっ……よくも！」

慟哭《どうこく》しながらターラは、両手でサハーラの胸を打つ。

よくも愛した男を！　と八つ当たりとわかっていても、お門違《かどちが》いの憎しみをサハーラにぶつけるしか、いまのターラには哀しみから這《は》いあがるすべがない。

「だが、本気でかからねば、沈んでいたのはおれのほうだったのだぞ。幼馴染《おさなじ》みだからと手を抜いてくれるほど、あれはやさしい男ではない」

「わ、わかってるわよ……！　だから、連れてってほしかったのに！　わたしがいれば、ジブだって無茶はしなかったのにっ！」

「だから、連れていけなかった。おれとジブリエールが戦うところを、どうしておまえに見せられる。何より、ジブリエールが望んではいなかった」

「だって……！　だから、わたしがっ……」

「いいかターラ、これだけは覚えておけ。ジブリエールは幸せだった。常におまえのかたわらにあって、おまえの成長を見つめて——最後には、おまえを手放すことで守りきったジブリエールは、誰より幸せだったんだ」

恋人にするとか、妻にするとか、男が女に抱いて当然の欲望すらどうでもいいほどに深く、ジブリエールはターラを愛していた。

一方で、我欲のためだけに容赦《ようしゃ》なく邪魔者を排除し、女子供まで手にかけたジブリエールにとっての、ただひとつの聖域。

夜の大天使《レイラ・マラクーン》と呼ばれた男の、ただひとつの、無償の愛。

でも、もう悪に染まりすぎた手では、ターラを抱き締めることすら、ジブリエールはできなくなっていたのだろう。

「心残りがあるとしたら、おまえの花嫁姿を見られないことくらいだ……そう言っていた」

サハーラの言葉に、ターラはずるずるとくずおれていく。

「……ふ……、うぅっ……」

褐色の頬《ほお》を滂沱《ぼうだ》の涙が濡らす。それを拭いもせず、ターラは叫ぶ。

「ジブリエール……！」

決して再び帰ることのない、愛《いと》しい男の名を。

❖　❖　❖

その夜、アデリアはサハーラに手を引かれ、浴場《ハマムーン》へとやってきた。

ロンダールの公衆浴場かと思う造りだが、そこが決して万人のために開かれた場でない証拠に、出入り口はふたりが立っている一カ所しかない。

四方は草花紋様の描かれた壁で閉ざされ、上部は、鍾乳洞《しょうにゅうどう》を思わせるムカルナスの天井で、煌びやかに覆《おお》い尽くされている。ところどころにある明かりとりの窓から、夕暮れの色が染みこんできて、幻想的な絵模様をモザイクタイルの床に描きだす。

巨大な八角形の浴槽の中央に置かれた、獅子の彫刻の口から滔々《とうとう》と流れつづける湯は、浴槽の縁から溢《あふ》れて、アデリアの足を濡らしていく。

「いいの？　こんなに水を無駄遣いして」

「心配はいらない。地下水道が引いてある。この時期、川は潤沢《じゅんたく》な水で溢れている」

砂漠に生きる者にとって、もっとも貴重な水をふんだんに使うことは、宝石で身を飾るよりもさらに贅沢《ぜいたく》な行為なのだ。

サハーラは腰布だけを巻いて、アデリアは透けるシュミーズ姿で、浴槽《よくそう》に足を踏みいれる。

ふたりだけで湯に入るのはこれが初めてで、何度も裸を見せあってきたのに、何やら照れくさいような気になってくる。

「明日から婚礼の儀式がはじまる。親族一同が手ぐすね引いて待っていたから、忙しくなるぞ。式までは、新郎新婦は別々にすごすのが、習慣だ」

「花嫁の準備は女たちだけでするのだとか。――見知らぬ方ばかりで、不安ですが」

「不安などすぐに吹き飛ぶ。儀式に次ぐ儀式で、食事をしている暇もないくらいだ」

笑ってサハーラは、アデリアの耳朶《じだ》を食《は》む。

「しばらく会えないぶん、今夜はたっぷりあなたを味わいたい」

ついばむようなキスを落としながら、アデリアの乳房を揉《も》みはじめる。

「……あっ……」

すでに凝《しこ》った感のある乳首を、指先で軽く摘《つま》まれただけで、甘い痺《しび》れが肌を嘗《な》めるように走りぬけて、身のうちがじわりと疼《うず》く。どういう仕組みなのか知らないが、小さなふたつの乳首は、同じように小さな陰核《いんかく》とつながって、快感を共有しているのだ。

どちらかが感じれば、どちらかも疼く——女の身体《からだ》に隠された絶妙な仕組み。

神がどうしてこんなふうに女を創ったのか、人知のおよぶところではないが、誰も知らずに、でも、その奇跡を味わっている。

「あ、ああっ……」

肌がひそかに粟立《あわだ》って、両脚のあいだに、じわりとなにかが滲み出すのがわかる。

湯の深さは膝くらいまでしかないから、恥ずかしい割れ目がじっとりと濡れていくのは、自分のせいでしかない。

（ああ……、もう、あんなに濡れて……）

男を欲しがって、サハーラを欲しがって、あの灼けるように熱い楔《くさび》を欲しがって、やわらかくとけては甘やかな蜜を溢れさせる。

「あ、あの……湯に入りません……？」

もじもじと誤魔化《ごまか》そうとしたせいで、そういうことには勘のいい男に気づかれてしまった。

背を伝いおりてきた右手が、シュミーズをまくりながら尻たぶをひと撫《な》でして、アデリアを驚かせたと思うと、一瞬のすきに股《また》ぐらまで入りこんできて、ぬめった感触を確かめる。

「もう、こんなに濡らしているのか。キスと乳首をちょっと摘まれただけで」

「そ、それは、違うわ……。お、お湯が弾けたのよ……」

「これが湯か？　なにやら粘ついているようだが。さて、よく確かめねばな」

くくっ、と笑うなり、『脱がせる』と『引き裂く』が同義の男が、いつもどおりの乱暴さで薄いシュミーズを裂いて、羞恥《しゅうち》に火照《ほて》るアデリアの裸体を、漆黒《しっこく》の瞳でねぶる。

思わず、胸許《むなもと》と股間《こかん》の茂りを両手で隠そうとして、かえってサハーラを喜ばせてしまう。

「ふ……。可愛《かわい》いことをする」

背後から回されている太い指が、蜜口を覆う花弁を掻《か》き分けながら、ゆるゆると入ってくる。覚え知った感触に肌がぞっと粟立《あわだ》つのは、悪寒からではない。

脆《もろ》い箇所《かしょ》を的確に探りあて、擦ったり、くすぐったり、ときに爪でやわらかく引っ掻いたりと、繋がるための準備にいそしむ指に、アデリアはただ翻弄《ほんろう》されるだけだ。

「ん、あっ……。だ、だめぇ……弄っちゃ……」

悪戯《いたずら》な動きに、まだ触れられてもいない膣《ちつ》の奥のほうの秘肉までが、勝手にうねりはじめているのがわかる。じんじんと痺れるような疼きに、知らぬ間に下腹部に力がこもって、埋めこまれた指を締めつける。

そのくせ両脚からは、立っているのが心許なくなるほど、力が抜けていく。

がくり、と全身を目の前の褐色の胸にあずければ、その反応に気をよくしたサハーラが、自分の両脚のあいだにアデリアの身体を挟みこむようにして、浴槽に身を浸す。

座ってみれば、湯の深さはちょうど胸のしたほどまでで、まるで豊満な両の房がふっくらと浮いているように見えるのが、ひどく恥ずかしい。

それをゆっくりと揉み立てながら、サハーラが口を開く。

「ところで、結婚の儀式がはじまる前に確認しておきたいのだが……」

「え？　あっ……、な、何……？」

「おれは、少しはあなたに好かれているのだろうか？」

「そ、そんなことを、いまさら……？」

「だが、閨《ねや》で無理やり言わせたことはあるが、一度も自発的に言われたことがないので」

「それは……あなただって、契約ばかりを強調なさるし……」

「おれは、一目惚れ《ひとめぼ》れだと言わなかったか？　初めて会ったとき、おれを睨《にら》みあげた少女に参ったのだが。せめて口づけくらいは奪っておくんだったと、後悔したほどだ」

「だ、だから、どうしてあなたは、そういう……」

と、そこまで言って、アデリアは妙なことに気がついた。

「え？　初めてあったときの……少女……？　それは、十歳のときのことでは……？」

「そうだ。あの気丈な瞳に心まで射貫かれたから、求婚したんだ」

「う、うそよ！　わたしを途中で放り出したくせに……。ここはあなたの街だったのだから、目立ったところでかまわないはずなのに——ッ——あぅんっ……！」

いきなり猛《たけ》ったものの切っ先で、膣口をこね回されて、語尾は淫らな喘《あえ》ぎにまぎれていく。

「うそつき呼ばわりは、嬉しくないな」

サハーラはこれ見よがしに腰を蠢《うごめ》かして、すっかりやわらいだ襞《ひだ》のなかを掻き回す。そのたびに染みこんでくる湯が、ひどく熱く感じて、アデリアは夢中で首を振る。

「はあっ……！　やあっ、熱っ……ん……！」

「敏感すぎるな。熱いほどではなかろう。——あのとき、おれがあなたを連れて街に入ったら、この程度ではすまない状況になっていたのだぞ」

「えっ？　な、なんのこと……？」

「あのころからおれは、さっさと結婚しろ！　と親戚一同から責められていた。そこに少女を連れていったりしてみろ。花嫁を連れてきたとばかりに、怒濤《どとう》の結婚式に雪崩《なだ》れこむのは目に見えていた」

「で、でも、あのときわたし……まだ子供で……」

「月のものは、いつはじまった？　こちらでは、それで一人前の女として認められる。当然、結婚もできる。——十六歳のターラが行き遅れてるくらいだぞ」

言いつつ、サハーラは意味ありげに、押しつけている腰を揺らす。

「おれは花嫁が十歳でも、かまわなかったんだが。——いい匂《にお》いのする少女が無防備に寄りかかってきて、かなりむらむらしていたし」

「む、むらむら……って、あ？　な、なにっ⁉　……ッ……ああーっ！」

　ぐぐっ、と一気に迫りあがってくる圧力を感じ、アデリアは甲高《かんだか》い嬌声《きょうせい》をあげる。

「これくらいなんだ？　余裕で呑《の》みこんでるぞ。――これが八年前だったら、泣き叫ぶどころじゃすまなかったはずだ。八年も待ってやったおれの忍耐に感謝しろ。――ということで、ちょっと本気でやるぞ」

　奥まで一気に貫くと、サハーラは根元まで埋めこんだもので、まだ狭い膣壁《ちつへき》をぐりぐりと開くように腰を回したり、周囲の湯が波立つほどに前後に揺らしたりと、いきなり激しい抽挿を開始した。

「……っ……、やぁっ！　お。お湯、熱いのぉっ……！　ふ、うんっ……！」

「熱いのは、湯でなくて、これだ」

　いっぱいに呑みこんだものが、アデリアのなかでドクドクと脈打ちながら、ここにいるぞと主張している。その熱に、その質量に、その情動に、目眩《めまい》さえ感じて、アデリアは喘ぐ。

「やっ、あふぅん……！　だ、だめ……そっ、急がない、でぇっ……！」

「悪い、止まらない！　出させてくれ、一度っ……」

　常に余裕たっぷりの男が、何やら本能に突き動かされたように、抽挿《ちゅうそう》を速めていく。

「あうっ！　く、ふうっ……やっ……んんっ……」

　乱れる湯の飛沫《ひまつ》と、アデリアの喘ぎばかりが、しばし浴《ハマムーン》場に満ちる。

そして、唐突《とうとつ》にアデリアの内部を満たすものがびくびくと痙攣《けいれん》し、同時にぬめった体液が放たれた。

くう、と唸《うな》るなりサハーラは、厚い筋肉に覆われた胸で、大きく息をする。

そのまま、ずるりと抜けていくものの感触が、なぜかいつもと違うようで、アデリアは朦朧《もうろう》とした瞳でサハーラを見やる。切羽《せっぱ》詰まって、息苦しくて、とにかく身のうちの溜まった熱を吐きだしたいだけの、そんな交合。

「すまない……。男は疲れると、射精したくなるんだ。──そんなことを、あなた相手にしたくはなかったが。まったく、おれは……あなたの前ではいいところが少しもない」

ぐったりと湯のなかに座りこんだサハーラの、まだ興奮冷めやらぬ身体に、アデリアはそっと寄りそって告げる。

「どうして謝るの。夫の疲れを癒《い》やすのは、妻の役目でしょう。──このところほとんど休んでいないんだもの。疲れて当然よ」

どんな理由があるにせよ、サハーラはその手で友を討ったのだ。

砲身を向けて、撃て！　と命じたのだ。

「あなたは……立派に演じきったわ。夜の大天使《レイラ・マラクーン》を討ちとる、英雄の役割を」

瞬間、サハーラが息を詰めたのが、触れる肌から伝わってくる。

「わたし……あなたは、ジブリェールの手のひらのうえで躍らされているのだと思っていた。

完全な悪となる。ターラさんのために、シャムスの民のために、ただひとりの友を一片の穢《けがれ》もない王《カリフ》にすえて、自分はすべての罪を背負って死ぬ。――誰にも告げずに、ひとりだけで。それこそがジブリエールの美学だと……夜の大天使《レイラ・マラクーン》にふさわしい死に方だと」

「…………」

「でも、違うのね。あなたはすべて知っていた。ジブリエールが何を望んでいたか？　あなたに何を期待していたか、すべて知っていて戦った……」

サハーラは何も言わない。その沈黙こそが、答えだ。

だからアデリアも、勝手に思いついたままを語る。

「ターラさんの花嫁姿を見られないことが心残りだなんて、いつ言ったの、ジブリエールがあなたに？　死の間際のはずはないわ。ジブリエールは、ひとりでマラクーン号とともに沈んだのだから。――あなたは、最初からジブリエールの企《たくら》みを知っていた。知っていたのに、止める術《すべ》がなかった。止めるには、息の根ごと止めるしかなかった」

だから、サハーラは疲れている。

心底から、疲れきっている。

ジブリエールの思いを知ったうえで、すべての罪を背負わせて死なせたあげく、自分ひとりがのうのうと生き残ったのだから、憔悴《しょうすい》しないはずがない。

「――アデリア……あなたには、いつか見抜かれると思っていた」

観念したように、サハーラがつぶやいた。どこか感情の欠けた声で。

「おれとジブリエールは、いっしょに育った。いっしょに夢を語った。シャムス連合国家を造るというおれの話を、どうせ夢見るなら大きいほうがいい、と笑って聞いてくれた。――だが、ジブリエールの夢は、もっと小さな幸せだった。ターラの笑顔……あれが望んでいたのはそれだけだった。本当にそれだけだったのに。――四年前までは」

「四年前……あなたのご両親と、叔母《おば》さまが亡くなったときね……」

そうだ、とサハーラは小さくうなずく。

「憎しみの連鎖を止めるためにも、話しあいで解決するべきと、それがアッ＝シャムスの総意だった。――だが、ジブリエールは許せなかったのだ。叔母を殺した者たちに自ら復讐の刃を突きたて、その足でおれに会いにきた」

そのときも夜だった、とサハーラは秘密の記憶を思い浮かべる。

――邪魔者はすべておれが持っていく。おまえはシャムスを導く王となれ。

全身に返り血を浴びた幽鬼のごとき姿で、ジブリエールは告げた。

――おれを越える男となれ。おまえが本気で立ち向かってこなければ、倒すだけだ！

そして、道は分かたれて、ジブリエールは夜の大天使《レイラ・マラクーン》となったのだ。

「あいつがひとつ罪を犯すたびに、おれだけはその意味に気がついた。気づきながら――でも、ひとつとして止めることができなかった……おれは……」

湯を含んで額に落ちる黒髪を、サハーラは鬱陶《うっとう》しげに掻きあげる。

「最低だと罵《ののし》ってくれていい。おれは友を犠牲にした。——ジブリエールの手だけを汚させて、すべての罪を背負わせて、その犠牲のうえに立ってシャムスの連合国を打ち建てる。そして、おれは王《カリフ》になる。ひとつの穢《けがれ》もない、誰からも信頼される王になる……！」

いまとなっては、もはや希望に溢《あふ》れる夢ではない。

どうしても遂行せねばならない、義務なのだ。

死にゆく友が押しつけていった、未来。

「それしか、ジブリエールに……してやれることがない……！」

幼いころから、振り返ればそこに、いつも銀髪の友はいた。

同じ部族に育ち、ともに夢を語り、ともに未来を見た——やがて道は分かれてしまったが、それでも目指すところはひとつだった。

「おれは、もうひとりだ……！　ジブリエールはいない。口うるさい族長《シャイフ》たちも誰もいない。この美しいまでに浄化されたシャムスの地に……もうおれこそは、本当にひとりだ！」

サハーラは一生、自分の罪を見つめながら生きていく。

この世界が美しければ美しいほど、ジブリエールに背負わせたものの重さを思い知りながら、誰にも告白できぬままに、気高い王のふりをして生きていく——その苦悩。

「……サハーラ、あなたは、ひとりじゃないわ」

いまは悄然《しょうぜん》と肩を落とす男に寄りそい、アデリアは告げる。

「わたしが、いっしょに背負うわ。それがジブリエールの夢なら、あなたの夢なら、わたしもいっしょに背負うわ」

「だが、おれは、あなたさえ利用した……！」

アデリアの腕から逃れるように立ちあがり、サハーラは柱にすがって寄りかかる。

「おれだけでは、ジブリエールを倒す手が鈍る……。だから、あなたが必要だった。あなたを守るために、ジブリエールを討《う》つ。そこまで自分を追いこまなければ、ジブリエールとまっこうから対峙《たいじ》することもできなかった、おれは……！」

「それは逆よ。ジブリエールが、あなたのわたしへの想いを利用したのよ」

「え？」

「興味もないのにわざとわたしに近づいて、さんざんあなたの嫉妬心《しっと》を煽《あお》った。そして、最後にナジュドとハリージュの族長《シャイフ》まで殺《あや》め、どうしてもあなたがジブリエールを討たなければならないように仕向けた」

そうでもしなければ、サハーラの気性では、最後の最後で友を討つ手を緩《ゆる》める。

そうして、とことん追いつめられたサハーラがついに覚悟を決めたあの海戦で、もしかしたらアデリアは、ジブリエールが考えた以上の働きをしたかもしれない。

だが、そこに至る道筋をつけたのはあの男——天使のように美しく、悪魔のように冷酷《れいこく》で、そして、子供のように純粋に仲間を愛していた男。

（見事だったわ、ジブリエール……！　あなたは、見事に生ききったわ！）

ならば、アデリアができることはひとつしかない。

ジブリエールが自ら罪を背負ってまで土台を築いた、シャムス連合国へと続く夢をかならずやかなえること。

いまは迷いのなかにいるサハーラを、まっすぐにその高処《たかみ》に導くこと。

「わたしには、ジブリエールの考えのほうが、よくわかるわ。――同じ異端の者だから」

滴《しずく》を振りまきながら、アデリアは立ちあがる。

その妖艶《ようえん》な裸体に、サハーラの視線が奪われる。

怯《おび》える男の頬《ほお》に、自ら手を伸ばし、アデリアはついばむような口づけを贈る。

「だから、いいのよ。わたしが知っているわ。ジブリエールが何を企《たくら》んだか、あなたがそのことでどれだけ苦しんだか、わたしが知ってるわ」

「だが……おれは……」

「哀れんではだめよ。彼は望むままに生きて、望みどおりに逝《い》ったの。もうジブリエールは戦わなくてもいいの。女神ティティスの腕のなかで、ゆっくりと眠っていられる」

「……本当に……？」

「ええ。わたしがそう言うのよ。信じていいわ」

この男に……自らの手でもっとも信頼する友を殺してしまったことを、生涯、後悔しつづけるだろうこの男に、これ以上の懊悩《おうのう》を背負わせてはいけない。

それはジブリエールの望みでもない。サハーラは正義を貫いて悪を討った英雄として、民を率《ひき》いていかねばならないのだ。

顔を合わせれば剣を抜く族長《シャイフ》たちをまとめ、ロンダール帝国を初めとする西方列強国と戦いながら、このさきもずっと砂漠に生きるシャムスの民のために、未来へ挑むのだ。

そのほうが、死ぬよりもずっと困難な道だ。

「あなたはシャムスの王になり――文字どおり進むべき道を照らす太陽となって、民を率いていくのよ。それがジブリエールの望みなら、他のことに囚われている暇などないわ」

わたしを見なさい、とアデリアはより深く口づける。

いつもは自信満々な輝きに満ちた瞳は、いまはどこか心許《こころもと》なく揺れている。不安げなそれを間近に覗《のぞ》きこみながら、半眼のままで舌を絡ませる。

慰めではじまったそれは、サハーラの孤独を反映してか、一気に舌を絡ませる濃厚な口づけになって燃える。常以上に焦れて、力強く絡んでくる舌の生々しい感触が、サハーラの慟哭《どうこく》と懊悩を伝えてくる。

一時の快楽に逃げこまなければならないほど、友を討った事実が、サハーラを打ちのめしていることが、アデリアにもわかる。

寛大さはサハーラの強みではあるが、同時に弱みでもあるのだ。

(それなら、わたしこそが、あなたの弱みを埋める者になるわ……!)

男とは違うやり方で、女にしかできない方法で、サハーラの喪失感《そうしつ》を埋める。

どれほど深い懊悩があろうと、人は快楽を切り離せはしない。

しっとりと濡れた女の裸体に触れながら、両腕で髪を抱かれてくすぐられ、芳醇《ほうじゅん》な葡萄酒《ぶどうしゅ》のごとき甘い口づけで誘惑されて、それでも自己憐憫《れんびん》に浸っていられる男は、そうはいない。

欲望に忠実な逞《たくま》しい身体《からだ》を持つ者ならばなおのこと、戦いのあとのわずかな安息の時間に、当然の報酬《ほうしゅう》を味わわずにはいられないものだ。

もっと、もっと、と飢えた獣のような男の舌遣いが、アデリアの口腔内《こうこう》で暴れまわる。

じょじょに力をとりもどしていく舌先で、口蓋《こうがい》をねぶられることの心地よさ。

深く食《は》みあった唇が息を吐きだすわずかな瞬間に、溢れた唾液《だえき》が顎《あご》から喉元《のどもと》へと流れつたっていくのもかまわず、貪るように求めあう。

どのみち、ここは浴場《ハマムーン》なのだ。

どれだけ互いの体液で濡れようが、最後には湯がすべてを洗い落としてくれる。

溶けるような口づけの甘さのせいで、ようやくその気になったらしいサハーラが、露わになった左の乳房を、大きな手のひらで形が変わるほどにわしづかみにする。

忙しい動きで揉《も》みしだき、まろやかな肉が節の太い指のあいだから溢れるさまが、見なくてもわかるほどに執拗《しつよう》な愛撫《あいぶ》が心地いい。

「……ッ……、んんっ……」

口腔内で絡まる舌もその動きに倣《なら》って、さらに激しさを増して、溢れる吐息を乱していく。

サハーラも我慢ができないとばかりに無理やり口づけをほどいて、弄っていた胸に唾液にたっぷりと濡れた唇で食らいつく。

「はっ……、あぁんっ……！」

大きな背を丸め、凝《しこ》った尖りを、吸って、食んで、甘嚙《あまが》みして、まるで赤子が母親の乳房にすがるようなせつなさで夢中でねぶる男が、愛《いと》おしくて泣きたいような気持ちになる。

アデリアは両腕を伸ばして、さらなる陶酔《とうすい》を味わうために、黒髪をしっとりと肌にまといつかせるサハーラの頭を、自ら強く胸許に引きよせる。

勝者であるのに、敗者以上に傷ついた男の姿は、女なら誰でも持っているだろう母性を刺激せずにおかない。

だが、決してそれだけではない。子供と思っているなら、こんなに感じるはずがない。

乳首に与えられる執拗な愛撫は、焦れるような愉悦《ゆえつ》の疼《うず》きとなって、じわじわと肌を撫《な》でながら全身を火照《ほて》らせていく。

「ああ……サハーラ、嚙んじゃ、だめぇ……」

甘ったるく響く『だめ』は、むろん反語でしかない。

こりこりとした感触を味わうように、指の腹でこね回されると、一度はサハーラの吐精《とせい》を受けたものの、まだ絶頂に至っていない下半身が、あさましく疼きはじめる。

官能に満ちた時間がはじまろうというとき、ふとサハーラの顔が陰った。

夢中で吸っていた胸を離し、何かに心を捉《とら》われたように、じっとアデリアの紺碧《こんぺき》の瞳を覗《のぞ》きこむ。——まるで、ティティス海の色を懐かしむかのように。

「——おれは、狡《ずる》い。こんなに幸福でいいわけがない……。おれだけが……」

瞬間、アデリアのなかの母性が消えた。

そうして燃えあがったのは、ただの女であるアデリアの業《ごう》だ。

こうして身体を合わせていてさえも、サハーラの心の半分を占《し》めている、もういない友に、嫉妬《しっと》に近いような憤《いきどお》りを感じた。

（ねえ、ジブリエール、あなたのやり方は、ちょっと昏《くら》すぎるわ）

さて、とアデリアは考える。どうやったら、負の考えにとり憑《つ》かれているサハーラを、こちらがわへ戻すことができるだろうかと。

その方法を教えてくれたのも、やはりジブリエールだ。正確には、ジブリエールを振り向かせようとしていたターラなのだが。

「いいわ、それなら今日はわたしが……」

謎かけのように言って、アデリアは身をかがめる。サハーラの褐色《かっしょく》の胸を撫で、固い筋肉の感触を楽しみながら口づけの雨を降らせ、じょじょにおりていく。

湯のなかにすっかり膝立ちの体勢になってしまうと、目の前にサハーラの下腹部がある。

少し視線をさげるだけで、勃《た》ちあがるサハーラの男の証を、すっかり捉えることができるのだが、やはり最後の勇気はなかなか出ない。

こんなに間近にしたのは初めてで、性器そのものもだが、髪と同じ質感の下生えや、腹筋の逞《たくま》しさに、目が眩《くら》むような感覚に襲われる
（ああ、これが……これがわたしの男なのね……！）

そうして恐る恐る手にとった雄芯《おしん》は、一度の放出などでは満足できないのか、じゅうぶんな硬度を持って、男の情熱を蒸れるような熱気とともに発散させている。

弓なりに反った幹にも血管が浮き立ち、どくんと響く脈動さえ感じて、アデリアは頰を羞恥《しゅうち》の色に染める。

（戻っていらっしゃい、わたしのところへ……）

ためらいがないわけではないが、でも、サハーラにいまそれが必要ならばと、アデリアは唇を開く。逞しい亀頭部の先端に舌を這《は》わせたとたん、アデリアの目的に気づいてはいただろうサハーラは、それでも驚愕《きょうがく》に目を瞠《みは》った。

上目遣いにうかがったその表情が、無垢《むく》な子供のようで、アデリアの心にやさしい気持ちが湧きあがってくる。

「本気か、アデリア……？」

まだ呆然《ぼうぜん》としたまま、疑惑たっぷりに問いかけてくる男に、こうなったらあとには引けないと、無駄な意地が芽生えてしまう。

両手を逞しい茎《くき》に添えて、指の腹でしごきながら、おずおずと先端を口に含む。たったそれだけのことで、サハーラの雄芯はびくっと身を震わせて、一気に質量を増したのだ。

さっきまで意気消沈していた男の欲情が、自分の口腔内でどくどくと昂《たか》ぶっていくさまを感じとって、アデリアの胸もまた不思議な高揚感に逸《はや》っていく。

男の性器を口に含む——まるで娼婦のごとき行為に、かつてない恥辱《ちじょく》を覚えながら、同時に悦びさえ感じる。それこそサハーラが、アデリアに感じている証なのだから。

ターラにできたものなら自分にもできるはずと、喉奥まで呑みこもうとしたが、さすがにそれは無理で、亀頭部をくびれの部分まで咥《くわ》えて、たっぷりと唾液を絡めながら、繊細な口淫を開始する。

「……は……、んっ……」

いつか夢中になって、頬の筋肉を窄《すぼ》めたり緩めたりして、吸いあげていた。

舌を絡めて、はむはむと幹をおりながら、ちくちくした下生えのなかで揺れている芳醇《ほうじゅん》な蜜をたっぷりと満たした袋も、手のひらで揉み立てる。

そうやって、舌と指を使って必死の奉仕を続けていると、逞しくそそり勃《た》ったそれが、自分を貫くときのことが否応《いやおう》なしに脳裏に浮かんでしまう。

知らぬ間に腰が物欲しげに揺れて、勝手に湯を掻《か》き回す音が、やけに淫靡《いんび》に耳を突く。

「どうした？　そんなに尻を揺らして……」

揶揄《やゆ》には少々腹が立ったから、敏感な先端の孔を、尖らせた舌先で突っついて、サハーラの息を一瞬なりとも詰まらせてやる。

「……ッ……」

アデリアの金髪に落ちてくる、吐息交じりの低い声音《こわね》の熱さが、さらにアデリアを追いあげていく。押し殺したようなそれが、さらに乱れていくころには、最初の嫌悪感はすっかり消えさり、愛《いと》しさばかりがつのっていく。

初めての夜、いきり勃っていたそれを見せつけられたときの失神事件を思い出して、ふっと笑ったとたん、うっかり歯を立ててしまった。

「……こら……！」

それがサハーラにはずいぶん刺激になったらしく、慌てて伸びてきた手のひらがアデリアの金髪をつかむ。チッと舌打ちするサハーラの焦った口ぶりが楽しくてしかたないのに、どうやら引き剝《は》がそうとしているらしいと思ったのは、どれほど知ったかぶりをしても、経験不足の皇女の浅知恵でしかなかった。

砂漠の熱風のなかで、どこもかしこも逞しく鍛えた男は、甘嚙み程度などは、むしろやってくれと言わんばかりに、アデリアの後頭部を押さえて引きよせにかかる。

「ああ、いいぞ……、もっとだ……！」

とうてい咥《くわ》えきれないものを、喉奥まで捻《ね》じこまれて、息が詰まる。

眦《まなじり》に生理的な涙が溜まってくる。肺が軋《きし》んで、空気を欲しがっている。それでも、サハーラのうっとりと酔うような吐息を聞くと、もっと感じさせてやりたいと思ってしまう。

ふたつのまろみを少々乱暴に揉みたてつつ、すでにトロトロと溢《あふ》れはじめた先走りの蜜をじゅるっと音を立てて吸いあげれば、サハーラの切羽詰《せっぱつ》まったような吐息が聞こえて、アデリアはさらに胸を躍らせる。

息継ぎもままならぬ状態で、必死の口淫《こういん》を続けていく。喉の奥のほうに苦いような先走りのぬめりを感じるが、それもごくりと喉を鳴らして呑みこんだとき、慌てたようにサハーラの手がアデリアの髪を引いた。

「……あっ……？」

どうして？　と上目遣いの瞳で問えば、心底から呆れたような声が落ちてくる。

「あなたは、どこまでおれを夢中にさせれば、気がすむんだ……？」

どうやら拙《つたな》いながらのアデリアの口淫は、思った以上にサハーラを追いあげていたようで、口でいかされるのもさることながら、ひとりで達するのが男の自尊心を傷つけるようだ。

「たっぷりお返しをさせてもらうからな……！」

見下ろす男の双眸《そうぼう》が凶悪に笑んで、なにやらいやな予感を覚えたとたん、強く腕を引かれたアデリアは、全身から湯を滴らせながら立ちあがって、気がついたときには褐色の胸のなかに抱えこまれていた。

さらに、左膝の裏に滑りこんできた手で、脚をすくいあげられる。

おかげでアデリアは、一本の足だけで身体を支えることになってしまった。それも湯のなかとあっては、ひどく下肢《かし》が覚束《おぼつか》ない。

「え？　あっ、な、何をっ……？」

驚きにサハーラの顔を覗《のぞ》きこむが、そこは経験豊富と自負するだけあって、もう片方の手はアデリアの尻の肉にがっしりと指を食いこませ、不安定な体勢をじゅうぶん支えている。

サハーラの腕が支えてくれているかぎり、決して湯に落とされる心配はない。

とはいえ、何やら期待と不安が交錯《こうさく》したような、奇妙な予感がして、アデリアは身を捩る。

「初めてだな、この体勢は」

意味深に言った男が、すっかり汗と湯に濡れた肌を押しつけてくる。

「あっ⁉　んっ……！」

ふたつの乳房を、逞しい胸で押し潰される刺激に、官能の喘《あえ》ぎがほとばしる。

その一瞬を狙いすましたように、大きく割られた両脚のあいだに捻《ね》じこまれたものの、灼けるような熱を感じて、アデリアは驚愕《きょうがく》に目を瞠《みは》る。

まさか、こんな体位で？　と思ったのが大当たりだった。

抱きあって立ったまま、サハーラは行為におよぼうとしている。

とはいえ、身長差がありすぎて、このまま穿《うが》たれたら、ようやく爪先立《つまさきだ》ちしているほうの脚までが浮きあがってしまう。

だが、サハーラは容赦《ようしゃ》もなく、むしろこのときを待っていたとばかりに、アデリアを両腕で抱えあげ、あまりに頼りない体勢のまま、強引な挿入を開始したのだ。

押しこむなどという面倒なことをする必要はない。持ちあげられたままのアデリアの身体は、ほんの少しサハーラが力を抜くだけで簡単にずり落ちて、秘肉に突き刺さった剛直を、自らの体重で呑《の》みこんでいくのだ。

「ひっ……、やぁぁあっ――……!?」

さっきまで優越感に浸っていたぶん、今度はアデリアがされるがままになるばんだ。

やられたらやり返す、それがシャムスの民の信条だったと思い出しても、もう遅い。

深々とアデリアの身体を串刺しにした肉棒は、いつも以上に質量を増し、熱量を高め、いきり勃って、膣内を隙間《すきま》ひとつもないほどに埋めこんでいく。

同時に、いまにも湯のなかに滑り落ちていきそうになる恐怖が湧いて、アデリアはひくっと喉を鳴らしながら、目の前の褐色の身体にとりすがる。

それに気をよくした男が、ここぞとばかりに腰を上下させはじめる。

「や、あっ？　う、動かなっ……あっ、ひいっ――……！」

ずんずん、と真下からの突きあげは、アデリアの体重を利用してのものゆえ、常以上の激しさで、出たり入ったりを繰り返す。

「ん、んっ！　だ、だめ……そんな深いっ……はあぁーっ！」

「深いのが好きだろう？　こんなにきつく締めつけて、少しは緩めろ……！」

ふたりをつないでいるのは、サハーラの熱塊《ねっかい》をいっぱいに受けとめているアデリアの蜜壺《みつつぼ》だけなのだ。そこが少しでも外れてしまえば、安定感を失って、浴槽のなかに墜落《ついらく》するかもしれないと思えば、いっそうのこと秘肉には力がこもり、内部に咥えたサハーラの雄芯《おしん》を深く締めつけていく。

「くっ……！　搾《しぼ》りとる気かっ！」

口惜しげに叫んだ男が、負けてはならじと、強引にアデリアを揺さぶる。上下にぐらぐらと視線が揺れて、立ち眩《くら》みでもするような心許なさに襲われる。

「ふっ……！　や、あぁぁ！　そっ、ああ……ゆ、揺すっちゃ、だめぇ……！」

落ちる、落ちる、落ちていく――つながったその一点からすさまじい熱をともなって湧きあがる官能の海のなかへと、墜ちていく。

だが、それはサハーラも同様で。内部を抉《えぐ》るものは、さらに硬度を増し、すがりついた肌はアデリア以上に熱く灼けて、ほとばしる汗の匂《にお》いがアデリアの鼻孔《びこう》をくすぐる。

上下に揺すられるたびに、敏感になりすぎた乳首が、サハーラの逞しい胸板に擦られる感触が気持ちよくて、アデリアは夢中で太い首にとりすがり、自分から乳房を押しあてていく。

「はっ、あぁっ……！　いっ、ふ……うんっ……」

「ふふ、そんなにしがみつくな。せっかくの乳房が潰れるぞ」

「あんっ……！　い、いいのぉ……もっと、もっと潰して、揺さぶってぇ……！」

ついさっき、『だめ』と言った口で、もっともっとねだる。まったくめんどうな皇女さまだ、とサハーラは満足げに笑う。

「では、遠慮《えんりょ》なく……」

そうしてサハーラは、もう容赦《ようしゃ》もなく力強い腰の動きで、文字どおりアデリアの身体《からだ》を、恍《こう》惚《こつ》のなかへと放り投げたのだ。

「ひっ……や、あぁっ――……！」

ずぶり、と最奥を穿《うが》たれた瞬間の衝撃に、アデリアはひくひくと喉《のど》を痙攣《けいれん》させる。

そのまま断続的に揺すぶられるあいだに、ようやくつま先立ちしていた足も、すっかり浮きあがってしまっていた。

自分の体重のすべてが、つながっている部分に集約していく。

まだそんなに奥があったのかと驚くほど、深く、激しく、感じやすい秘肉を抉《えぐ》られて、アデリアはもう我慢することもできず、官能のままに喘ぎ悶える。

「はあっ……、ふ、深いっ……あっ？　やっ、そんなっ……ふ、あぁっ――…」

放りあげられては、墜落するたびに、つながった部分から響く音は、もう卑猥《ひわい》という言葉を凌駕《りょうが》している。浴槽のなかで揺れる湯よりもなお、ふたりの交合部が奏でる音のほうがうるさいのではないかと思うほどぐちゃぐちゃにして、求めあう。

「く、ふうっ……！　こ、こんなっ、すごい……！　あぁぁ――…」

アデリアは両脚をサハーラの背に絡ませて、ひたすら逞しい男にすがりつく。

落ちるかもしれないという恐怖は、もうかけらもない。

ただ、なかを穿《うが》つものを逃がしたくなくて、もっと深くまで貫いてほしくて、希求の想いでサハーラの黒髪を掻き乱す。

密着したのをいいことに、サハーラは自らの突きのたびに形を変える両の乳房に顔を埋めて、まろやかな感触を味わっている。

胸の奥で速まるばかりの呼吸音に、どちらも絶頂が近いと気づくけれど、両脚をサハーラの背に絡めたままの体勢では応えることもままならず、アデリアはいちだんと力強くなる律動をあまさず受け止めようと、必死に腰を蠢かす。

いい子だと言わんばかりに、ひときわ鋭い突きを最奥に送られて、我慢の糸が切れた。

「ヒッ……！　あ、ああっ……！」

引きつったような嗚咽《おえつ》に喉を震わせ、歓喜に肌を粟立《あわだ》たせながら、アデリアは自分を揺さぶり続ける男といっしょに、絶頂へと駆けあがっていく。

駄々をこねるように物欲しげにうねっていた最奥に、ついに熱いほとばしりが叩きつけられたとき、悦びに身悶《みもだ》えた膣壁は、埋めこまれた熱塊を愉悦《ゆえつ》の伸縮で締めつけた。

「……ッ……、ふあっ、あっ——……！」

それが欲しかったのだと、自分の女の部分が歓喜に身悶えているのを感じながら、アデリアはいままで知らなかったほどの高処で、掠《かす》れきった嬌声《きょうせい》を甘ったるく放ちつづける。

サハーラもまた、凛々《りり》しい眉根を寄せて、半開きの唇から熱く乱れた息を吐きだした。

「……ッ……！」

最後の一滴までもアデリアの中に放とうと小刻みに腰を揺らしながら、それだけでは足りないとばかりに、夢うつつのアデリアの唇を奪う。

ぴしゃぴしゃ、と舌をからめあうあいだに、息の乱れはおさまってきたが、内部の熱はいっこうに引く気配がない。膣も子宮口も、たっぷりと精を呑みこんで満足しているはずなのに、それではまだ足りない。もっと欲しい。子種だけでなく、サハーラとの熱い交合をもっと楽しみたいと、アデリアの身体が燃える。

何より、埋めこまれたままのサハーラの性器は、秘肉のあわいからだらだらと漏れだすほどに放ったはずなのに、少しも衰える気配がない。

「だめだ、少しもおさまらない……。あなたが誘うから……」

口づけながらささやく男もまた、自分のやっかいな欲望に困惑しているようだ。

アデリアの内部が、注ぎこまれた精を咀嚼《そしゃく》するように味わって、絶頂の痙攣《けいれん》を続けているから、よけいにサハーラを刺激するのだろう。

どのみち二人とも、一度だけですむはずもない。

砂漠に生きる者の飢えと渇きを癒やすには、いったいどれだけ交《かわ》わればいいのか。

サハーラのなかに生まれてしまった空洞を埋めるために、どれほどの快感が必要なのか。

たったこれしきの交合で満たされるはずがないと、まだ萎《な》える気配もなく、アデリアのなかに堂々と存在を誇示しているものが伝えてくる。

「閨《ねや》に行こう。夫を誘惑する妻には、相応の罰を与えねば。夜は長いぞ、覚悟しておけ」

アデリアを抱えたままで、サハーラは浴槽から出ていこうとする。

「えっ⁉　い、いやっ……このままじゃ……、お、落ちるわ……」

達したばかりで過敏になった内部が、歩くごとにゆるりとした刺激を送られて、新たな快感に身悶《みもだ》えながら、アデリアは喘ぐ。

「安心しろ。あなたひとりくらい軽いものだ。だが、最上階までは少し長いな」

「い、いやぁっ、こんなのいや……！」

「やれやれ、わがままな。だが、妻の望みなら聞いてやらねばな」

「……ん……、あっ？」

小さな悲鳴をあげているあいだに、埋めこんだものが抜かれて、横抱きにされていた。

安堵《あんど》したのも束の間、抱きあげられた体勢では下肢に力が入らず、たっぷりと注ぎこまれた精が、じわりと漏れだしてきた。

「ん、どうした？　もじもじと腰を揺らして？」

アデリアのそこがどんな状態になっているのか、知りつつサハーラは熱い視線で、金色の茂りの奥を射貫くように、凝視する。それがよけいにアデリアを感じさせて、大理石の階段に、点々と淫らな体液の跡がついていく。

このさき、どれほどの快感、どれほどの羞恥《しゅうち》が、アデリアを待ち受けているのか。

それを思うだけで、肌が愉悦に火照《ほて》っていく。このあさましすぎる身体はもう、砂漠を灼く陽射しのように激しい男でしか、満たせない。

古《いにしえ》のギリオスの神殿に、神々とともに立たせたいほど、逞《たくま》しく輝く男。

その腕に抱きかかえられて、熱い肌の感触を全身で味わいながら、アデリアは墜ちていく。

女神ティティスでさえも目を背けるだろう、淫らな恍惚《こうこつ》の海のなかへと。

❖　❖　❖

「婚礼の儀式が終わったら、族長《シャイフ》たちと連合国家について話しあおうと思っている」

浴場から閨へと場所を移して、何度かの交合をたっぷりと味わったあと、サハーラがアデリアの金髪を撫《な》でながら言った。

「みなが集まるから、ちょうどいいわね。会議のあいだの宴席の準備はわたしがするわ」

「そうだな。あなたはジジイどもに受けがいい」

「新しいドレスを作らなきゃ。うんと大きく胸から肩まで開いたのを」

「うーん。刺激的なほうが効果があるのはわかるんだが……見せるのがもったいない」

ここだけは見せるなよ、とサハーラはアデリアの乳首を摘《つま》む。

「……あ、んっ……」

それだけで冷めかけていた熱が蘇《よみがえ》り、甘い吐息に濡れるアデリアの唇を、サハーラはうっとりと吸う。八年待って、ようやく得た少女を、再び味わうために。

「……あ、んっ……サハーラ……」

口づけの合間に、名前を呼んでは、また唇を食《は》みあわせる。何度も繰りかえすごとに、深くなっていくそれに、アデリアもまた夢中で想いを返す。

この男と出会った日に、彼女の運命もまた回りはじめた。

——五年だ。あと五年したら、おまえをおれの花嫁にしてやる。

十歳の少女の心に、深く刻みこまれたその言葉こそが、アデリアを生かし続けたもの。

たわいもない空想ではなく、いつかかなうかもしれない、未来への希望。

「わたし、覚えていたわ、あなたを……。あの日、十歳の少女に夢を押しつけた、尊大な男を忘れたりしなかった……！」

再び押し入ってくる男の背に、アデリアは両腕を絡めて、歓喜に喘《あえ》ぐ。

「あ、ふうっ……！　いつも、あなたは夢でわたしを訪れた……。理想の騎士を押しのけて、わたしをさらいに……あっ、ああっ……！」

繰り返し、繰り返し、褐色《かっしょく》の男は、アデリアの夢を訪れた。

「さらいにいった……約束どおり。もうおれのものだ、アデリア……！」

「は、ああっ！　サ、サハーラ……。わたしの、あなたっ……！」

顔すら覚えていなかった男――でも、心のどこかにひっそりと眠っていたその記憶こそが、アデリアを今日の姿にした。いつか迎えがきたら、恐れることなくその手をとって、ともに歩いていけるだけの女にしたのだ。

おぼろげな約束を心に秘めて、彼女はイーリス島の遺跡の丘に立っていた。

周囲を巡れば、南にも、東にも、北にも、西にも、どこを見てもそこにはティティス海に糧《かて》を求めて生きる国がある。帝国本土で育ったならば、わからなかっただろうことを、内海の島にいたからこそ、その碧《あお》い瞳で見ることができた。

利にばかり走る大国の愚かさを、新たな技術で版図《はんと》を広げる新興国を、強欲を力にして暴れまわる海賊を、身贔屓《みびいき》することなく見続けることができた。

戦い生きる男たちの、愚かさを、逞しさを、美しさを。

「ああ、サハーラ……、見せて、わたしに、あなたの王国を見せてっ……！」

アデリアは引かなかった。一歩たりとも。

四歳でイーリス島に流されながら、でも引く必要はひとつもなかった。

そここそが、まさにティティス海世界の中心だったのだ。どこへ向かっても、彼女の前には進む道だけが開けていた。

彼女はただ、最初の一歩を踏みだす日を、待っていただけ。

忌《い》むべき左手を絡ませてなお、剛胆《ごうたん》な笑顔で、未来へと連れていってくれる存在を。

——やがて、サハーラとアデリアによって打ち建てられた連合国家は、ティティス海にシャムスありと畏怖《いふ》される、強大な国の礎《いしずえ》となるのである。

そして、十歳の少女は、馬上から見おろす男をねめあげて、告げた。

自らの運命を、堂々と。

——見てわからないの、前へ行くのよ！

fine

あとがき

こんにちは、シフォン文庫さんではこれが三冊目になる、立夏《りっか》さとみです。

今作は、シフォン第一作の『聖海の巫女　熱砂の王』より三百年ほど遡《さかのぼ》って、中世の終わり頃が舞台となります。実はこれ、創刊二周年に合わせての急な依頼で、締め切りまで三カ月ほどしかなかったのですが、『聖海』を書いた段階でティティス海世界をもう少し描いてみたいと構想を練《ね》っていたので、なんとか間に合わせることができました。

どちらもヒーローの国がアラブっぽい設定ですが、『聖海』は東方、今回は南方の民族なので、被《かぶ》りものがクフィーヤではなくターバンになっています。

ヒロインの皇女アデリアは、内心には乙女《おとめ》な夢を持っているのに、常に気丈であろうとするところが可愛《かわい》いかなと、ツンデレ風を目指してみたのですが……あら、気がつくとツンばかりのような。でも、高貴な姫が、屈辱《くつじょく》に堪《た》えながら蛮族《ばんぞく》に嫁《とつ》ぐというあたりがいいんですよ。

お相手のサハーラ・アッ＝シャムスは、『砂漠《サハーラ》』と『太陽《シャムス》』という意味のやたら暑苦しい名前らしく、正統派の熱血ヒーローを心がけてみました——と言いつつ、いったい幾つのアデリアに欲情してたんだよ、と突っ込みたくなったりして。

そして、悪玉ジブリエールは、担当さんが「お義母《かあ》さんと何か関係があったのでは？」とおっしゃってました。あはは……見抜かれてしまいましたね。私は、義母と息子、義兄と妹、などの禁断愛萌《も》えです。兄と妹なら腹違いまでは許容範囲です。

母と慕《した》う女性との恋とか、その女性の面影《おもかげ》を宿した少女を育てるとかいう、いわゆる光源氏《ひかるげんじ》パターンがいいんですよ。サハーラも辛抱《しんぼう》強く、アデリアが大人になるのを待ったし。

そして萌えと言えば、戦い！　……って、違うか。でも、サハーラとジブリエールが友人なのに敵対しなければならないあたりとか、アデリアの一言で船乗りたちが発憤《はっぷん》するあたりも、私的にツボです。とにかく勝利の女神が好きなんです。創造と破壊は人間の業《ごう》というか、それがあるから人類は興亡の歴史を持っているわけで、ヒストリカル物ならば女も戦わねば――と言い訳しながら戦闘シーンを書こうとしてるぞ、私。

さて、絵師さんに謝辞《しゃじ》を。突然の依頼にもかかわらず、コバルト文庫に続いてイラストをお引き受けくださった椎名咲月《しいなさつき》さん、本当にありがとうございます。読者年齢層も高いシフォンということで、今回は少し大人っぽいテイストでとお願いしましたが、アデリアの金髪やサハーラの褐色《かっしょく》の肌がどんな雰囲気《ふんいき》になるか、今からとても楽しみです。

ともあれ、かなりハードなスケジュールの中で書きましたが、それでも好き要素はたくさん入れました。読んでくださった皆様に、少しでも楽しんでいただければ幸いです。

立夏さとみ

※この作品はフィクションです。実在の人物・団体・事件などにはいっさい関係ありません。

シフォン文庫をお買い上げいただき、ありがとうございます。
ご意見・ご感想をお待ちしております。

◆――あて先――◆
〒101-8050　東京都千代田区一ツ橋2-5-10
集英社 シフォン文庫編集部 気付
立夏さとみ先生／椎名咲月先生

太陽の王と契約の花嫁
蜜に濡れる純潔の皇女

2014年5月7日　第１刷発行　シフォン文庫

著　者　立夏さとみ
発行者　鈴木晴彦
発行所　株式会社集英社
〒101-8050東京都千代田区一ツ橋2-5-10
電話 03-3230-6355（編集部）
03-3230-6393（販売部）
03-3230-6080（読者係）
印刷所　大日本印刷株式会社

※定価はカバーに表示してあります

ISBN 978-4-08-670051-1 C0193